살아 있는 귀신

창비청소년문고 7
살아 있는 귀신
김시습과 금오신화

초판 1쇄 발행 2012년 9월 7일
초판 5쇄 발행 2021년 11월 22일

지은이 설흔 | 펴낸이 강일우 | 책임편집 김효근 | 펴낸곳 (주)창비
등록 1986년 8월 5일 제85호 | 주소 10881 경기도 파주시 회동길 184
전화 031-955-3333 | 팩스 031-955-3399(영업) 031-955-3400(편집)
홈페이지 www.changbi.com | 전자우편 ya@changbi.com

ⓒ 설흔 2012
ISBN 978-89-364-5207-0 43810

- 이 책 내용의 전부 또는 일부를 재사용하려면
  반드시 저작권자와 창비 양측의 동의를 받아야 합니다.
- 책값은 뒤표지에 표시되어 있습니다.

살아 있는 귀신

설흔 지음

김시습과 금오신화

창비

차
례

이야기의 시작 ✦✦ 『금오신화』는 금오산에서만 지을 수 있다 ✦✦ 007

1 ✦✦ 노래, 난쟁이, 그리고 검은 강물 ✦✦ 016

2 ✦✦ 김생, 소년과 뱀을 만나다 ✦✦ 021

3 ✦✦ 검은 재, 두 개의 달, 그리고 기이한 집 ✦✦ 045

4 ✦✦ 김생, 똥중이라는 별명을 얻다 ✦✦ 054

5 ✦✦ 사무사, 생각하는 바에 사사로움이 없다는 것 ✦✦ 069

6 ✦✦ 김생, 저포 놀이에 지고 소년을 돕기로 하다 ✦✦ 079

7 ✦✦ 매와 매화꽃의 기억을 되살리는 물건 ✦✦ 100

8 ✦✦ 김생, 용궁 이야기를 듣고 물건을 맡기다 ✦✦ 109

9 ✦✦ 하나의 달, 여인, 그리고 뒷간이 공존하는 세상 ✦✦ 127

10 ✦✦ 김생, 선덕 여왕의 무덤에서 부벽루의 기이한 이야기를 듣다 ✦✦ 138

11 ✦✦ 명주 군왕 김주원과 편파적인 알천의 신 ✦✦ 154

12 ✦✦ 김생, 소년의 정체를 깨닫다 ✦✦ 161

13 ✦✦ 음양의 조화 문제와 화풀이로서의 불장난 ✦✦ 175

14 ✦✦ 김생, 염라국을 여행하고 결연히 일어서다 ✦✦ 183

15 ✦✦ 흥겨운 주연과 여인의 검무가 몰고 온 살육극 ✦✦ 200

16 ✦✦ 김생, 예전에 보았던 끔찍한 광경을 다시 보다 ✦✦ 208

17 ✦✦ 소년이 남자가 되려면 ✦✦ 222

18 ✦✦ 김생, 스스로 무너지다 ✦✦ 228

19 ✦✦ 또 다른 문 ✦✦ 253

20 ✦✦ 김생, 하늘의 별을 보다 ✦✦ 264

이야기의 끝 ✦✦ 『금오신화』는 금오산에서만 지을 수 있는 것이 아니다 ✦✦ 269

작가의 말 『금오신화』를 제대로 잘못 읽는 법에 대해 ✦✦ 276

일러두기

1. 김시습의 생애는 『김시습 평전』(심경호 지음, 돌베개 2003)을 따랐지만 일부는 바꾸어 썼다.
2. 본문에 인용된 김시습의 여러 글들은 『김시습 평전』과 『국역 매월당 전집』(강원향토문화연구회 편역, 강원도 2000)을 인용하되 부분적으로 변형했다.
3. 『금오신화』는 『매월당 김시습 금오신화』(심경호 옮김, 홍익출판사 2000)의 번역을 따랐다.
4. 인물들의 행적은 실제와 일치하지 않을 수도 있으며, 일부 인물은 만들어 낸 것이다.
5. 심경호 선생의 저작이 없었다면 이 책은 완성되기 힘들었을 것임을 밝힌다.

이야기의 시작

『금오신화』는
금오산에서만 지을 수 있다

사흘째 비가 내렸다. 콩밭은 이미 오래전에 물에 잠겼고, 개울물은 흘러넘쳐 앞마당에서 뛰어놀았다. 산중에 고립되다시피 한 김생과 선행은 늘 그렇듯 각자의 방식으로 시간을 때웠다. 김생은 내리는 비를 보며 술잔을 비웠고, 선행은 등을 기대고 앉아 책을 읽었다. 선행은 적극적인 독서자였다. 한숨을 쉬어 대거나 눈물을 짓는 것은 보통이었고, 가끔씩은 발을 구르거나 손바닥으로 바닥을 탁 소리 나게 내리쳐 김생을 깜짝깜짝 놀라게 만들었다. 마침내 인내의 한계에 도달한 김생이 회초리를 들고 와 사정없이 휘두르며 소리를 질렀다.

"누가 네놈에게 도를 닦으라더냐? 그저 내 흥취만 방해하지 말라 일렀거늘!"

"한번 손에 들면 푹 빠져 저도 모르게 한숨 쉬고, 윽…… 소리 지르게 되는 걸 어떡합니까? 굳이 따지자면, 윽…… 잘못은 스님께 있는 것입니다. 스님께서, 윽…… 지으신 글이니……."

선행은 두 손으로 회초리 공세를 막아 내면서도 그 잘난 입놀림을 멈추지 않았다. 입가에 웃음기마저 있는 것이 회초리질을 즐기기라도 하는 꼴이었다.

"회초리에 단련이 되어 이젠 꿈쩍도 안 하는구나. 그렇다면 몽둥이찜질도 한번 받아 보아라."

굵은 몽둥이를 집어 드는 김생을 보고서야 선행은 무릎을 꿇고 싹싹 빌었다.

"아이고, 죄송합니다. 감히 스님께서 술 드시는 것을 방해하다니 죽을죄를 지었습니다. 무지한 중생 놈이라 그런 것입니다. 부디 한 번만 용서해 주십시오."

뼈가 가득한 사죄였다. 자기도 모르게 호랑이 새끼를 키운 꼴이라 일일이 상대하다간 끝도 없을 것 같았다. 김생은 선행의 이마를 살짝 건드리기만 하고는 몽둥이를 방구석에 던져 버렸다. 선행은 아무 일도 없었다는 듯이 자연스럽게 다시 책을 들어 읽었다. 김생은 술 한 잔을 단숨에 비우고는 바닥에 드러누웠다. 일각˙도 되지

● 일각(一刻) | 15분을 이르는 말. 또는 아주 짧은 시간을 뜻한다.

않아 다시 감탄사를 내뱉기 시작한 선행은 김생과 시선이 마주치자마자 재빨리 손으로 입을 막았다. 김생이 몸을 일으켜 앉았다.

"이놈아, 넌 도대체 왜 내 곁에 머무는 거냐?"

선행은 대꾸도 하지 않았고, 읽던 책을 내려놓지도 않았다. 김생이 한 차례 더 윽박지르자 그제야 마지못한 듯 책을 덮고는 대답했다.

"안 그래도 사람들이 왜 그렇게 당하고 사느냐 많이들 물어봅디다. 온갖 뒤치다꺼리를 다 시키면서도 고마워하기는커녕 만날 회초리질이나 해 대는 그런 위인이 뭐가 좋아 모시느냐고요."

"말이 참 곱구나, 아무튼 그래서?"

"우리 스님은 부처님이다, 이렇게 답합니다."

"부처님?"

"불좌 앞에 물 한 바가지를 놓은 채 사흘 동안 꿈쩍 않고 앉아 계신 것을 본 뒤로 그리 생각하고 있습니다. 사람으로서 어찌 그리 하겠습니까? 그러니 제가 떠나려야 떠날 수가 없는 것입니다. 게다가……."

"게다가?"

"저도 꿈이 하나 있습니다."

"뭐냐?"

"좋은 이야기를 짓고 싶습니다. 사람들을 감탄케 하고 한숨짓게 만들다가 마침내 눈물 쏙 빼게 만드는 이야기, 그러니까 스님께서 지으신 『금오신화(金鰲新話)』와 같은 이야기 말입니다."

"넌 안 된다."

"왜 안 됩니까?"

"그건 아무나 쓸 수 있는 글이 아니다."

"저는 아무나가 아닙니다."

"말꼬리 잡기는."

"말도 없는데 누가 말꼬리를 잡습니까? 혹시 귀신이……."

"이놈아, 웬 귀신 타령이냐? 아무나건 말꼬리건 너는 안 된다."

"왜 안 됩니까?"

"정녕 모르겠느냐?"

"모르겠습니다."

"『금오신화』는 금오산에서만 지을 수 있는 것 아니겠느냐?"

"무슨 그런……."

어처구니없는 이유였다. 선행이 짓고 싶은 이야기는 『금오신화』와 같은 이야기이지 『금오신화』가 아니었다. 수락산에 머물고 있으니 『수락신화』가 될 수도 있고, 폭천정사라 이름 붙인 집에 머물고 있으니 『폭천신화』가 될 수도 있다. 이름 따위야 아무래도 좋았다. 그저 이야기만 지을 수 있다면 말이다. 김생이 선행의 본심을 모를 리는 없었다. 그런데도 김생은 사소한 것을 트집 잡아 선행을 무시했다. 선행이 입을 쭉 내밀자 김생이 호통쳤다.

"가서 콩밭 좀 보고 오너라. 그리고 무너진 울타리는 눈이 작아

안 보이더냐? 방 안에서 뒹굴기만 하면 콩이 절로 살아나고 울타리가 절로 세워지더냐?"

"비 그치고 하면 안 됩니까?"

"이놈이……."

"물이야 비 그치면 빠질 테고, 울타리야 절로 일어날 리는 없겠지만 내일 해도 별 상관이……."

김생이 다시 몽둥이를 집어 들자 선행은 바람보다 빠르게 마당으로 내려섰다. 선행은 무엇이 그리 불만인지 고개를 숙인 채 한참 동안 비를 맞고 서 있더니 김생을 보며 외쳤다.

"스님! 스님 마음 다 압니다!"

"무슨 마음?"

"스님이 아무리 괴롭혀도 전 스님 곁을 안 떠납니다. 그거 하나만은 명심하십시오."

김생이 다시 몽둥이를 휘두르자 선행은 히히 웃으며 콩밭을 향해 달려갔다. 김생은 선행이 사라진 곳을 한참 동안 바라보다가 시선을 돌렸다. 선행이 읽던 책이 눈에 들어왔다. 바람에 책장이 펄럭이는 순간, 김생은 자신도 모르게 깜짝 놀랐다. 고개를 돌려 외면했다. 그래도 방금 보았던 책의 움직임이 뇌리에서 사라지지 않았다. '그저 넘겨 볼 뿐이다. 다른 의미는 없다.' 마음을 정한 김생이 책을 들어 첫 장을 넘기자 익숙한 시 한 수가 인사를 건넸다.

낮은 집 푸른 담요에 온기가 남은 때

들창에 매화 그림자 가득하고 달빛 밝아라

긴긴 밤 등 심지 돋우며 향 피우고 앉아서는

세상에 없던 책을 한가하게 저술하노라

"한가하게 저술하기는 무슨."

김생은 책을 덮어 바닥에 던져 버렸다. 벌써 십 년이 훌쩍 지났건만 그때의 일들은 머릿속에서 하나도 사라지지 않았다. 세월이 약이라는 말은 거짓이었다. 해가 갈수록 기억은 오히려 선명해질 뿐이었다. 김생은 콩밭을 향해 외쳤다.

"선행아, 오는 길에 술이나 좀 더 가져와라!"

"술 다 떨어졌습니다!"

"알아서 구해 와라!"

"비가 쏟아지는데……."

"어서!"

그럼 조금만 기다리십시오, 하고 큰 소리로 답하는 선행의 목소리가 들렸다. 김생은 자기도 모르게 웃음을 머금었다. 선행과 살지 않았다면 김생의 삶 또한 지금과는 달랐으리라. 수락산 깊은 골짜기에 작은 집을 짓고 부족함 없이 살아가는 것은 다 선행 덕분이었다. 고통스러운 기억 속에서 하루하루 괴로워하지 않아도 되는 것 또한 전부 선행 덕분이었다. 타고난 장사인 데다 부지런하기까지 한 선행은 두 사람의 살림살이를 너끈히 책임졌고, 남는 시간에는 우스갯소리로 김생의 수심을 덜어 내 주었다. 하지만 이내 김생은 혼자서 중얼거렸다.
"고마워할 것까지야 있겠나? 나 같은 사람을 만난 게 녀석에게는 영광이지."
세월이 흘러도 김생 특유의 삐딱한 자부심은 하나 사라지지 않았다. 자부심이라기보다 몰락한 자의 마지막 자존심이라 말하는 게 더 옳았다. 세찬 바람에 책장이 다시 펄럭였다. 김생은 끙 하고 신음을 내뱉으며 바닥에 던져 버렸던 책을 들어 다시 읽어 보았다.

세상에 없던 책을 한가하게 저술하노라

김생은 고개를 저었다. 정확한 문장이 아니었다. 세상에 없던 책은 사실이나 한가하게 저술하지는 않았다. 한가하게 저술하기는커녕 목숨을 걸고 쓴 책이다. 선행이 『금오신화』와 같은 책을 쓸 수 없는 것은 말 그대로 다시는 쓸 수 없는 책이기 때문이다. 『금오신화』는 신화(新話)이자 신화(神話)이기 때문이다. 목숨도 하나뿐이고 『금오신화』와 같은 책도 하나뿐이기 때문이다. 그 이상의 이유도 없고 그 이하의 이유도 없다. 물론 선행은 그러한 말을 믿지 않으리라. 아무리 스승님으로 모시는 분이라지만 잘나가는 책 한 권 썼다고 지나치게 뻐긴다며 노골적으로 눈을 흘겨 댈 터였다. 교묘한 말장난으로 제자를 놀린다는 말까지 덧붙여서 몽둥이찜질을 자초할 터였다. 선행은 당연히 그리하리라. 그렇다고 사실대로 말할 수도 없었다. 어디까지가 사실이고 어디까지가 환상인지는 김생조차 구분할 수 없으니. 그렇기 때문에 김생은 지금껏 『금오신화』를 쓰게 된 이유에 대해서 함구로 일관해 왔다.

사흘째 내리는 비가 김생의 마음속 봉인을 뜯었다. 벌써 십 년이었다. 비밀을 간직하고 사는 것은 몹시도 피곤한 일이었다. 이제 그만 짐을 내려놓고 편히 쉬고 싶었다. 그러기 위해서는 모진 기억을 다시 꺼내 와야 하리라. 그것도 좋다. 평안만 얻을 수 있다면. 술병을 들었다. 한두 방울 남은 술이 목젖만 간질였다. 갑작스럽게 찾아온 갈증에 얼굴을 찡그리던 김생이 무릎을 쳤다. 그날의 풍경도 오늘과 똑같았다. 모든 것의 시작은 바로 비, 그리고 술에 대한 갈증 혹은 허기였다. 김생은 살며시 눈을 감았다. 오래전 들었던 노랫소리가 김생의 기억을 매만졌다. 빗소리가 사라지고 푸른 풀빛이 나타났다. 이제는 되돌릴 수 없다. 끝까지 가 보는 수밖에. 김생은 나직이 한숨을 쉬고는 과거의 기억이 어른어른 되살아나는 것을 지켜보았다.

1

노래, 난쟁이,
그리고 검은 강물

'비 그친 긴 둑에는 풀빛이 가득하고요, 남포항에서 임 보내는 구슬픈 노래는 내 마음을 흔든답니다.'

아직 어린 여인의 목소리는 참으로 맑고 고왔습니다. 시리도록 푸른 풀빛은 오래된 둑뿐만 아니라 여인의 목소리에도 가득했습니다. 세상은 여인을 사랑했습니다. 여인의 목소리가 이끄는 대로 대동강이 흘렀으며, 무지개가 떴으며, 바람이 불었으며, 수양버들이 살랑살랑 흔들렸습니다. 눈물도 빠질 수 없습니다. 남포항에서 사랑하는 이를 떠나보내야 하는 사람들이 흘리는 눈물입니다. 그들의 사연이 구슬퍼도 나는 눈물을 흘리지 않습니다. 여인의 목소리가 있기에 나는 하나도 슬프지 않습니다. 그들은 분명 다시 만날 것입니다. 만난 자는 헤어지나 헤어진 자는 다시 만나기 마련입니다. 그러니까 애이불비*인 것입니다. 여인은 분명 내게 그리 말하고 있었습니다.

여인의 목소리는 이를테면 '경쾌한 슬픔'이었습니다. 경쾌한 슬픔, 스스로가 생각해 낸 그 모순된 언어가 제법 마음에 들었습니다. 경쾌한 슬픔을 입 안에 넣고 오물거리며 살며시 눈을 떴습니다. 눈꺼풀을 연 그 찰나의 순간, 나를 둘러싼 세상이 달라졌습니다.

따뜻한 햇살 아래 풀빛으로 가득했던 늙고 느긋한 둑은 자취도 없이 사라지고, 천지와 사방이 모두 낯선 곳에 내가 누워 있었습니다. 비는 간밤에 새로 탄생한 폭포수처럼 거세게 내 몸을 두드렸습니다. 그저 마구잡이로 퍼붓기만 하는 비를 조금이라도 피하기 위해 몸을 움직이려 했지만 어찌 된 일인지 꿈쩍도 할 수 없었습니다.

끔찍함은 이제 시작이었습니다. 빗물에서는 피 냄새가 났고, 그 냄새 뒤로 날카로운 금속이 맞부딪치며 자신의 기세를 과시하는 소리가 들렸습니다. 비와 피와 금속의 조합은 낯설고 기이했습니다. 온 힘을 다해 간신히 고개만 살짝 돌렸습니다. 나는 냄새와 소리를 제대로 맡고 들었습니다. 몇 걸음 떨어지지 않은 곳에서 무사들의 혈투가 벌어지고 있었습니다. 양쪽 모두 내가 아는 이들이었습니다. 한때는 밥과 술과 문장을 함께 나누던 그들이 이제는 둘로

● 애이불비(哀而不悲) | 슬프기는 하나 비참하지는 아니함.

나뉘어 싸우고 있었습니다. 불행히도 수가 적은 쪽이 아군이고, 수가 많은 쪽이 적군입니다. 우열을 가리기 힘들 정도로 실력이 뛰어난 이들의 싸움에서 중요한 것은 결국 수입니다. 아군은 예닐곱 명에 지나지 않았고, 적군은 너무 많아 내 굵은 손가락으로 헤아리기도 어려울 정도였습니다. 적군에는 내가 끔찍이 아끼던 이도 있었습니다. 저이도 나를 떠났구나, 하는 뒤늦은 안타까움에 나도 모르게 탄식을 내뱉었습니다. 싸움의 종말이 가까워졌습니다. 아군이 조금씩 뒷걸음질을 쳤습니다. 돌이킬 수 없는 비세°였습니다. 천세 전부터 정해졌던 수순처럼 단말마의 비명들이 터져 나오는 순간, 나는 눈을 감고 말았습니다.

　퍼붓는 비 덕분에 눈물을 숨길 수 있어서 그나마 다행이었습니다. 남자는 아무 때나 눈물을 흘려서는 안 되는 법이니까요. 자존심이 삶의 전부인 열일곱 남자에게는 더욱더 그렇습니다. 누군가 갑자기 내 다리를 확 잡아당겼을 때도 가장 먼저 든 생각은 '저자가 내 눈물을 봐서는 안 되는데.' 하는 것이었습니다. 결론부터 말하자면 그것은 괜한 걱정이었습니다. 내 다리를 잡아당긴 이는 열일곱 남자의 나약한 눈물 따위에 관심이 없었습니다. 그는 오직 내 목숨만을 원했습니다.

　눈을 떴습니다. 뜻밖에도 나를 잡아당긴 사람은 난쟁이였습니

● 비세(非勢) | 전쟁 등의 대치 상황에서 불리한 형세.

다. 내 키의 절반도 안 되는 난쟁이가 징그러운 웃음을 지으며 내 다리를 잡아당겼습니다. 삶에 대한 원초적 본능만이 남은 기괴한 얼굴이었지만 분명 안면은 있었습니다. 한데 그가 누구인지 좀처럼 머릿속에 떠오르지 않았습니다. 난쟁이의 정체야 아무래도 좋습니다. 지금 중요한 것은 그에게서 벗어나는 일입니다. 상대가 난쟁이이니 몸부림치면 금세 뿌리칠 수 있을 것 같았습니다. 이를 악물고 다리에 힘을 주었습니다. 얼굴이 붉어지고 배가 불룩 솟아오를 정도로요. 그러나 온 힘을 다한 대가는 절망뿐이었습니다. 내 몸은 철저하게 무기력했습니다. 소득이 아주 없었던 것은 아닙니다. 내 저항의 의지가 난쟁이에게 분명히 전해졌습니다.

잔뜩 화난 난쟁이가 고개를 까딱하자 그때껏 뒤에 서서 구경만 하던 다른 난쟁이들이 내게로 달려들었습니다. 그들의 손톱이 사금파리*가 되어 내 몸을 파고들었습니다. 참을 수 없는 고통에 소리 지르려 했지만 썩은 사과로 입을 틀어막히기라도 한 것처럼 쓴 침만 고일 뿐 아무 소리도 나오지 않았습니다. 난쟁이들은 피가 뚝뚝 떨어지는 내 몸을 들어 몇 걸음 옮긴 뒤에 그대로 던져 버렸습니다.

이번에는 검은 강물이었습니다. 나는 엄청난 힘으로 단번에 바닥까지 가라앉았다가 부레 달린 물고기처럼 다시 떠올랐습니다. 자유를 영위할 여유는 없었습니다. 나를 기다리던 굵은 팔뚝이 득

● 사금파리 | 사기그릇의 깨어진 작은 조각.

달같이 달려들어 내 목을 졸랐습니다. 내가 어떤 인생을 살았건 이렇게 죽을 수는 없습니다. 나는 남자답게 죽어야 합니다. 비 내리는 밤에 완력 센 남자들에게 꼼짝 못하고 죽는 것은 대장부의 수치입니다. 온 힘을 다해 발버둥 쳤습니다. 이번에는 소득이 있었습니다. 난쟁이의 손이 순식간에 사라졌고, 고통을 호소하던 목이 비로소 자유로워졌습니다. 그 틈을 노린 강물이 입 안으로 쏟아져 들어왔습니다. 물 밖으로 나가려 애쓰는데 팔뚝보다는 가느다란 물건이 재빨리 내 목을 휘감았습니다. 가늘다고는 하나 밧줄은 밧줄이었습니다. 내 생존에는 굵은 팔뚝보다 가는 밧줄이 위협적이었습니다. 밧줄은 내 목이 원래 제 거처라도 되는 양 사정없이 들러붙었습니다. 나는 깨달았습니다. 내 손으로는 결코 밧줄을 풀 수 없을 것입니다. 나는 여기서 개죽음을 당할 것입니다. 이것이 운명임을 깨달은 나는 곧 저항을 포기했습니다.

가물가물해지는 정신 사이로 여인의 목소리가 들렸습니다.

'비 그친 긴 둑에는 풀빛이 가득하고요, 남포항에서 임 보내는 구슬픈 노래는 내 마음을 흔든답니다…….'

오래된 둑, 그리운 풀빛, 이름 모를 여인, 그러나 당장 내 주위에는 온통 검은 강물뿐이었습니다. 나는 입을 벌려 검은 강물이 내 몸을 자유롭게 탐하도록 했습니다. 강물은 내 몸에 흐르는 피를 검게 바꾸며 포식을 즐길 것입니다. 부디 배불리 먹고 마시도록. 세상을 향해 베푸는 내 마지막 자선을 여한 없이 즐기도록.

2
김생, 소년과 뱀을 만나다

비가 내렸다. 김생은 삿갓을 살짝 젖히고 비를 맞았다. 가을비치고는 제법 굵었다. 아화역을 떠날 때만 해도 구름 한 점 없이 맑았고, 경주로 들어선 후에는 뜨거운 여름 햇볕의 기운마저 느꼈던 터라 비가 쏟아지리라고는 생각조차 하지 못했다. 김진문의 집에 들러 술 한잔 걸치고 오기를 잘했다 싶었다. 김진문은 그가 도착한다는 사실을 어떻게 알았는지 하인까지 보내 김생의 방문을 청했다. 거절할 이유가 없었다. 긴 여행 뒤끝이라 자신을 아는 이의 진심 어린 환대가 여인네의 품처럼 그리웠던 김생은 주저하지 않고 김진문의 집으로 향했다. 김생의 짐작은 맞았다. 김진문은 넘치는 미사여구와 따뜻한 술로 환영의 뜻을 질펀하게 드러냈다. 평소 같았으면 날이 새도록 엉덩이를 떼지 않았겠지만 김생은 술 한 동이만 비우고는 자리에서 일어났다. 이유가 걸작이었다.

"금오산실이 나를 기다린다네."

그 말을 내뱉은 후 마치 농담인 양 큰 웃음으로 마무리했지만 김생의 말에는 적지 않은 진심이 내포되어 있었다. 서울에 머무는 내내 그리워했던 곳이 바로 금오산실이었다. 방 한 칸짜리 누옥이었지만 여름이 지나고부터는 그 모습이 눈앞에서 떠나지를 않았다. 밥을 먹으면서도 금오산실을 보았고, 술을 마시면서도 금오산실을 보았고, 꿈속에서도 금오산실을 보았다. 온갖 노력으로도 그 초라한 집 하나를 머릿속에서 지우지 못했다. 시도 때도 없는 집의 공세에 견디다 못한 김생은 마침내 서울 생활을 정리하고 귀향길을 택했다.

빗줄기가 더 굵어졌다. 삿갓에서 끝없이 떨어지는 빗물 때문에 이제는 눈도 제대로 뜨기 어려울 지경이었다. 김생은 오직 술의 힘으로 걸었다. 술이 만들어 낸 열기가 아니었다면 방랑과 광기와 혹시나 하는 안일한 기대 탓에 부실해질 대로 부실해진 그의 몸은 화살처럼 바닥에 꽂히는 빗줄기를 결코 견뎌 내지 못했을 터이다. 김생은 몸을 잔뜩 움츠리고는 따뜻한 작설차˚를 떠올렸다. 차를 마시는 일은 김생이 누릴 수 있는 몇 안 되는 호사 중 하나였다. 방랑

● 작설차(雀舌茶) | 차나무의 어린 새싹으로 만든 차.

시절, 호남의 어느 절인가에서 얻어 마신 차에 푹 빠졌던 김생은 금오산실을 지은 뒤 아예 집 뒤편에 차나무를 심었다. 그늘에서 길러야 품질 좋은 찻잎을 얻을 수 있다고 하여 게으름에 익숙한 몸을 채찍질해 울타리를 만들고 거적을 덮어 주는 수고도 마다하지 않았다. 가을이 한창인 지금쯤이면 새로운 움이 막 올라오기 시작할 때였다. 무사히 겨울을 보내고 내년 봄을 맞이하면 붉은 싹을 틔울 것이다. 그 싹을 푸른 옥병에 담아 뜨거운 불로 달여 내면 게 눈 같은 거품이 생기며 솔방울 소리가 나는데 살짝 맛을 보면 금세 두 눈이 밝아지는 신묘한 기쁨을 맛볼 수가 있다. 퍼붓는 비도 잠시 잊은 채 입맛을 다시던 김생의 얼굴이 일그러졌다.

'상아 고 계집애가 차나무를 제대로 돌보기는 했을까?'

상아는 김생의 옆집에 사는 계집아이다. 올해 나이가 열다섯이니 이제 처자라 불러야겠지만 또래보다 머리 하나는 작은 몸집 탓에 김생에게는 여전히 계집아이로밖에 보이지 않았다. 손재주도 있고 총기도 넘치며 매사에 열심인 아이였다. 말이 좀 많은 것을 빼면 흠잡을 데 없지만 가끔씩 무언가에 정신을 놓는 버릇이 있었다. 그럴 때면 상아는 주위의 일에 대해서는 눈을 감은 채 거들떠보지도 않았다.

올봄, 김생은 서울로 올라오라는 효령 대군의 부름을 받았다. 경주에 뼈를 묻겠다고 결심했지만 효령 대군의 요청은 거절하기가 어려웠다. 김생은 바람이라도 쐬고 오자는 가벼운 마음으로 금오산실을 떠났다. 그런데 한두 달이면 될 줄 알았던 일이 서너 달을 훌쩍 넘겼다. 진달래꽃이 피는 것을 보며 떠났던 김생은 가을 낙엽을 밟으며 경주로 돌아왔다. 김생의 부재중에 차나무를 돌보는 일은 오롯이 상아의 몫이 되었다. 곧 돌아오리라 여기고 긴단한 지침만 알려 준 탓에 걸핏하면 제 세상으로 가 버리기 일쑤인 상아가 까다로운 차나무의 미묘한 요청들을 어찌 처리했을지 걱정이 되었다.

"올해만 있는 것도 아닌데 뭘 그리 걱정이냐? 다 버리고 사는 주제에 안달복달하기는."

김생은 이제는 고질이 된 혼잣말을 내뱉었다. 전국을 방랑하던 시절에 얻은 버릇이었다. 깊은 산속을 걷다 보면, 하루 종일 사람 하나 마주치지 않는 날이 많았다. 그럴 때면 결코 과묵한 편이 아닌 김생은 입이 근질근질해 참을 수가 없었다. 참다 못한 김생은 산천초목을 상대로 일장 연설을 토해 내곤 했다. 산천초목이야 끝없는 넋두리를 듣느라 괴로웠겠으나 김생에게는 도움이 되었다. 제 속내를 받아 주는 그 미물들이 고맙고 또 고마웠다. 혼잣말을 내뱉고 나면 보통은 기분이 좋아졌다. 하지만 이번에는 사정이 달랐다. 올해라는 말 때문이었다.

'과연 내게 내년이 있기나 할까?'

생각이 거기까지 미치니 집 생각, 차 생각은 사라지고 다시 술 생각이 났다. 꿀꺽 군침을 삼켰다. 서울에서 겪었던 불쾌한 일들이 한꺼번에 머리를 두드렸다. 김생은 발걸음을 멈추었다. 가슴이 답답해 견디기가 힘들었다. 정신을 차리기보다는 방기하고 싶었다. 육신을 추스르기보다는 마구 굴리고 싶었다. 술을 마시며 분노, 울분, 좌절을 마음껏 토해 내고 싶었다. 한번 머릿속에 술 생각이 자리 잡고 나니 참을 수가 없었다. 어린아이같이 욕구 하나 다스리지 못하는 스스로가 어이없어 검은 산을 보며 탄식했다.

"산더러 묻노라. 나는 도대체 뭐 하는 자인가?"

자조로도 술에 대한 허기를 막을 수는 없었다. 그 순간이었다. 혀로 입술을 싹싹 핥으며 한잔 술을 그리워하는 김생의 눈에 이상한 물체가 들어왔다. 뱀이었다. 그것도 온몸이 백자처럼 흰 백화사(白花蛇)! 깊은 밤이었다. 비가 끝없이 퍼붓고, 달빛도 꼭꼭 숨었고, 산조차 검은 그림자로만 존재하는 깊디깊은 밤이었다. 백화사가 아무리 하얗다 해도 해나 달도 아닌데 제 스스로 빛을 발하지는 못할 터. 그런데도 백화사는 비에 젖은 어둠 속에서 홀로 존재를 발산했다. 더욱 이상한 것은 그다음이었다. 비는 안중에도 없는지 나들이라도 가듯 천천히 움직이던 백화사가 고개를 쳐들고 김생을 똑바로 쳐다보았다. 김생은 자신도 모르게 숨을 멈추었다. 백화사의 주둥이가 꼭 사람처럼 움직였다. 김생에게 뭐라고 말을 거는 것만 같았다. 천지자연을 벗 삼아 사노라 자부하는 김생이었다. 그러나 뱀의 언어를 알아들을 경지에 이르지는 못했다. 이윽고 백화사는 슬며시 입을 닫고는 천천히 숲 속으로 사라졌다.

김생은 혹시나 백화사가 다시 나타날까 싶어 잠시 멈춰 서 있었다. 아무것도 나타나지 않았다. 김생은 다시 발걸음을 떼었다. 지금껏 숨어 있던 한기가 노골적으로 다가와 등을 두드리며 김생을 괴롭혔다. 추위보나 견디기 어려운 것은 공허하고 두려운 마음이었다. 늘 혼자일 때가 많았지만 지금처럼 외톨이라는 사실이 몸서리쳐지도록 사무쳤던 적은 없었다. 백화사는 김생에게서 얼마 남지 않은 인내심마저 앗아 간 모양이었다. 김생은 발걸음을 재촉했다. 그래, 역시 술을 마셔야 하리라. 당장은 반기는 이 하나 없어 냉랭한 금오산실보다 술친구를 찾아가야 하리라. 술로써 한기와 외로움과 온갖 번뇌들을 지워야 하리라. 당장 머릿속에 떠오르는 이는 이경준이었다. 밤 깊은 시각에 김생을 받아 줄 이는 동학 선배 이경준 말고는 없었다. 마음을 정한 김생이 발길을 돌리려는데 몇 발짝 앞에서 시끄러운 소리가 들렸다.

"잘 뒤져 봐. 행색을 보니 값진 물건이 있을 게 분명해."

"제길, 그렇게 잘 알면 네놈이 뒤져. 뒤에서 소리만 질러 대지 말고 불이나 좀 똑바로 비추라고."

도적들이 틀림없었다. 기분도 울적하던 차에 잘됐다 싶었다. 도적들을 실컷 패고 나면 기분도 나아질 터이다. 지금은 비루먹은 몸에 가깝지만 한때는 검법 수련에 열을 올렸던 김생이었다. 김생은 튼튼한 나뭇가지 하나를 집어 들고는 소리가 나는 곳을 향해 달려갔다.

김생의 짐작대로였다. 도적 두 놈이 바닥에 쓰러져 있는 남자의 몸을 이 잡듯 샅샅이 뒤지고 있었다. 김생은 냅다 소리부터 질렀다.

"뭣 하는 놈들이냐! 어서 물러나지 못할까!"

흠칫 놀랐던 도적들이 불을 들어 김생의 꼴을 보더니 이내 웃음을 지었다. 두 놈 중 덩치 큰 놈이 김생을 향해 천천히 다가왔다. 놈의 손에는 칼이 들려 있었다.

"뭣 하는 놈들인지는 두 눈으로 똑똑히 봤으니 이해가 됐겠지. 그러는 네놈은 도대체 뭐 하는 놈이냐? 살고 싶은 생각이 콩알만큼이라도 있으면 조용히 사라져 네놈의 길지 않은 명줄이나 보전하는 게 어떠냐?"

김생은 말없이 다가서서 나뭇가지를 휘둘렀다. 도적의 칼이 허공을 가르는 동안 김생의 나뭇가지는 놈의 명치를 정확히 찔렀다. 도적이 가슴을 부여잡고 쓰러지자 김생은 재빨리 놈의 배를 발로 밟았다. 웃으며 지켜보던 다른 도적이 칼을 휘두르며 다가왔다. 김생은 나뭇가지로 칼날을 막았지만 균형을 잃는 바람에 바닥에 쓰러졌다. 도적이 기회를 놓치지 않기 위해 마구 칼을 휘둘렀다. 제대로 검법을 배운 놈이 아니라서 김생에게는 천만다행이었다. 김생은 간신히 몸을 일으켜 반격했다. 한두 번은 막아 낸 도적이었지만 칼을 떨어뜨리자 실력 차를 절감하고는 숲 속으로 달아났다. 김생의 눈이 남은 한 놈에게로 향했다. 아직도 가슴을 부여잡고 있던 도적은 김생이 칼을 집어 드는 것을 보고 슬금슬금 뒷걸음질 치더니 역시 숲 속으로 사라졌다. 김생은 분이 채 풀리지 않은 듯 큰 소리로 외쳤다.

"네놈들, 운 좋은 줄 알아라! 내가 술 한잔 걸치지 않았다면 너희들은 벌써 황천길로 갔을 게야!"

대답은 없었다. 빗줄기만 더욱 거세져 이제는 아예 폭우가 되었다. 그 엄청난 빗줄기 사이로 히히 비웃는 소리를 들은 것 같기도 했다. 신경이 곤두선 김생은 곧바로 주먹을 움켜쥐었다. 기분 같아서는 세상 끝까지라도 도적들을 쫓고 싶었다. 그러나 그것이 허세에 불과하다는 사실은 김생 스스로가 잘 알았다. 김생은 예전의 김

생이 아니었다. 도적들이 칼을 조금이라도 다룰 줄 알았다면 황천길로 간 쪽은 바로 김생이었을 터이다.

김생은 칼을 수풀에 던져 버렸다. 재수 옴 붙었다 싶어 바닥에 침을 뱉고 이경준의 집을 향해 가려는데 무엇인가가 김생의 발목을 잡았다. 바닥에 쓰러진 남자였다. 보자마자 기가 막혔다. 덩치는 산만 한 놈이 혼례복을 입고 있었다.

'이거 미친놈 아냐?'

남자가 쓰러진 곳은 산 중턱의 소로였다. 좌우는 숲이었고 가까운 민가까지 가려 해도 서너 식경은 소요되었다. 게다가 혼례복이

라니. 어두컴컴한 탓에 자세히 보이지는 않았지만 언뜻 보기에도 꽤 격식 갖춘 복장임에는 틀림없었다. 김생이 알기로 이 주변에는 제대로 된 혼례복을 입고 혼례를 치를 만큼 여유 있는 집이 없었다. 민가래야 몇 채 되지도 않는 데다가 남의 땅을 빌려 부쳐 먹고 사는 무지렁이 농사꾼이 대부분이었다. 김생은 허리를 숙여 남자의 입가에 코를 대어 보았다. 숨소리는 났으나 술 냄새는 나지 않았다. 김생이 고개를 갸웃했다.

"술도 안 마셨다면…… 이놈은 도대체 여기서 무얼 하고 있었던 건가?"

그 순간 남자가 김생의 발목을 세게 쥐었다. 엄청난 완력에 김생은 자기도 모르게 비명을 지르고 말았다. 발을 휘둘러 간신히 남자의 손을 뿌리친 후에 다시 한 번 남자를 보았다. 남자는 신음을 내뱉으며 몸을 덜덜 떨었다. 김생은 휘두르려던 주먹을 물리고 한숨을 쉬었다. 자신에게 닥친 상황만으로도 심신이 피로한 터였다. 술 한잔을 구원으로 여기고 발걸음을 돌리려던 차였다. 그런데 어디서 떨어진지도 모르는 덩치 큰 남자가 기절해 있는 현장과 마주치다니, 불운도 이만한 불운이 없었다. 김생은 하늘을 향해 냅다 소리를 질렀다.

"알았다! 내 받아들이마! 댁이 언제 내 편인 적이 있더냐?"

김생은 남자의 몸을 끌어당겼다가 다시 놓았다. 산만 한 덩치라는 표현 그대로라 웬만한 힘으로는 어림도 없었다. 김생은 젖 먹던

힘까지 다해 간신히 남자를 등에 업었다. 업기는 했으나 숨이 턱 막혔다. 야트막한 고개 너머에 금오산실이 있지 않았다면 남자야 죽건 말건 버려 두고 제 갈 길을 갔을 것이다.

김생은 자신이 아는 욕을 있는 대로 해 대며 금오산실을 향해 걸어갔다. 상아네 집에 도착했을 무렵에는 빗물과 땀으로 범벅이 되어 도무지 산 사람 꼴이 아니었다. 김생은 산실로 향하려다 발걸음을 돌려 상아네 집으로 갔다. 남자를 엎은 채 상아네 집 앞에서 큰 소리로 외쳤다.

"선무당은 집에 계신가?"

선무당이라 함은 상아의 어미, 즉 파주댁을 이르는 말이다. 파주댁은 칠팔 년 전쯤 상아와 함께 경주로 왔다고 한다. 남편이 죽는 바람에 집안이 풍비박산되었고, 전국을 떠돌다 마침내 경주까지 오게 되었으며 자신을 파주댁이라 불러 달라고 했을 뿐 그 밖의 과거는 전혀 밝히지 않았다. 파주댁에게 그 이상을 묻는 이도 없었다. 인륜과 도덕이 땅에 떨어진 시대였다. 자리에 눈먼 삼촌이 조카를 아무렇지도 않게 죽이는 시대였다. 아무리 괴이한 일을 겪었어도 하나 이상할 것 없는 시대였다. 그러니 사람들은 그저 좋지 않은 일을 여럿 겪었나 보구나 생각하며 고개만 끄덕였다.

다행히 파주댁에게는 두 가지 특별한 재주가 있었다. 첫 번째 재주는 바느질이었다. 파주댁은 부탁받은 물건이 무엇이 되었건 날짜에 맞추어 척척 완성해 냈다. 솜씨가 뛰어난 것은 두말할 필요도 없었다. 또 다른 재주는 다른 이의 앞날을 보는 능력이었다. 평상시 파주댁은 곰살궂으면서도 억척스러운 여인이었지만 신기가 찾아오면 완전히 다른 사람이 되었다. 신기가 찾아오면 파주댁은 바느질을 중단하고 산꼭대기의 암자에 올라갔다. 암자에서 며칠 동안 치성*을 드리고 돌아와서는 바느질감을 가져온 이들에게 부적을 나눠 주었다. 하지만 부적에 어떤 효험이 있는지는 말하지 않았다. 그저 가지고 있으면 액을 피할 수 있다는 말뿐이었다. 쌀 한 바가지나 술 한 병만 내면 액을 피할 수 있다고 하니 마다할 사람은 없었다. 부적이 다 떨어지면 파주댁은 다시 평소대로 돌아왔다. 파주댁의 부적 덕인지는 모르겠지만 여자들은 아이를 쑥쑥 잘 낳았고, 아이들은 잔병치레 없이 잘도 자랐다. 비명횡사하는 노인도 없었고, 송사에 휘말려 구설수에 오르는 양반네도 없었다.

용장사 경실에 머무르던 김생이 절에서 내려와 산 중턱 상아의 집 옆에 금오산실을 지은 것은 올봄이었다. 마침 파주댁이 치성을 마치고 암자에서 막 내려왔을 때였다. 김생은 파주댁이 자신에게 처음으로 했던 말을 똑똑히 기억했다. "살아 있는 귀신 놈이 왔구나. 이 부적 하나 가져가시오."

워낙 괴이한 말이니 누가 들었더라도 그 말은 잊을 수가 없을 터이다. 멀쩡히 두 눈 뜨고 살아 있는 사람을 귀신이라 부른 것도

● 치성(致誠) | 신이나 부처에게 지성으로 빎. 또는 그런 일.

그렇고 대놓고 반말을 하는 것도 그렇고, 김생의 기분은 썩 좋지 않았다. 그러나 꽤나 심각한 말을 내뱉고도 부적 한 장으로 모든 것을 해결하려는 파주댁의 여유롭고 단순한 태도가 제법 마음에 들었다. 반은 초탈한 듯, 반은 다른 세상에 있는 듯한 복잡스러운 얼굴도 파주댁에게 썩 잘 어울렸다.

며칠이 지나 부적을 다 팔아 치우고 일상으로 돌아온 파주댁은 김생을 아예 한식구처럼 자연스럽게 대했다. 아침저녁으로 밥을 가져다주는 것은 물론이고 승복을 만들어 주기도 했다. 왜 파주댁이 비렁뱅이나 다름없는 자신에게 호의를 베푸는지는 알 수 없었다. 그러나 김생 또한 그런 문제로 고민할 위인이 아니었다. 공짜 술과 호의는 받아먹으면 그만이었다. 마음 한구석에 거리끼는 데가 없지는 않았지만 김생은 과감하게 무시했다. 그러고는 파주댁을 선무당이라 부르기 시작했다. 이유는 하나였다. 파주댁은 부적이 있으면 액을 피할 수 있다고 했지만 정작 어떤 액인지는 알려주지 않았다. 김생은 그 점을 꼬집어 파주댁을 선무당이라 불렀다. 막상 부르고 보니 그보다 적당한 호칭도 없었다. 부적을 만들 때 빼고는 무던한 파주댁이라 별반 싫다는 말도 하지 않았다. 그러한 까닭에 그 뒤로는 아예 선무당이라고만 부르게 되었다.

김생의 부름에 문을 열고 나온 사람은 상아였다.

"엄마는 치성드리러 암자에……."

상아는 말을 다 끝내지 못하고 김생과 남자를 번갈아 보았다. 그러고는 갑자기 입을 막았다. 놀란 기색이 역력했다.
"상아야, 부탁 좀 하자. 내가 잠깐 술 한잔 하고 올 테니 이 청년을 돌봐 줄 수 있겠느냐?"
상아는 생각도 하지 않고 바로 고개를 저었다. 뜻밖의 반응이었다. 상아는 다른 이의 어려움을 나 몰라라 외면하는 아이가 아니었다. 오히려 지나치게 나서서 문제였다. 그런데 지금은 앞뒤 사정을 헤아리지도 않은 채 거절부터 한 것이다. 김생이 역정을 섞어 다시 부탁했다.
"그냥 두면 죽을지도 모른단 말이다. 내 말 알아듣겠느냐?"
"무서워요."
상아는 그 한마디로 자신의 속내를 정확히 표현해 냈다. 김생은 속으로 고개를 끄덕였다. 김생의 부탁은 사소한 일이 아니었다. 거센 비가 퍼붓고 있는 한밤중에 찾아와 생면부지의 남자, 그것도 덩치가 상아의 서너 배는 족히 될 법한 남자를 맡기려는 것이었다. 상아의 무섭다는 반응은 너무도 당연했다.
"알겠다. 우선 내려놓기나 하자."
김생은 마지막 힘을 모아 남자를 방에 눕혔다. 그러는 동안에도 남자는 꿈쩍하지 않았다. 상아는 수건을 가져와 남자의 얼굴을 닦았다. 무섭다는 말과 달리 손길에는 두려움이 없었다. 상아는 손과 발의 물기를 닦고 이불까지 덮어 준 뒤에야 남자에게서 물러났다. 상아의 얼굴이 잔뜩 상기된 것을 보고 김생이 물었다.

"괜찮은 거냐?"

"네."

말로는 괜찮다고 했으나 상아의 태도는 평소와 사뭇 달랐다. 계속해서 손톱을 깨무는 등 잔뜩 긴장한 것이 분명했다. 김생은 벽에 등을 기대었다. 아무래도 자리를 뜨기는 어려울 듯했다.

"다녀오세요."

"뭐라고?"

"술 한잔 하고 오신다면서요?"

"괜찮겠느냐?"

"네."

상아의 얼굴에 비로소 웃음이 떠올랐다. 김생은 상아와 남자를 번갈아 보았다. 남자가 금방 깨어날 것 같지는 않았다. 상아가 김생을 일으키며 말했다.

"다녀오세요. 대신 일찍 오셔야 해요."

"알겠다."

찜찜함이 없지는 않았지만 지금 김생에게는 술과 벗이 절실했다. 밖으로 나서려는 김생을 상아가 다시 불렀다.

"처사*님, 잠깐만요."

김생이 돌아보자 상아는 잠시 멈칫하더니 고개를 저었다.

● 처사(處士) | 벼슬을 하지 않고 초야에 묻혀 살던 선비.

"아니에요, 걱정 말고 다녀오세요."

보통 때였다면 평소와 다른 상아 곁에 눌러앉았겠지만 지금 김생은 술과 벗 생각에 거의 정신을 잃을 지경이었다. 김생은 한술 더 뜬 요구까지 했다.

"혹시 술 좀 있느냐?"

부적을 받은 이들이 가끔씩 술병을 들고 온다는 사실을 알고서 한 말이었다. 상아는 가볍게 눈을 흘기고는 부엌에서 술 한 병을 들고 나왔다. 상아는 술을 건네며 경고의 말도 잊지 않았다.

"드리긴 드립니다만 너무 많이 드시지는 마세요. 비도 많이 오는데 평소처럼 마음껏 드셨다간……."

되살아난 상아의 수다가 시끄럽기보다는 오히려 반가웠다. 김생은 시늉뿐인 대답을 하고 어두컴컴한 길로 나서려다 불 꺼진 산실에 눈길을 주었다. 언제 봐도 초라한 집이었다. 퍼붓는 비에 대책 없이 당하는 꼴을 보니 더 한심해 보였다.

'저따위 집을 못 잊어 서울을 떠나오다니.'

김생은 고개를 젓고는 이경준의 집을 향해 발걸음을 내디뎠다.

비가 여전히 거셌지만 술을 무기 삼아 걷는 김생에게는 더 이상 아무런 방해가 되지 않았다. 큰 바위처럼 무거운 남자를 내려놓은 뒤라 발걸음은 가볍기만 했다. 가벼워진 육체를 대신해 무거워진 것은 김생의 머릿속이었다. 서울에서 마주쳤던 오만 군상들, 화려한 집회와 시끌벅적한 주연이 떠올랐다 사라졌다. 김생은 서울이 떠오를 때마다 술을 마시고 침을 뱉었다. 이경준의 집에 도착하기도 전에 술 한 병을 모두 비운 김생은 빈 병을 풀숲에다 던져 버렸다. 이경준의 집 앞에 도착했을 때는 제법 거나하게 취기가 올라 있었다. 김생은 솟을대문*에다 흥 하고 코웃음을 치고는 냅다 소리를 질렀다.

"형님, 동생이 왔소! 어서 문을 여시오!"

김생의 우렁찬 목소리는 폭우의 공격을 쉽사리 이겨 냈다. 잠시 후 문이 열리더니 하인 하나가 나와 김생을 맞았다. 김생은 하인을 따라 이경준의 사랑으로 갔다. 이경준이 환한 웃음으로 김생을 환영했다.

"서울은 잘 다녀오셨소?"

"가는 길도 알고 오는 길도 아는데 잘 다녀오지 못할 이유가 있겠소?"

김생의 무례한 대답에도 이경준은 화를 내기는커녕 호쾌한 웃음으로 화답했다. 이경준은 잔뜩 젖은 김생이 물기도 털지 않고 방석에 털썩 주저앉는데도 개의치 않았다. 술상이 들어왔다. 김생은 이경준이 따라 준 술잔을 단숨에 비우고는 고기 한 점과 푸성귀를 집어 입에 쑤셔 넣었다.

"술 좋다."

● 솟을대문 | 대문간 좌우의 집채보다 기둥을 훨씬 높게 해서 우뚝 솟게 지은 대문.

김생의 진정 어린 감탄사에 이경준은 이번에도 웃음으로 화답했다. 김생이 술잔을 연거푸 비우는 동안 이경준은 자신의 잔에 손도 대지 않았다. 한잔 따라 주고 싶었지만 손을 뻗기도 귀찮아서 김생은 그저 묵묵히 자신의 술잔만 비워 나갔다.

급하게 부어 넣은 술 탓인지 머릿속이 몽롱했다. 김생은 취기를 깨기 위해 주위를 둘러보다 문틈으로 내리는 비를 쳐다보았다. 올 때는 몰랐지만 정말 굉장한 비였다. 이렇게 퍼붓는 비는 실로 오래간만이었다. 김생의 머릿속에 상아에게 맡기고 온 남자가 떠올랐다. 상아 홀로 있는 집에 장성한 남자를 놓고 와서 적이 걱정되기도 했고, 그 남자가 도대체 어디서 왔는지도 다시 궁금해졌다. 그렇다고 해서 당장 일어서고 싶지는 않았다. 상아라면 잘 처리할 터이다. 분명 그리할 터이다. 무엇보다도 천하제일의 술고래인 김생이 반도 더 남은 술병을 놓고 떠날 수는 없는 일이었다.

"평중은 혹시 만났는가?"

평중이라 함은 한때 스승이었던 이계전의 아들 이파를 말하는 것이었다. 이경준과 이파 그리고 김생은 이계전 문하에서 함께 학문을 익힌 사이였다. 김생은 술잔을 급히 비우고는 벌컥 화부터 냈다.

"도승지와 내가 도대체 무슨 관계가 있다는 게요? 술맛 떨어지니 그 더러운 이름 내 앞에서 꺼내지도 마시오."

세종 임금 시절 과거에 급제한 이파는 수양의 밑에서 승진을 거듭했고 지금은 도승지로 재직 중이었다. 노산군(단종)을 내치고 왕위에 오른 수양을 위해 일하는 이파와는 상종할 마음이 없음을 김생은 노골적으로 내비쳤다.

"평중은 다만 관료일 뿐이네. 너무 비난하지 말게."

"그렇겠지. 수양에게 얻어맞고도 칠푼이처럼 헤헤 웃기만 하던 아비를 뒀으니 벨도 꼴도 없이 맡은 일 하나만은 누구보다 잘 처리하겠지. 암, 공사를 잘 구분하니 천하에 둘도 없는 뛰어난 관료이고말고. 그 아비에 그 자식일 테니 말이오."

"그렇게 비꼬면 기분이 좀 나아지는가? 게다가 스승님이 금상*에게 얻어맞았다니, 그게 도대체 무슨 소린가?"

김생은 대답 대신 술잔을 비웠다. 백이, 숙제의 절의*를 침 튀겨 가며 찬양하던 스승 이계전은 막상 수양이 조카인 노산군을 내치자 별다른 고민도 없이 덥석 수양의 편을 들었다. 그뿐만이 아니었다. 오랜 수련으로 익힌 절제의 미덕 덕분인지는 몰라도 자신에게 가해진 모욕을 죄 감수하는 신기까지 보여 주었다. 자존심 강하기로 유명했던 명신 이색의 외손이라는 것이 믿기지 않을 정도였다.

"서울에서 들은 재미있는 이야기가 하나 있소. 수양이 왕위에

- 금상(今上) | 현재 왕위에 자리한 임금. 이 당시에는 세조를 뜻한다.
- 백이(伯夷), 숙제(叔齊)의 절의 | 유교에서 절의의 표상으로 추앙받는 형제의 일화. 주나라 무왕이 은나라 주왕을 침략해 정복하자, 두 사람은 무왕의 행위가 도리에 어긋난다며 주나라의 곡식을 거부하고 산속에 들어가서 굶어 죽었다고 한다.

오른 것을 기념하는 잔치에서 일어난 일이라오."

김생은 특유의 호기롭고 커다란 목소리로 그날의 일을 생생하게 그려 나갔다. 이야기인즉슨 다음과 같았다.

자신을 위한 날이었던 만큼 수양은 술을 거절하지 않았고, 그 결과 자연스럽게 만취에 이르렀다. 모두들 먹고 마시기에 여념이 없는 가운데 수양을 만류한 이가 하나 있었으니 바로 이계전이었다. 옥체를 생각해 술을 그만 드시라는 이계전의 간청에 수양은 이렇게 대꾸했다.

'내 몸가짐을 내 마음대로 하는데, 네가 어찌 나를 가르치려고 하느냐?'

그러나 수양은 말로만 경고하고 끝낼 사람이 아니었다. 수양은 잔치 중임에도 불구하고 위사*를 불러 장으로 이계전의 볼기를 치게 했다. 재미있는 것은 그다음에 벌어진 일이었다. 한차례의 광기가 지나간 뒤 수양은 이계전을 일으켜 앞뒤가 맞지 않는 말을 했다. '내 평일에 너를 사랑하기가 비할 바 없는데, 너는 어찌하여 내 마음을 헤아리지 못하느냐? 내가 이제 너를 좌익공신*의 높은 등급에 올려 주려 한다.'

"스승은 감격해 눈물을 흘렸고 수양은 껄껄 웃었겠지. 이 황당

- 위사(衛士) | 대궐, 관아, 군영 따위를 지키던 장교.
- 좌익공신(佐翼功臣) | 세조가 자신이 왕위에 오르는 데 공을 세운 신하들인 신숙주, 한명회 등 44명에게 내린 칭호.

한 이야기의 끝은 더 재미나다오. 술자리는 끝없이 이어졌고, 목구멍까지 차오른 기쁨을 주체 못한 스승은 마침내 수양 앞에서 덩실덩실 춤까지 추었다지, 그 춤이 뭐라더라? 엥, 술에 취해 기억이 나질 않는구먼. 아무튼 그러한 이야기라오, 허허허."

"그래도 스승님일세. 돌아가신 분을 욕되게 하는 말은 삼가게나."

"스승님은 무슨……."

"그래도 그런 게 아닐세."

"말이 안 통하는 양반이로군!"

김생은 술상을 뒤집어엎었다. 그러고는 술병을 병풍에 던지며 소리를 질렀다.

"잠시 잊은 모양이니 다시 말해 주겠소. 난 날 때부터 천재였소! 스승 따위에게 배운 건 아무것도 없다고! 오세신동(五歲神童), 그게 바로 나야! 세종 임금께서 입이 마르도록 칭찬하셨고, 훗날 귀히 쓰겠다고 약속까지 하셨던……."

"그만하게."

"왜? 듣기 싫소?"

"정히 그렇다면……."

"뭘 어쩌겠다는 거요?"

"내 하나 묻겠네."

"마음껏 물어보시오."

"그렇게 뛰어난 자네가 어쩌다 과거에는 실패했는가?"

"실패? 무슨 소리를 하는 거요? 난 과거 따위에 얽매이는 인간이 아니오. 그래서 그냥 과장에서 뛰쳐나온 거요!"

김생은 손에 잡히는 대로 마구 씹어 넘겼다. 시끄러운 소리를 듣고 하인들이 몰려왔다. 상황을 눈치챈 하인 하나가 방으로 뛰어들어 김생을 붙잡았다. 김생은 잠시 몸부림쳤지만 취한 몸은 스스로도 감당하기 어려워진 지 오래였다. 완벽하게 제압된 김생은 온몸을 축 늘어뜨리며 저항을 포기했다. 이경준이 손짓하자 하인은 김생을 놓아주었다. 김생은 이경준의 도움을 거절하고 저 혼자 간신히 몸을 일으키더니 방바닥에 침을 뱉었다. 이경준이 허허 웃으며 말했다.

"오늘은 유독 심하군. 서울에서 무슨 일이라도 있었던 겐가?"

김생은 대꾸하지 않았다. 휘청거리며 밖으로 나가는 김생의 뒤에 대고 이경준이 소리를 높였다.

"힘든 건 자네 하나만이 아닐세. 이제 그만 정신 차리게."

김생 또한 지지 않고 받아쳤다.

"미친 세상에 나 혼자 정신을 차리면 뭐하오? 절의가 무너진 세상을 맨정신으로 어찌 견디라는 거요? 집 안에 틀어박혀 학처럼 고고하게 사는 당신 같은 인간이 도대체 뭘 알겠소? 내 말인즉슨 형님이나 정신 차리라 이 말이오."

김생은 이경준을 향해 꾸벅 고개를 숙이고는 밖으로 나왔다. 이경준이 혀를 끌끌 차는 소리가 환청처럼 들려왔다. 술 탓일까, 혀 차는 소리가 꼭 흐느끼는 울음처럼 구슬프게 들렸다.

밤이 깊을 대로 깊었으나 비는 좀처럼 그칠 기미를 보이지 않았다. 이대로 계속 내리다가는 온 천지가 비에 잠길 것만 같았다. 김생은 호기를 부렸다.

"그것도 좋겠지! 더러운 세상이 비에 쓸려 시원하게 사라지는 것도 꽤나 통쾌한 일일 테니! 수양도 조선도 나 김생도 모조리 사라지고 말 테니!"

김생은 고래고래 소리를 지르며 갈지자로 걸었다. 끊임없는 빗줄기의 공격에 비틀거리면서도 버티려 애썼지만 만취한 몸은 끝내 비를 이겨 내지 못했다. 통나무 쓰러지듯 그대로 무너져 내린 김생은 꿈쩍도 하지 않았다. 공교롭게도 그곳은 덩치 큰 남자가 누워 있던 바로 그 자리였다. 술에 취해 정신마저 잃은 김생이 그 사실을 알 리 없었다.

어둠 속에서 백화사가 나타났다. 느릿느릿 기어 온 백화사는 대자로 누운 김생의 배를 타고 지나가 건너편 숲 속으로 사라졌다. 사라지기 전, 잠시 김생을 본 듯도 했다. 잠시 후 검은 그림자가 하나둘 나타나더니 김생을 에워쌌다. 그중 매 한 마리를 손목에 얹은 그림자가 허리를 굽혀 김생의 얼굴을 보더니 나직한 신음 비슷한 소리를 내며 김생의 얼굴에서 물기를 닦아 주었다. 어두운 탓에 그 물기가 빗물인지 눈물인지 알 수 없었다. 천지를 제압하려는 양 퍼붓던 비가 그치고 새벽이 밝아 올 때까지 그림자들은 김생의 곁을 떠나지 않았다.

3

검은 재, 두 개의 달, 그리고 기이한 집

죽음에게 내 육신을 기꺼이 바쳤건만 나는 아직 죽지 않았습니다. 나지막한 언덕 아래로 수양버들이 늘어서 있고 그 사이로 나를 집어삼키려던 검은 강물이 보였습니다. 강물은 소리도 없이 조용히 흐를 뿐이었습니다. 옥죄이는 느낌에 손으로 목을 만졌습니다. 아무것도 없습니다. 그럼에도 옥죄이는 느낌은 좀처럼 사라지지 않았습니다. 보이지도 않는 줄을 없앨 수는 없습니다. 그러니 그저 참고 견딜 수밖에요. 언덕을 올랐습니다. 땅은 걷기도 어려울 만큼 질퍽했습니다.

간신히 걸음을 옮기니 긴 담장이 사방으로 둘러쳐져 있는 커다란 집이 나타났습니다. 고개를 갸웃했습니다. 어딘지 익숙하면서 다른 한편으로는 낯설었습니다. 몇 걸음 더 걸어가 보았습니다. 담장 너머에서 무슨 소리가 들려왔습니다. 신음 같기도 하고 흐느낌 같기도 한, 혹은 노래 같기도 한 소리였습니다. 궁금증을 참지 못하고 한 걸음 더 다가서려는데 갑자기 천지를 뒤흔들며 매서운 광풍이 불어닥쳤습니다. 깜짝 놀라 발걸음을 멈추자 수천, 수만은 될 듯한 무수한 나뭇잎들이 일제히 나를 향해 달려들었습니다. 근처에 나무 한 그루 없는데 어디서 날아온 것일까요. 강물과 밧줄을 피했더니 이번에는 광풍과 나뭇잎이었습니다. 이유를 모르니 대처할 방법도 없습니다. 나는 똑바로 서서 나뭇잎을 받아들이기로 했습니다.

  운명에 순응하기로 한 순간, 바람은 불어올 때보다 갑작스럽게 멈췄습니다. 푸른 나뭇잎들은 내 얼굴에 닿기 바로 직전, 힘을 잃고 바닥에 떨어졌습니다. 나뭇잎을 바라보았습니다. 강물에 빠진 것도 아닌데 숨이 막혔습니다. 생명의 기운이라고는 조금도 느낄 수 없는 검은 나뭇잎들, 아니 형체만 있고 생명의 기운은 없으니 차라리 재라고 불러 마땅했습니다. 생명에서 죽음으로 바뀌는데 찰나의 시간도 걸리지 않았습니다. 이것이 바로 『반야심경』에서 말하는 색즉시공●인 걸까요. 오래전에 귀동냥으로 전해 들은 말이

● 색즉시공(色卽是空) | 현실의 물질적 존재는 모두 인연에 따라 만들어진 것으로서 변하지 않는 고유의 존재성이 없음을 이르는 말.

라 긍정도 부정도 못 하겠습니다. 변이의 까닭을 캐내기 위해 뚫어져라 쳐다보았지만 내 작은 머리로는 일말의 단서도 얻을 수 없었습니다.

나는 입술을 감쳐물고는 고개를 들어 하늘을 보았습니다. 감탄이 절로 나왔습니다. 하늘에는 두 개의 달이 떠 있었습니다. 하나는 평범한 만월이었고, 다른 하나는 핏빛처럼 붉은 만월이었습니다. 평범한 만월은 자연스럽게 하늘의 중심을 차지하고 있었고, 핏빛 만월은 하늘 귀퉁이에서 버둥거리며 간신히 목숨을 부지하고 있었습니다. 고개를 떨어뜨렸습니다. 근원적인 질문 하나가 죽순처럼 땅을 뚫고 튀어나왔습니다.

'나는 산 자일까요, 죽은 자일까요.'

두 발로 땅을 딛고 있으니 살아 있다고 말해야 옳겠습니다. 그러나 멀쩡하던 나뭇잎이 재로 변하고 하늘에 두 개의 달이 떠 있는 세상은 일찍이 본 적도 들은 적도 없습니다. 깊은 회의에 빠지려는데 하늘에서 또 다른 문장 하나가 슬그머니 미끄러져 내려왔습니다.

'괜찮다, 이제 너는 고작 열일곱인걸.'

단 한 문장이 큰 위로를 주었습니다. 열일곱의 나이로 세상에서 벌어지는 온갖 일들을 제대로 이해하기란 불가능합니다. 삶과 죽음, 일상과 변이, 지나간 날들과 다가올 날들 같은 큰 주제들에 대해서는 더더욱 그렇습니다. 적당한 시기에 나를 도와준 하늘을 향해 고개를 숙여 감사를 표했습니다. 그러고는 내 앞에 자리하고 있는 커다란 집을 다시 한 번 바라보았습니다.

깊은 숨을 내쉰 후에 용기를 내어 한 걸음 내디뎠습니다. 광풍은 불지 않았습니다. 이제 됐습니다. 나는 성큼성큼 걸어 내문의 윤곽이 뚜렷이 보이는 곳까지 이르렀습니다. 담장 너머에서 들려오는 소리는 아까보다 한결 명확해졌습니다. 나는 눈살을 찌푸리고 입을 막았습니다. 그것은 사람들의 피가 튀고 살이 찢기는 소리였습니다. 보이지는 않았지만 나는 그 소리의 실체를 정확히 알 수 있었습니다. 이유는 모르겠지만 내 속의 무언가가 저것은 피와 살의 소리라고 분명하게 속삭였습니다. 너무 무서워 눈물이 나려 했습니다. 하지만 울어서는 안 됩니다. 나는 열일곱이나 된 남자이니까요. 나는 옷깃으로 눈가를 훔치고 굳게 닫힌 문을 똑바로 바라보았습니다.

주먹을 움켜쥐고 문을 향해 가려 했지만 도저히 발걸음이 떨어지지 않았습니다. 자신에 대한 실망이 목구멍까지 차올랐습니다. 발뒤꿈치에 힘을 주고 턱을 앞으로 쭉 뺐습니다. 미봉책이었지만 어찌 되었건 마음을 다잡을 시간이 필요했습니다. 치졸한 투쟁을 벌이는 내게 또 다른 소리가 들려왔습니다. 피와 살의 소리는 더 커졌지만 그 사이로 분명 다른 소리가 들렸습니다. 겁에 질린 강아지처럼 귀를 쫑긋 세웠습니다.

'비 그친 긴 둑에는…….'

그렇습니다. 바로 풀빛을 닮은 여인의 목소리입니다. 여인의 목소리는 잘 들리지 않았지만 담장 너머에 여인이 있는 것만은 분명합니다. 피와 살과 여인, 붉고 허옇고 푸른 것들이 두 개의 달과 공존하는 공간, 그 비밀을 풀 수 있는 방법은 오직 하나뿐입니다. 나는 주먹을 풀고 바닥을 향해 손바닥을 서너 번 턴 뒤에 문을 향해 다가갔습니다. 문 앞에 서서 이리 오너라 하고 외쳤습니다. 대답이 없습니다. 한 걸음 더 다가가 문을 밀었습니다. 문은 꿈쩍도 하지 않았습니다. 그렇겠지요. 닫힌 문이 쉽사리 열리지는 않겠지요. 쉽사리 열린다면 문이 아니겠지요. 닫힌 문과 투쟁을 벌이는 사이 노랫소리는 더욱 선명해졌습니다.

'남포항에서 임 보내는 구슬픈 노래는……'

노래가 나를 위로하고 격려했습니다. 부드럽고 푸른 노래 속에는 정수리에 침을 맞는 듯한 따끔함이 숨어 있습니다. 고개를 좌우로 돌려 보았습니다. 문이 안 된다면 담은 어떻겠습니까? 가까이 다가서서 보니 담장은 내 키보다 조금 높을 뿐입니다. 둔한 몸이기는 해도 조금만 힘을 쓰면 어렵지 않게 넘을 수 있을 것 같았습니다. 담장에 손을 대려다 멈칫했습니다. 특이한 문양이 있는 담장이었습니다. 일곱 개의 붉은 별들이 일정한 간격을 두고 끝없이 반복되었습니다. 끝이 없는 존재는 없겠지만 담장의 별들은 존재의 법칙 밖에 존재하기라도 하는 듯 뻔뻔하고 도도하게 자신을 드러냈습니다. 그 별들을 보고 있노라니 머리가 어지러워졌습니다. 두 개

의 달과 무한히 반복되는 일곱 개의 붉은 별들. 물론 나는 그 의미를 모릅니다. 해답은 분명 담장 너머에 있을 것입니다.

담장을 덮은 기와에 무심코 손을 올렸다가 깜짝 놀라 뗐습니다. 서늘했으나 이미 늦었습니다. 손에서 피가 술술 흘렀습니다. 평범해 보이는 기와였지만 자세히 보니 날카로운 사금파리들이 빈틈없이 박혀 있습니다. 절망할 새도 없이 다시 광풍이 불었습니다. 그 엄청난 기세에 내 육중한 몸이 뒤로 밀리고 말았습니다. 하늘이 깜빡깜빡했습니다. 두 개의 달이 좌우로 요동쳤습니다. 종말이 다가온 것일까요? 그건 모르겠지만 내게 주어진 시간이 얼마 되지 않음을 본능적으로 알아챘습니다. 가만있다가는 정말로 죽고 말 것입니다.

나는 다시 기와에 손을 올렸습니다. 참을 수 없는 통증이 몰려왔습니다. 통증은 온몸에 골고루 퍼졌습니다. 내 온몸이 악을 쓰며 고통을 호소했습니다. 죽음의 고통도 이보다는 덜할 터입니다. 하지만 나는 포기하지 않았습니다. 이를 악물고 손발에 힘을 주었습니다. 드디어 내 몸이 땅에서 살짝 떨어졌습니다. 담장 안의 풍경이 살짝 보였다 싶었는데 다시 바닥으로 떨어졌습니다. 너무 짧은 순간이었기에 무엇을 보았는지조차 알 수 없었습니다. 바닥에서 일어선 나는 또다시 믿기지 않는 풍경과 대면했습니다.

어느새 담이 하늘 끝만큼이나 높아져 있었던 것입니다. 비유가 아니라 실제로 그러했습니다. 그럼에도 피와 살의 소리는 더욱 크게 들려왔고, 노랫소리 또한 결코 지지 않겠다는 듯 높아져 갔습니다. 손에서는 피가 아예 물처럼 흘러내렸습니다. 내 소중한 피, 저것이 없다면 나는 죽고 말 것입니다. 손을 들어 피를 내 입으로 받았습니다. 피는 비리고도 달았습니다. 썩은 생선을 죄다 모아 내 앞에 펼쳐 놓은 듯 비렸지만 내 생명이라 생각하니 다디달았습니다. 노랫소리가 점점 더 커졌습니다.

'대동강은 언제가 되어야 마를 수 있을까요, 해마다 이별의 눈물이 보태지고 또 보태지니……'

노랫소리가 나를 다독여 주었습니다. 슬픔과 분노가 사라지고 갑자기 잠이 쏟아졌습니다. 늘어지게 하품을 하고 그 자리에 그대로 누웠습니다. 기묘한 세상은 그 나름의 평화를 얻었습니다. 하늘에는 두 개의 달이 미동도 않은 채 제자리를 지켰고 담장엔 붉은 별들이 무한히 늘어서 있습니다. 여전히 낯선 풍경이지만 그럼에도 내 마음은 아까보다 훨씬 편해졌습니다. 여인의 하얀 손이 내 얼굴을 쓰다듬었습니다. 나는 눈을 감았습니다. 부드럽고 따뜻한 그 손은 꼭 내가 경험하지 못했던 어머니의 손 같습니다. 어디선가 홍이야, 홍이야 하고 부르는 소리가 들렸습니다. 그 소리를 자장가 삼아 나는 잠이 들었습니다.

4 김생, 똥중이라는 별명을 얻다

방 안에서 노랫소리가 들렸다.

"비 그친 긴 둑에는 풀빛이 가득하고요, 남포항에서 임 보내는 구슬픈 노래는 내 마음을 흔든답니다. 대동강은 언제가 되어야 마를 수 있을까요, 해마다……."

처음 듣는 노래였다. 애잔하면서도 왠지 따뜻한 노래였다. 김생은 방을 향해 으흠 헛기침을 했다. 노랫소리가 그친 것을 확인하고는 목청을 높였다.

"들어가도 되겠느냐?"

후다닥 소리가 나더니 문이 열렸다. 상아였다. 문틈으로 보니 남자는 아직도 누워 있었다. 김생은 남자와 상아를 번갈아 보며 물었다.

"아무 일도 없었느냐?"

"네."

상아는 어느새 평소대로 돌아와 있었다. 상아의 침착한 얼굴을 보니 마음 한구석에 웅크리고 있던 죄책감이 눈 녹듯 사라졌다.

"정말 아무 일도 없었지?"

"여태껏 깨어나지 않아 걱정하던 참이었는데 잘 오셨어요."

김생이 문고리를 잡고 안으로 들어가려는데 갑자기 배에 통증이 찾아왔다. 김생은 꼼짝도 못하고 그 자리에 무릎을 꿇었다.

"왜 그러세요? 어디 불편하세요?"

상아가 잔뜩 놀란 표정으로 김생에게 물었다. 입을 열기도 힘들어서 그저 손만 내저었다. 통증은 잠시 후에 사라졌다. 너무도 순식간에 사라져서 조금 전의 통증이 실제인지 환상인지 구별하기도 힘들 지경이었다.

"허허, 이제 괜찮아졌다."

김생이 웃으며 대답하자 상아의 얼굴도 비로소 밝아졌다. 별일 아님을 확인한 상아가 지난밤 내내 가슴에 쌓였던 분노를 김생에게 퍼붓기 시작했다.

"그러게 술 좀 조금씩 드세요. 분명 술 때문에 생긴 병이라고요. 그건 그렇고 금방 오신다고 하셨으면서 왜 아침이 되어서야 나타나세요? 밤새 얼마나 무서웠는지 아세요?"

"금방 오지 않았느냐? 이제 금방 집에 들렀다 나온 참이다."
"처사님!"

제 딴에는 표독스럽게 보이겠답시고 눈을 크게 떴지만 김생이 보기에는 오히려 귀여웠다. 하지만 김생에게 금방은 금방이었다. 어젯밤 이경준을 찾아가 술을 마시며 대화를 나눈 것까지는 기억이 나는데 그 뒤로는 완전히 깜깜이었다. 기분도 우울한 것이 무엇인가 실수를 저지른 듯했지만 도통 기억이 나지 않으니 뭐라 말하기도 어려웠다. 아무튼 눈을 떠 보니 금오산실이었고, 어리둥절할 틈도 없이 상아한테 맡긴 남자에게 생각이 미쳐 대충 옷가지만 걸치고 나온 것이었다.

"아이고, 역시나 술 엄청 드셨네. 냄새가 장난이 아니에요. 완전히 움직이는 뒷간이네요."

"말조심해라. 그냥 한잔 걸쳤을 뿐이다. 그건 그렇고 계집애 말투가 그게 뭐냐? 그래 가지고서 시집이나 제대로 가겠느냐?"

"시집이요? 아, 그게 무슨······."

상아가 얼굴을 살짝 붉히더니 슬며시 대화의 주제를 바꾸었다.

"그런데······ 스님 행색을 하고 다니시면서 그렇게 술을 드셔도 되나요?"

"내 원효의 후계자라 그렇다."

"원효가 누군데요? 술 마시고 고기 먹는 스님인가요?"

"원효는······ 아니다, 아니야. 나는 그저 내 멋대로 하고 다니는 게 좋아 이러고 다니는 게다. 나는 속까지 중놈은 아니거든."

"하여간 참, 얼렁뚱땅 둘러대시기는. 그래서 엄마가 처사님 같은 사람을 조심하라고 하셨군요. 겉으로만 중이건 속까지 중이건 어서 안으로 들어가기나 하세요."

"날 조심하라고 했다고?"

김생이 물었지만 상아는 이미 안으로 들어가 버린 뒤였다. 파주댁의 말을 잠시 생각하느라 문 앞에 멈춰 섰던 김생은 이상한 기분에 사로잡혔다. 갑자기 하늘이 어두워지더니 날카로운 발톱을 앞세운 매 한 마리가 머리 바로 위를 지나간 듯했다. 그러나 고개를 돌려 바라본 하늘은 푸른색 그 자체였고 매는 어디에도 없었다. 너무도 푸른 하늘이라 어젯밤에 내렸던 폭우가 마치 거짓말 같았다. 김생은 고개를 저었다. 지난밤 마신 술 탓일 터이다.

김생은 방으로 들어가 누워 있는 남자 곁에 자리 잡고 앉았다. 어젯밤에는 몰랐는데 가까이서 보니 남자라기보다는 소년에 가까웠다. 거뭇한 수염이 조금씩 나기 시작한 게 기껏해야 열예닐곱 정도일 듯했다. 하지만 무엇보다도 인상적인 것은 남자의 육중한 몸이었다. 겨우 사람 하나가 누웠을 뿐인데 방의 절반 정도가 꽉 차 버렸다. 그 몸에 혼례복이 입혀져 있으니 참으로 기묘했다. 김생은 자기도 모르게 중얼거렸다.

"하여간 대단한 몸일세."

김생의 말을 들은 상아가 처음으로 까르르 웃었다. 그 천진한 웃음이 김생의 마음을 위로해 주었다. 김생은 상아를 보며 농을 걸었다.

"그런데 아까 그 노래는 도대체 무엇이냐? 정든 임을 보내는 여인의 노래라, 그렇다면 이 남자가 네 마음을 흔들어 놓기라도 했단 말이냐?"

"처사님도 참, 그런 게 아니에요. 엄마가 자주 부르던 노래인데 저도 좋아하기도 하고…… 혼자 있으니 무서워서…….'

상아는 고개를 저었지만 얼굴은 잔뜩 붉어졌다. 그것을 보고 가만히 있을 김생이 아니었다.

"이상하구나, 이상해. 뭔가 숨기고 있어."

"아니에요, 숨기기는요."

숨긴다는 말에 상아의 얼굴이 갑자기 창백해졌다. 김생은 더 강한 농을 걸려다 멈칫했다. 남자를 데려왔을 때 보인 상아의 기묘한 반응이 떠올랐다. 겁에 질려 있던 상아는 얼마 지나지 않아 마음을 바꾸어 남자를 돌보겠다고 했다. 그러고는 무슨 말을 하려다 말았다. 이상한 점은 한둘이 아니었다. 몇 달 못 본 사이에 상아가 자란 것일까? 계집아이에서 여인이 된 것일까? 김생이 상아를 다그쳤다.

"내게 털어놓아라. 다른 이에게는 발설하지 않을 터이니."

"뭘요? 아무것도 아니에요."

"어허."

김생과 상아가 옥신각신하는데 노랫소리가 들려왔다.

"비 그친 긴 둑에는 풀빛이 가득하고요……."

김생과 상아는 누가 먼저랄 것도 없이 어, 하는 소리를 냈다. 노래를 부르는 사람은 지금껏 꼼짝 않고 누워 있던 남자였다. 둘의 시선을 느낀 남자가 노래를 멈추었다. 김생의 가슴에 아쉬움이 약간 스쳐 지나갔다. 남자의 노래에는 어딘지 모르게 사람의 마음을 끄는 구석이 있었다. 물론 김생으로서도 노래의 어떤 부분이 자기의 마음을 자극하는지는 알 수 없었다. 남자의 목소리는 무척이나 특이했다. 덩치는 컸지만 목소리는 변성기도 지나지 않은 아이처럼 가늘고 여렸다. 그렇다면 보통은 우습기 마련인데 그게 그렇지를 않았다.

남자의 목소리는 비유하자면 바람 같았다. 그리 강하지는 않지만 마주치면 너무도 상쾌해 저절로 입이 벌어지는 그런 살랑바람. 남자의 목소리는 꼭 비 같았다. 내리는 듯 마는 듯 살짝살짝 얼굴에 닿아 열에 들뜬 얼굴을 식혀 주는 그런 안개비.

남자의 노래에는 곡조가 없었다. 높지도 않고 낮지도 않은 하나의 음으로 부르는 그런 노래. 남자의 노래에는 강약이 없었다. 모든 소리에 균등한 힘을 가하는 그런 노래. 그러나 그 어떤 수식으로도 남자의 노래를 온전히 설명할 수는 없었다. 상아가 보인 반응은 더 극적이었다. 상아의 눈에서는 눈물이 뚝뚝 떨어졌다. 남자가 노래를 멈추지 않았다면 상아의 눈물은 멎지 않았을 터였다. 남자가 입을 열었다.

"여기가 도대체 어디냐?"

김생의 두 눈이 커졌다. 몸을 일으킨 남자는 김생을 똑바로 쳐다보며 물었다. 나이를 가리지 않고 사귀는 망년지교도 정도가 있는 법이다. 남자는 자신보다 거의 두 배는 살았을 김생에게, 그것도 맨정신으로는 초면인 김생에게 처음부터 하대를 했다. 너무도 어이가 없어 뭐라 대꾸도 못 하고 있는 김생에게 남자가 또다시 물었다. 말투에는 약간 성마른 기운마저 섞여 있었다.

"그러니까…… 내가 어쩌다 여기에 있게 된 거냐?"

주인이 하인을 추궁하는 태도였다. 지난밤에 마셨던 술이 한꺼번에 얼굴로 몰렸다. 참지 못한 김생이 자리에서 벌떡 일어나려는데, 상아가 옷을 잡아당기는 바람에 하마터면 바닥에 코를 박을 뻔했다. 가까스로 자세를 바로잡은 김생이 애써 성질을 누르고 천천히 입을 열었다.

"내가 묻고 싶은 말이 바로 그거요. 그쪽이야말로 도대체 어디서 무엇을 하다 여기까지 온 게요?"

남자는 멀뚱멀뚱 눈을 뜨고 있다가 김생의 고갯짓에 마침내 자신이 입고 있는 옷을 보았다. 남자의 입이 살짝 벌어졌다. 자신이 왜 혼례복을 입고 있는지 도통 모르겠다는 태도였다. 김생은 속으로 혀를 끌끌 찼다. 여러 가지 정황을 종합해 보건대 남자는 정신을 살짝 놓은 것이 틀림없었다. 그렇게 생각하니 앞뒤로 아귀가 탁 탁 맞았다. 남자는 고개를 저은 후 두 손으로 얼굴을 만졌다. 김생은 속으로 감탄했다. 정신을 놓은 사람치고는 행동 하나하나에 은근한 위엄이 있었다.

"내가 실수했습니다. 전혀 모르는 분이군요. 그건 그렇고…… 도무지 기억이 나지를 않습니다. 그래, 하나…… '홍'이란 이름이 기억납니다. 누군가 나를 분명히 그렇게 불렀습니다. 그렇다면 아마 홍이 나의 이름일지도 모르겠습니다. 그리고 노래가 들렸는데……."

노래라는 말에 상아가 고개를 살짝 돌렸다. 남자, 그러니까 홍은 더 이상 기억이 나지 않는 듯 얼굴을 찌푸렸다. 찌푸리는 얼굴에서도 우아함이 느껴졌다. 김생 또한 얼굴을 찌푸렸다. 홍이란 이름만으로는 아무것도 알 수 없었다. 홍으로 시작하는 이름이 어디 한두 개던가. 홍식이, 홍만이, 홍기, 홍주……. 홍 자로 시작하는 이름을 나열하는 자신이 우스워 피식 웃고 말았다. 김생은 고개를 젓고는 마침내 결단을 내렸다. 아무것도 기억하지 못하는 홍의 사정이야 딱했지만 지금은 김생의 코가 석 자였다. 절망의 구렁텅이에 완전히 폭 빠져 있는 상황이었다. 자신을 홍이라는 외자로만 기억하는 남자를 위아래로 훑어보았다. 기억은 온전치 않지만 덩치가 경주 낭산에는 맞먹었고, 말투나 행동에도 위엄이 서려 있었다. 김생은 잠시 앞뒤를 재어 보았다. 홀로 거리에 내보낸다 해도 당장 봉변을 당할 일은 없을 듯했다. 어젯밤의 도적들이 떠올랐지만 김생은 서

둘러 그들의 존재를 머릿속에서 지워 버렸다. 그리고 그 김에 홍에게 배어 있는 기묘한 위엄의 무게도 함께 지워 버렸다. 홍을 내보내자고 마음먹은 김생이 입을 열었다.

"이세 깨어났으니……."

"부디 날 좀 도와주십시오."

갑작스럽게 튀어나온 애절한 목소리에 김생은 채 말을 끝내지 못했다. 순간 등골이 오싹해졌다. 도와 달라는 그 처연한 말투, 어디선가 들은 적이 있는 것 같았다. 조금 전 노래 때문이 아니었다. 홍을 다시 쳐다보았다. 아무리 봐도 기억에 없는 이였다. 한번 보면 결코 잊을 수 없는 몸집의 소유자이니 애초에 상종한 일이 없는 게 분명했다. 그럼에도 김생의 손끝이 바르르 떨렸다. 김생은 손을 뒤로 감추고는 침착한 목소리로 응대했다.

"그게 내 사정이 여의치가 않네. 바쁘지는 않지만 그렇게까지 한가하지도 않다는……."

"꿈을 꿨습니다. 꿈속에서 나는 커다란 집 앞에 서 있었습니다. 문을 열고 들어가려 했지만 그럴 수가 없었습니다. 담을 넘으려 했지만 그럴 수도 없었습니다. 어인 까닭인지 그 집은 나를 완강하게 거부했습니다. 그 집을 찾고 싶습니다. 그러니 좀 도와주십시오."

"경주가 큰 도읍은 아니지만 그쪽이 생각하는 정도로 작은 동네도 아니라오."

"내 말을 제대로 이해하지 못하셨나 봅니다. 그 집은 특별한 집입니다. 담장에 일곱 개의 붉은 별 문양이 끊임없이 반복되어 있는 집입니다. 그런 집은 그리 많지 않을 것입니다."

물론 그런 집은 그리 많지 않을 터이다. 어쩌면 없을지도 모른다. 전국을 방랑하며 길 위에서 십 년 세월을 보낸 김생이지만 그런 담장을 한 집은 한 번도 본 적이 없었다. 무엇보다도 너무나 불길했다. 왜 산 사람의 집 담장에다 죽은 사람에게나 어울릴 법한 붉은 별들을 그린단 말인가? 그것은 복을 부르기보다는 귀신을 쫓는 용도에 적합하지 않은가. 정신이 온전한 이라면 제집 담장에 그런 문양을 그릴 리가 없다. 김생은 고개를 절레절레 저었다. 상아가 김생의 얼굴을 보았다. 무엇인가 할 말이 있는 눈빛이었다. 김생은 속으로 외쳤다.

'너는 또 도대체 왜 그러는 것이냐? 하고 싶은 말이 있으면 해라. 더 이상 나를 답답하게 만들지 말고.'

그러나 이번에도 상아는 아무 말 없이 고개를 돌려 버렸다. 홍이 또다시 애절한 목소리로 부탁해 왔다.

"그 집에 무언가가 있을 것만 같습니다. 거기 가면 내가 누구인지, 무엇하러 여기에 왔는지 알 수 있을 것만 같습니다. 그러니 좀 도와주십시오."

사람의 마음을 움직이는 호소였다. 더 앉아 있다가는 홍의 손을 잡고 고개를 끄덕일지도 몰랐다. 김생은 자리에서 벌떡 일어났다. 문을 열고 밖으로 나가며 홍에게 버럭 소리를 질렀다.

"조선 천지에 그런 집은 없다. 자네는 헛것을 본 게야!"
"도와주십시오!"
"싫어, 싫다고. 자네는 미친 거야!"

밖으로 뛰쳐나오기는 했으니 찜찜함은 사라지지 않았다. 머리가 지끈거리고 속이 뒤집힐 지경이었다. 김생은 가만히 서서 상아를 기다렸다. 그러나 상아는 나오지 않았다. 김생이 뛰쳐나갔으니 붙잡으러 나와야 마땅한데 방 안에서는 어떤 움직임도 느껴지지 않았다. 김생은 금오산실을 보며 이를 악물었다. 집이 그리워 돌아왔는데 서울에 있을 때보다 이상한 일들이 연이어 벌어졌다. 백화사를 보질 않나, 난생처음 보는 작자가 도와 달라고 하질 않나, 게다가 상아의 이해할 수 없는 태도까지 무엇 하나 마음에 드는 일이 없었다. 김생은 상아를 부르려다 말고 발걸음을 돌렸다. 목적지는 이경준의 집으로 정했다. 아무래도 찜찜한 것이 어젯밤에 큰 실수를 저지른 느낌이었다. 물론 실수했다고 해서 사과할 마음은 없었다. 김생의 인생에 사과란 존재하지 않는다. 그저 허허 웃고 다시 술이나 한잔 걸치면 그것으로 끝일 뿐. 한데 어제 이경준이 했던 말이 불현듯 떠올랐다.

'서울은 잘 다녀오셨소?'
"잘 다녀오기는."

혼잣말을 내뱉고 흙바닥을 걷어차는데 발가락에 돌부리가 걸렸다. 으악 하며 소리를 지르고는 돌부리에 대고 침을 뱉었다. 아픔이 사라지자 다시 이경준의 말에 생각이 미쳤다.

"서울이라, 서울. 내가 도대체 서울에는 왜 갔을꼬?"

넋두리를 쏟아 내도 우울한 기분은 좀처럼 나아지지 않았다. 김생은 깊은 한숨을 토해 냈다. 이파의 기름진 목소리가 들렸다.

'성상˚의 교화가 흡족하고 어진 은택이 흘러, 이 동해 바다 구석에 사는 창생˚들이 번성하지 않음이 없게 되었다. 잘살게 되자 사람들이 비로소 착해져서 저마다 학문으로 나아가 억세고 뻗대는 습속을 바꾸어 효성스럽고 우애로우며 염치를 알게 되었고, 대대로 훌륭한 인재가 나와 왕실을 보필하였다. 이에 국경에는 근심이 없고 난리를 알리는 봉화도 꺼졌다. 이것은 성스러운 왕조의 상서라 하겠다.'

이파가 읽은 것은 김생이 서울로 가지고 간 『유호남록』의 후지˚였다. 얼굴을 찌푸렸지만 이파의 목소리는 사라지지 않았다.

'멋진 문장일세. 우리 열경˚이 이제 사람 구실 좀 하려나 보군.'

그 글을 보인 것은 이번에 서울에서 이파를 처음 만났을 때의 일이다. 어쩌자고 그런 글을 이파에게 보였던 것일까. 이파가 그 글을 읽는 순간 김생은 자신의 잘못을 깨달았지만 이미 돌이킬 수

- 성상(聖上) | 살아 있는 자기 나라의 임금을 높여 이르는 말.
- 창생(蒼生) | 세상의 모든 사람.
- 후지(後志) | 오늘날의 책에서 작가 후기에 해당한다.
- 열경(悅卿) | 김시습의 자(字).

없었다. 김생은 손가락에 힘을 주어 머릿속에 울리는 목소리를 지우고는 발걸음을 재촉했다.

이른 아침부터 이경준은 집에 없었다. 어디로 갔느냐고 물었지만 하인은 자기도 모른다며 그저 고개만 저었다. 말하는 태도로 보아 거짓말을 하는 것 같지는 않았다. 김생은 밖으로 나오려다 고개를 돌려 하인에게 슬며시 물었다.

"내가 어제 혹 실수라도 하지 않았더냐?"

그랬더니 하인의 대답이 걸작이었다.

"재미있는 질문이시네요. 한 번이라도 실수하지 않은 적이 있으셨던가요?"

김생은 정강이를 한 대 차 주고 싶은 마음을 숨기고 호쾌한 웃음으로 화답했다.

"허허, 글도 모르는 놈이 말 한번 요령 있게 잘도 내뱉는구나."

김생은 하릴없이 동네를 떠돌다 들병장수*를 만나 간신히 술로 목을 축였다. 한 병을 급히 비우고 거나해진 채 길을 걷는데 저 멀리서 아이들이 김생을 놀려 댔다.

"술 마시고 고기 먹는 가짜 중이래요. 만날 만날 놀고먹기만 하는 땡추중이래요."

김생이 주먹을 휘두르고 인상을 쓰자 아이들은 까르르 웃으며

● 들병장수 | 병에다 술을 가지고 다니면서 파는 사람.

새로운 가락을 덧붙였다.

"똥둣간에도 맨날 맨날 빠진대요. 똥물에 밥 말아 먹는 똥중이래요."

김생이 쫓아가려는 척하자 아이들은 또다시 까르르 웃으며 멀리 도망갔다. 홀로 남은 김생은 중얼거렸다.

"똥중이라. 그것참, 기막힌 말일세."

허허허, 웃었다. 갑자기 눈물도 함께 흘러나왔다. 대낮에 눈물이라니, 부끄러웠다. 소맷부리로 눈가를 문지르는데 갑자기 누군가 껄껄껄 웃는 소리가 들려왔다. 목소리의 주인은 이내 웃음을 그치더니 열변을 토해 냈다.

'나리가 남의 나라를 도둑질하여 뺏으니, 신하가 되어 가만히 있을 수가 없었다. 우리 군부˚가 폐출되는 것을 볼 수 없기 때문에 일을 도모한 것이다. 나리가 평일에 곧잘 주공˚을 끌어댔는데, 주공도 제 조카를 죽이고 왕위를 날름 차지했던가? 성삼문이 이 일을 하는 것은 하늘에 두 개의 해와 달이 없고, 백성에게는 두 임금이 없기 때문이다.'

성삼문의 목소리였다. 수양의 혹독한 심문에도 흔들림 없이 꿋꿋하기만 하던 바로 그 성삼문의 목소리였다. 김생이 두 눈으로 목

- 군부(君父) | 임금을 아버지에 비유하여 이르는 말.
- 주공(周公) | 주나라를 세운 문왕의 아들. 자신은 왕위에 오르지 않은 채 동생인 무왕과 조카인 성왕을 도와 왕조의 기초를 확립하였다.

격했던 그 처참하고도 장엄한 살육의 현장은 수시로 김생을 찾아와 괴롭혔다. 그리도 자주 보았으니 익숙해질 만도 하건만 김생은 늘 처음 보고 듣는 것처럼 경악하고 감탄하고 절망했다.

간신히 감정을 추스른 김생이 하늘을 보았다. 검은 하늘에 두 개의 달이 보였다. 보통의 만월과 피처럼 붉은 만월이 한하늘에 같이 떠 있었다. 김생은 눈을 감았다 떴다. 잘못 본 것이었다. 눈부신 햇빛에 눈도 똑바로 뜨기 어려운 한낮이었다. 그런 하늘에 두 개의 달이라니 말도 안 되는 환영이었다. 김생은 고개를 절레절레 젓고는 하늘을 보며 외쳤다.

"아무튼 기다리시오, 나도 곧 갈 테니. 재미가 없어 더는 못 있겠소."

김생은 한동안 하늘에서 시선을 떼지 않았다. 그러나 하늘은 미풍 한 줄기 선사하지 않았다. 김생은 괜히 흙바닥을 걷어차며 투덜거렸다.

"그러면 그렇지, 나도 아오. 댁은 늘 내 편이 아니었으니까. 딱히 기대하고 한 말은 아니었수다."

김생은 터덜터덜 걷기 시작했다. 어디로 가는지도, 왜 가는지도 몰랐다. 머리를 텅 비운 채 그저 걷고 또 걸을 뿐이었다.

5 | 사무사,
　　생각하는 바에 사사로움이 없다는 것

　금오산실은 초라하고 적막했습니다. 집 안에 있는 물건이라고는 수십 권의 책과 옷가지 몇 벌이 전부였습니다. 그래도 풍경 하나만은 일품이었습니다. 산실 바로 앞에 배나무가 한 그루 서 있고 시냇물 너머로는 대밭이 보였습니다. 배꽃이 피고 죽순이 올라오는 봄이 되면 금오산실은 온통 향기로 가득해지겠지요. 그때만은 초라함과 적막도 운치에 뒤덮여 본래의 주름진 얼굴을 잠시 숨길 수 있겠지요. 나는 배나무를 보며 옅은 한숨을 내쉬었습니다. 고작 한 그루의 배나무라니, 너무 외로워 보였습니다. 밖으로 나가 배나무를 쓰다듬었더니 저 아래 뿌리로부터 노랫가락이 하나 올라왔습니다.

'한 그루 배나무, 쓸쓸한 사람을 벗해 주누나.'

김생의 목소리였습니다. 깜짝 놀라 손을 떼었습니다. 나도 모르게 김생의 비밀 한 가지를 알고 만 것입니다. 노래를 뽑아내는 배나무의 가지가 살짝살짝 흔들렸습니다. 지난봄 김생과의 인연이 제법 돈독했던 모양입니다.

시선을 돌려 대밭을 보았습니다. 왠지 익숙한 풍경입니다. 대밭이야 다 비슷하기 마련이지만 어디선가 본 듯한 기시감이 좀처럼 지워지지 않았습니다. 한 줄기 바람에 대나무가 이리저리 흔들렸습니다. 눈을 감으니 소리가 더욱 선명해졌습니다. 휘휘 불던 그 소리가 어느 순간 '홍이야, 홍이야.'로 들리는 바람에 깜짝 놀라 눈을 떴습니다. 서둘러 대밭으로 가 보았습니다. 대밭에서 노닐던 뱀 몇 마리가 재빨리 사라진 것 외에는 아무 변화도 없었습니다. 다시 눈을 감아 보았습니다. 누군가가 소리치고 울부짖고 웃는 소리가 들리더니 곧바로 아무 소리도 들리지 않게 되었습니다. 눈을 뜨고 하늘을 보았습니다. 이파리 사이로 비치는 햇빛이 눈부실 뿐이었습니다. 나는 바람도 멈춘 대밭에 한동안 서 있다 다시 금오산실로 돌아왔습니다.

김생은 좀처럼 돌아오지 않았습니다. 김생이 나를 보면 어떠한 표정을 지을지 염려도 되고 궁금하기도 했습니다. 김생은 나더러 금오산실에 오라고 한 적이 없습니다. 금오산실을 거처로 택한 것은 바로 나입니다. 나로서도 불가피한 선택이었습니다. 비록 과거의 일을 거의 기억하지 못하지만 열 살을 훌쩍 넘긴 남녀가 한방에 머무를 수 없다는 세속의 법칙 정도는 머릿속에 박혀 있습니다.

상아는 몸을 추스를 때까지 조금 더 있어도 괜찮다고 했습니다. 상아의 말투는 살가웠고, 태도에는 진심이 잔뜩 묻어났습니다. 하마터면 상아 말대로 할 뻔했으니 모르긴 몰라도 나는 온정에 무척 굶주린 사람이었나 봅니다. 그러나 기억을 잃었을 뿐 몸에는 전혀 문제가 없었고, 설령 몸이 불편하다 해도 상아에게 폐를 끼치고 싶지는 않았습니다.

상아의 집이 그리 넉넉한 형편이 아니라는 것쯤은 한눈에 알 수 있었습니다. 집은 정갈했으나 낡았고 방구석에는 손도 대지 않은 바느질감이 잔뜩 쌓여 있었습니다. 한쪽 벽에 마련된 제단 또한 허름하고 치졸하기는 마찬가지였습니다. 소반에 정화수와 촛대가 놓여 있었고, 그 위로는 붉은 글씨의 부적을 배경으로 칼 한 자루가 걸려 있었습니다. 잘 모르기는 해도 모든 제단이 이렇지는 않겠지요. 게다가 제단에서는 어딘가 음산한 적의마저 느껴졌습니다. 제단에도 눈이 있다면 분명 잔뜩 흘겨 떴을 것입니다. 그 적의의 기원 따위는 알고 싶지도 않습니다. 이 세상이 나에게 호의적이지 않다는 사실은 진작부터 알았으니까요.

오직 상아만이 내게 호의를 보였습니다. 별다른 말을 주고받지도 않았건만 그것 하나만은 분명히 느껴졌습니다. 왜 그렇게 느꼈느냐고 물어도 딱히 할 말은 없습니다. 나는 기억도 잃었고 논리도 잃었으니까요.

나는 별반 고민도 하지 않고 금오산실로 가겠다고 했습니다. 왜 하필 김생이었는지는 나도 잘 모르겠습니다. 이야기를 종합해 보면 김생은 내 생명을 구해 순 은인이었시만 나른 한편으로는 떠나기를 종용했던 사람이었습니다. 나는 첫눈에 김생이 싫어졌습니다. 상대를 능멸하는 김생의 태도가 마음에 들지 않았습니다. 못생긴 얼굴과 꾀죄죄한 행색도 마음에 들지 않았습니다. 술에 취해 흐리멍덩한 눈도 싫었습니다. 하지만 내 마음속의 무엇인가가 김생의 주위를 떠나서는 안 된다고 강력하게 주장했습니다. 잔뜩 흥분한 어떤 목소리는 김생을 꼭 붙잡으라고도 말했습니다. 어차피 아무것도 기억하지 못하는 나입니다. 내가 누구이고 왜 이곳에 왔는지도 모릅니다. 내가 의지할 것은 오직 마음속의 소리뿐입니다. 첫인상이 좋고 나쁘고는 하나도 중요하지 않습니다.

금오산실로 가겠다는 말에 상아는 깜짝 놀라더니 정말이냐고 내게 되물었습니다. 내가 고개를 끄덕이자 상아는 잠시 골똘히 생각하더니 엉뚱한 말을 꺼냈습니다.

'처음에는 무서웠어요.'

무엇이 무서웠을까요? 의미를 곱씹던 나는 얼굴이 뜨거워졌습니다. 나는 상아에게 무척이나 위협적인 존재였을 테니까요. 상아뿐만 아니라 모든 이에게 마찬가지일 것입니다. 나는 몸집만으로도 상대를 압박하는 존재이니까요. 그러나 나는 다시 고개를 갸웃했습니다. 처음에는 무서웠다? 그렇다면 지금은 무섭지 않다는 말입니다. 두려움을 떨칠 수 있었던 이유는 무엇일까요? 내 말투와 행동이 믿음을 주었던 것일까요? 알 수 없는 일입니다.

'혹시…… 저를 본 적이 없으신가요?'

나는 상아의 질문에 대답하지 못했습니다. 얼굴이 붉어진 상아가 고개를 살짝 돌린 다음에야 내가 상아의 얼굴을 뚫어져라 쳐다보고 있었음을 깨달았습니다. 어려운 질문은 아닙니다. 아무것도 기억하지 못하는 나였지만 상아를 본 적이 없었던 것만은 분명합니다. 그것은 일종의 본능적인 직감에서 나온 결론이었습니다. 그럼에도 선뜻 답하지 못했던 것은 초면임이 분명한 상아가 왠지 굉장히 친숙했기 때문입니다.

호의 때문일까요? 상아의 질문을 대놓고 부정하기란 생각보다 어려웠습니다. 나는 긍정하고 싶은 욕망을 누르고 고개를 가로저었습니다. 상아는 아무렇지도 않게 웃었습니다. 그 웃음이 다시 한 번 나를 혼돈에 빠뜨렸습니다. 조금 전의 부끄러움은 어디로 가 버린 것일까요? 나는 당혹을 숨긴 채 상아에게 김생이 어떤 사람인지 물었습니다. 상아의 입에서 김생의 인생 이야기가 줄줄 흘러나왔습니다.

사실의 전달이라기보다 수다에 가까웠던 상아의 말에 따르면 생은 무척이나 똑똑한 사람이었습니다. 한 살이 채 되기도 전에 글을 읽기 시작했고, 세 살에는 한시를 지었습니다. 다섯 살이 된 김생은 조선에서 보기 드문 천재로 널리 알려져 임금까지 만났습니다. 김생을 만난 세종 임금은 그가 지은 시를 듣고는 무릎을 치며 감탄했습니다. 김생의 천재성은 자랄수록 더욱 빛을 발했습니다. 김생더러 공자가 환생했다고 칭찬하는 이들까지 나타났습니다. 그런 김생이니 과거를 보기만 하면 장원 급제는 따 놓은 당상이라 했습니다.

그러나 이야기가 순리대로만 전개되면 재미가 없는 법입니다. 김생의 삶에도 반전이 있었습니다. 과거 준비에 한창이던 김생의 앞길을 막은 것은 불행한 시대였습니다. 수양 대군이 조카인 노산군을 쫓아내고 왕위에 오르자 김생은 도의가 바닥까지 떨어진 현실에 크게 분노했습니다. 그는 뒷간에 뛰어들어 온몸에 똥을 뒤집어쓴 뒤 스님 행세를 하며 전국을 방랑했습니다. 방랑은 글을 낳았습니다. 그의 울분이 시가 되어 쏟아졌습니다. 상아는 김생이 술에 취하면 자주 읊는다는 시를 내게 들려주었습니다.

> 산길은 들풀에 묻혔고 한가한 꽃은 작은 뜰에 떨어지누나
> 이 몸은 어디에 머물 건가,
> 천지간에 멋대로 떠다니는 부평초 신세

상아는 마지막 구절을 반복해 읊으며 웃음을 지었습니다. 제법 흥미로운 인생 역정이었습니다. 물론 상아의 말을 그대로 믿지는

않았습니다. 지나간 일은 부풀려지기 마련입니다. 더군다나 김생처럼 세상을 떠들썩하게 만들 정도로 뛰어났던 인물이라면 사실은 두 배, 세 배로 과장되기 십상입니다. 김생이 제 입으로 떠벌리고 다녔다는 뜻은 아닙니다. 김생 또한 처음에는 사실만을 말했겠지만 듣는 사람은 그것을 제 상상과 뒤섞어 마음대로 해석했을 것입니다. 그리고 그렇게 과장된 사실은 김생의 귀에도 들어갔겠지요. 처음 한두 번은 화들짝 놀라 잘못을 바로잡으려 애쓰겠지만 여러 번 반복되면 손쓰는 일조차 귀찮아집니다. 결국 김생은 자신에 대한 이야기를 들어도 가타부타 말을 하지 않게 되고 사람들은 그 침묵을 긍정으로 해석해 다시 세상에 과장된 이야기를 퍼뜨립니다. 그렇게 해서 만들어진 이야기가 상아가 내게 들려준 김생의 인생 역정일 터입니다.

물론 내가 김생을 잘 아는 것은 아닙니다. 잘 알기는커녕 어제 이전에는 만난 적도 없는 사람입니다. 그럼에도 나는 상아가 들려준 김생의 이야기가 실제와는 많이 다를 것이라고 생각했습니다. 물론 왜 그런 생각이 들었는지는 설명할 수 없습니다. 나는 기억을 잃었으니까요. 다만 내 마음이 넌지시 충고했을 뿐입니다.

해가 뉘엿뉘엿 지고 있지만 김생은 좀처럼 돌아오지 않았습니다. 상아 또한 제 집 안에 틀어박힌 채 얼굴을 비추지 않았습니다. 혹시나 싶어 상아네 집을 쳐다보았다가 곧바로 얼굴을 돌렸습니다. 대신 나는 김생의 책장을 바라보다 책 한 권을 꺼냈습니다. 『논어』였습니다. 아무렇게나 뒤적거리는데 문득 한 구절이 눈에 들어왔습니다.

'시 삼백 편을 한마디로 표현하면 그 생각에 사특함*이 없는 것이라 하겠다(詩三百 一言以蔽之 曰 思無邪).'

특별한 구절도 아니었는데 이상하게 마음 한구석이 뭉클해졌습니다. 곧바로 그 구절을 설명하는 누군가의 목소리가 들려왔습니다. '사무사(思無邪)란 생각하는 바에 사사로움이 없는 것이니, 마음이 바름을 일컫는 것입니다. 마음이 이미 바르면 즉 모든 사물에서 바름을 얻을 것입니다.'

사무사라, 꽤 울림이 있는 구절입니다. 생각하는 바에 사사로움이 없다, 명료하나 실행은 쉽지 않은 금언입니다. 그런데 유난히 정갈한 목소리의 해설자는 도대체 누구이던가요? 궁구*의 결과는 내 예상대로였습니다. 그 기억 또한 목구멍 언저리에서 맴돌 뿐이었습니다. 고개를 저으며 옅은 한숨을 토해 내리는데 어디선가 살익는 냄새가 났습니다. 냄새의 근원을 추적할 틈도 없이 이번에는 끔찍한 비명 소리가 들렸습니다. 고통을 못 이긴 사내의 울부짖음이었습니다. 사내의 고통이 여과 없이 그대로 느껴졌습니다. 무서웠습니다. 얼굴을 찌푸리고 귀를 막았습니다. 소용없었습니다. 울

● 사특(邪慝)하다 | 요사스럽고 간사하며 악독하다.
● 궁구(窮究) | 속속들이 파고들어 깊게 연구함.

부짖음은 사라지기는커녕 더욱 커졌습니다. 굵은 목소리의 남자가 화내는 소리도 들렸고, 칼과 칼이 부딪치는 소리도 들렸습니다. 피가 줄줄 흐르는 살덩어리가 내 앞에 떨어져 나도 모르게 으악 하고 소리를 질렀습니다. 굵은 목소리의 주인공이 내 어깨를 토닥이며 속삭였습니다.

 '밤이 깊었구나. 아이들은 늦기 전에 잠자리에 들어야 하는 법이다. 그래야 어른이 될 수 있는 것이야.'

 위로일까요? 그 말이 내게는 더 큰 두려움을 안겨 주었습니다. 나를 삼키려 했던 검은 강물이 보였습니다. 난쟁이의 손이 보였고 밧줄도 보였습니다. 밧줄은 생명 있는 존재처럼 저 혼자서 나를 향해 날아왔습니다. 손으로 목을 가리고 눈을 감았습니다. 그 순간 들려오는 노랫소리!

 '비 그친 긴 둑에는 풀빛이 가득하고요, 남포항에서 임 보내는 구슬픈 노래는 내 마음을 흔든답니다.'

 환상에서 깨어난 나는 흐르는 눈물을 닦고 산실 밖을 보았습니다. 노래의 주인공은 상아였습니다. 상아는 내게 새로 지은 옷 한 벌을 주며 이렇게 말했습니다.

 '처사님이 돌아오시면 저포 놀이를 하자고 하세요.'

- 저포(樗蒲) 놀이 | 나무로 만든 일종의 주사위 5개를 던져서 그 끗수로 승부를 겨루는 전통 놀이.

그리고 상아는 고개를 살짝 숙여 보인 후 대밭으로 갔습니다. 시냇물을 건너 대밭으로 향하는 동안에도 상아의 노래는 계속되었습니다. 나는 그 노래를 들으며 살며시 눈을 감았습니다. 두려움은 사라지고 따뜻함이 몰려왔습니다. 시리도록 푸른 풀빛은 둑뿐만 아니라 상아의 목소리에도 가득했습니다. 그 티 없는 푸름에, 나도 모르게 살짝 웃음을 머금고 말았습니다.

6

김생, 저포 놀이에 지고
소년을 돕기로 하다

    김생은 밤이 깊어서야 금오산실로 돌아왔다. 그러나 산실을 지척에 둔 곳에서 발걸음을 멈추었다. 산실에 불이 켜져 있었던 것이다. 이유는 짐작이 갔다. 홍이 분명했다. 왠지 마음이 무거워져 고개만 갸웃거리고 있는데 상아가 나타나 호들갑을 떨었다.
    "얼굴 뵙기도 힘드네요. 왜 이리 늦게 오시는 거예요?"
    "뭐 그냥 산천 유람 좀 하느라……. 그런데 산실에 왜 불이 켜져 있느냐? 혹시……."
    "어서 안으로 드세요. 금방 술상을 차려 드릴 테니까요."
    상아는 김생의 말을 급하게 막고는 어서 들어가라며 살며시 밀기까지 했다. 술이라는 말에 혹하기는 했으나 어쩐 일인지 입맛이 조금 썼다. 여태껏 상아가 이렇게까지 사근사근하게 군 적은 없었다. 말이 많기는 했어도 늘 얼마간 거리를 두었다. 그러나 어제오늘의 상아는 이전과 완전히 달랐다. 상아의 감정은 큰 폭으로 요동치고 있었다. 어제는 두려움이었고, 아침에는 눈물이었고, 지금은 과도한 흥분이다.

'홍이란 녀석 때문일까?'

김생은 술상을 보기 위해 제집으로 달려가는 상아의 뒷모습을 물끄러미 바라보았다. 갑자기 헛웃음이 쏟아졌다.

'네놈이 지금 상아 걱정을 할 때더냐?'

그건 그랬다. 오늘 낮 김생은 길 이어진 곳까지 걷고 또 걷다 끝내는 바다에 이르렀다. 육지의 끝에 서서 천지를 뒤엎을 기세로 몰려오는 파도를 보고 또 보았다. 마지막 고비를 넘지 못하고 허물어지는 모양새가 아쉬웠으나 그래도 꽤나 장쾌한 광경이었다. 서울에서의 일로 끓던 속이 오래간만에 시원해졌다. 호기가 발동한 김생은 아예 바닷속으로 몇 걸음 들어가기까지 했다. 옷 젖는 것쯤은 상관하지도 않았다. 서울에서 겪은 온갖 잡스러운 일들을 말끔히 씻어 버릴 수만 있다면 바닷속에 풍덩 몸을 던지는 일도 마다하지 않았으리라. 그러나 바다는 바다일 뿐이다. 파도는 파도일 뿐이다. 바닷물이 쉼 없이 몰아친다고 해서 더러워진 사람 속마저 씻겨 줄 수는 없었다. 파도가 엄청난 기세로 몰려온다 해도 조선 땅을 송두리째 뒤덮을 수는 없었다. 바다는 바다고 육지는 육지였다. 거기까지 생각이 미치자 더 이상 바다도, 파도도 상쾌하게 느껴지지 않았다.

어디선가 똥중, 똥중 하는 소리가 들려왔다. 아이들 목소리에 어른 목소리까지 섞여 있었다. 네 이놈들을 그냥, 역정을 내며 돌아보았지만 아무도 없었다. 환청이었던 모양이다. 환청임을 확인한 김생은 한편으로 마음을 놓으면서도 다른 한편으로는 허전했다. 차라리 어제처럼 도적들이라도 마주쳤으면 싶었다. 완력 센 도적들과 온 힘 다해 한판 붙으면 마음속의 번잡한 상념 따위 한꺼번에 사라지지 않을까. 김생은 침을 퉤 뱉었다. 그것 또한 헛된 바람이다. 아무것도 건질 수 없는 황폐한 바닷가, 세상의 끝이나 다름없는 곳에 도적들이 있을 리 없었다. 외로웠다. 도적들도 제 갈 곳이 있다. 드넓은 천지에 오직 자신만이 갈 곳도 없이 버려져 있었다. 김생은 또다시 침을 뱉고는 서울을 떠나면서 지었던 시를 소리 높여 읊었다.

"새벽닭 꼬끼오 울어 댈 때 문을 나서 말 몰고 긴 길을 간다. 숲으슥하고 달빛 어둡고 삼성˙만 반짝반짝. 찌르륵찌르륵 풀벌레 울어 대고 나그네 적삼은 시냇가 풀 이슬에 젖는데, 분주하던 십 년 일이 꿈같이 아득하고 주머니 속엔 일천 수의 시고뿐."

● 삼성(參星) | 동양의 별자리인 이십팔수 가운데 스물한째 별자리. 오리온자리에 있으며, 중앙에 나란히 있는 세 개의 큰 별을 '삼형제별'이라 한다.

김생은 허허 쓴웃음을 지었다. 이것은 시가 아니라 울분의 토로다. 새벽닭 꼬끼오에 찌르륵찌르륵 풀벌레라니. 죄 없는 닭과 풀벌레만 욕보인 꼴이었다. 김생의 시는 아무도 자신을 알아주지 않는 현실을 분노의 언어로 표현한 것에 지나지 않았다. 얼굴이 화끈 달아올랐다. 자신에게 이름을 지어 주었던 일가친척 최치운이 아직 살아 있다면 뭐라고 했을까? 네 이름 더럽히는 짓거리는 그만하라고 일갈했을까?

최치운이 붙여 준 이름은 '시습(時習)'이었다. 시습은 논어 첫머리에 나오는 그 유명한 구절, 즉 '배우고 때때로 익히면 기쁘지 아니한가(學而時習之 不亦說乎)'에서 따온 이름이다. 어린애가 무엇이든 척척 배우는 것이 너무도 신통해서 붙여 준 이름일 테지만 김생에게는 오히려 독이 되었다. 배우고 때때로 익히는 것을 게을리하지도 않았건만 어찌 된 까닭인지 다섯 살 이후로는 진정한 성취의 기쁨을 한 번도 맛본 적이 없었다.

"시습이라니, 이놈의 이름 또한 버려야만 하리."

김생은 이제 더 이상 아무것도 배우고 싶지 않았고 익히고 싶지 않았다. 배우고 익혀 봐야 쓸데가 없는 세상이다. 학문에 몰두하지 않아도 줄만 잘 서면 좋은 결과를 얻을 수 있는 기괴한 세상이다.

바다는 잠깐의 통쾌함과 한없는 외로움만 주었다. 자기 일 아니라며 등을 돌려 버린 무정한 바다에는 더 이상 기대할 것이 없었다. 다시금 술 생각이 간절해진 김생은 발걸음을 돌려 이경준의 집을 찾았다. 그러나 이경준은 여전히 집에 없었다. 힘이 쭉 빠졌다. 김진문에게 가면 술 한잔쯤은 쉽사리 얻어먹을 테지만, 김생이라면 하느님처럼 받들기만 하는 김진문의 호들갑을 오늘은 보고 싶지 않았다. 그리하여 술 한잔 마시지 못한 채 허탈한 걸음으로 금오산실에 돌아온 것이다.

김생은 문을 열고 산실에 들어가려다 발걸음을 멈추었다. 차나무가 비로소 눈에 들어온 까닭이다. 반가운 마음에 다가가 손을 댔더니 차나무는 그대로 재가 되어 부서졌다. 믿을 수 없는 광경이었다. 벼락이라도 맞아 타 버린 것처럼 검은 차나무의 재에는 생명의 기운이 하나도 남아 있지 않았다. 상아가 술상을 들고 다가왔다. 김생이 잿더미가 된 차나무를 가리키자 상아 또한 깜짝 놀랐다.

"어제 아침만 해도 멀쩡히 살아 있었는데……."

상아가 거짓말을 하지는 않는 듯했다. 이해할 수 없는 일에 길게 매달리는 것은 김생에게 어울리지 않았다. 김생은 술상을 받아 들고 안으로 들어갔다. 홍이 고개를 까딱했다. 홍의 태도는 여전히 마음에 들지 않았지만 기억을 잃어버린 놈이라고 생각하니 덜 거슬렸다. 홍은 새 옷을 입고 있었다. 상아가 만들어 준 옷일 터이다. 상아의 집에는 죽은 아비의 옷이 몇 벌 남아 있었다. 상아의 두려움은 이제 호감으로 바뀐 모양이었다. 홍이 떡하니 버티고 있으니 금오산실의 주인이 원래부터 홍이었던 것 같은 착각마저 들었다. 홍은 마치 날 때부터 금오산실에서 살았던 사람인 양 편안하게 앉아 있었다. 김생은 짐짓 쾌활한 표정을 지으며 집을 둘러보았다.

"역시 집이 좋구나. 참으로 좋아, 집 안에 원치 않는 객이 있는 것만 빼면."

홍은 김생의 뼈 있는 말을 무시한 채 짧게 대꾸했다.

"그렇습니다. 과연 좋은 집입니다."

도대체 초라한 산실의 무엇을 보고 좋다고 하는지 짐작도 안 되었다. 그러나 그 역시 아무래도 좋았다. 자연과 사람 모두가 김생에게 등을 돌렸던 우울한 하루였다. 몸도 정신도 완전히 녹초가 되어 피곤했다. 괜한 분란을 일으켜 마음을 어지럽히고 싶지 않았다. 사실 허름한 집에 홍이 머무른다고 해서 딱히 문제는 없었다. 어차피 김생에게는 잠깐 눈 붙이는 공간 이상도 이하도 아니었으니. 김생은 홍을 보며 말을 이어 갔다.

"암, 좋고말고. 서울에 머물 때 가장 견디기 힘든 게 바로 이 집에 대한 그리움이었네. 좁은 데다 볕도 잘 들지 않는데 왜 그렇게 가고 싶던지······."

"딱 어울리는 시구가 하나 생각났습니다. 들어 보시겠습니까?"

"한번 읊어 보게."

"금오산 아래 나의 오두막, 죽순과 고사리 살찌고 푸성귀 넉넉한 곳······."

"그만!"

김생은 버럭 소리를 질렀다. 거친 숨을 서너 번 내쉬고 홍에게 물었다.

"도대체 그 시를 어디에서 들었는가?"

"그냥 머릿속에 떠올랐습니다. 시란 원래 이런 것 아니겠습니까?"

참으로 기가 막힐 일이다. 방금 홍이 읊은 시는 김생이 서울에 머물 때 지은 시였다. 김생의 심사가 워낙 어두운 때에 지었던 탓인지 시조차도 몹시 어두웠다. '구름 천 리 동쪽을 바라보매, 물과 구름 깊은 그곳으로 돌아가고 싶어라'로 마무리되는 시의 결구에는 그 짙은 어두움이 더욱 깊게 배어 있었다.

"네 이놈, 도대체 뭐 하는 놈이냐?"

"뭐 하는 놈인지 모르니까 여기 있는 게 아니겠습니까?"

"이놈이 정말……."

"정 답답하면 내가 말했던 그 집을 함께 찾아봅시다. 그 집에 분명 무엇인가가 있을 것이라고 하지 않았습니까? 그리고 놈, 놈 하는 말투는 무척 거슬립니다. 예에 맞게 행동하시기 바랍니다. 혹시 『소학』은 읽으셨습니까?"

꼬박꼬박 존대는 했으나 내용은 신랄했다. 김생은 몸을 부르르 떨었다. 『소학』도 읽지 않은 무뢰한으로 취급당하다니, 도저히 참을 수 없었다. 인내력이라고는 털끝만큼도 없는 김생이 주먹을 휘두르지 않은 것은 상아가 김생의 옷자락을 살며시 잡아당겼기 때문이다. 상아는 두 사람이 듣도록 약간은 과장되게 목소리를 높였다.

"아이들처럼 도대체 왜들 이러세요?"

『소학』도 읽지 않은 놈에 이어 이제는 아예 아이로 취급받았다. 기운이 쭉 빠진 김생은 포기하고 술병을 향해 손을 뻗었다. 술잔을 단숨에 비우는 김생을 보더니 홍이 입을 열었다.

"술 한 잔 따라 주십시오."

김생은 자신에게 하는 말임을 알고도 일부러 무시했다. 둘의 상태를 유심히 지켜보던 상아가 더 참지 못하고 홍에게 술을 따라 주었다. 홍은 술잔을 들어 입에 대자마자 얼굴을 찌푸렸다.

"왜 이리 씁니까?"

김생은 자신의 잔에 술을 채우면서 넌지시 비꼬았다.

"상아야, 술맛도 모르는 저 아이놈에게는 꿀물이라도 타 주어야겠다."

상아가 대답 대신 김생의 옆구리를 쿡쿡 찔렀다. 김생은 고개를 들어 홍을 보았다. 술잔을 바라보는 홍의 얼굴이 몹시 창백해 보였다. 잠시 후 홍이 낮은 한숨을 내뱉으며 말했다.

"지금보다 더 쓴 술을 마셨던 기억이 있습니다. 그런데 언제 누구와 마셨던 것인지는 좀처럼 기억이 나지를 않습니다."

갑작스럽게 등장한 비장한 분위기에 김생은 속으로 혀를 끌끌 찼다. '내 저놈을 어서 내보내든지 해야지.' 그러나 홍의 말이 김생의 마음을 얼마간 흔들어 놓은 것도 사실이었다. 홍의 말대로 모든 술이 달고 맛난 것만은 아니다. 마음이 쓰면 술맛 또한 쓴 법이다. 김생이 서울에서 마셨던 술이 그랬다. 하지만 그래서 어쩌라는 말인가. 쓰면 쓴 대로 마시는 것이 술 아니던가. 김생은 홍이 몰고 온 썰렁한 분위기를 없애기 위해 다시금 술을 입 안에 털어 넣었다. 그런데 이게 웬일인가. 김생이 마신 술은 쓰다 못해 비린내를 풍겼다. 깜짝 놀란 김생은 술잔을 확인해 보았다. 술이 검붉었다. 손가락으로 살짝 찍어 맛을 보았다. 술이 아니라 피였다. 김생은 손으로 눈을 비비고는 홍을 바라보았다. 홍의 머리에서 피가 줄줄 흐르고 있었다.

"처사님! 답을 하셔야지요."

"답? 무슨 답?"

상아의 채근에 대꾸하면서도 김생의 시선은 여전히 홍에게 박혀 있었다. 홍의 머리에서는 쉬지 않고 피가 흘러내려 얼굴과 목을 붉게 적셨다. 김생은 술잔을 들어 단번에 내용물을 비웠다. 시큼하고 비리고 찝찔했지만 꾹 참고 끝까지 삼켰다. 효과가 있었다. 홍의 머리에서는 더 이상 피가 흐르지 않았다.

"나한테 뭐라 그랬느냐?"

상아는 두 눈에 힘을 주고 김생을 노려보았다. 그러고는 어린아이에게 말하듯 한 자 한 자 또박또박 발음했다.

"저, 포, 놀, 이를 하자고 하셨어요."

"저포 놀이?"

아닌 밤중에 홍두깨였다. 김생이 저포 놀이를 즐기는 것은 사실이었다. 그러나 저포 놀이란 술자리의 흥을 돋우기 위해 하는 것이다. 그 말은 곧 놀이를 즐기기 위해서는 우선 유쾌한 분위기가 만들어져야 한다는 뜻이다. 저포를 던지며 술을 주거니 받거니 하다거나해지면 울분과 광기를 토로하고, 그러고는 새벽녘에 미친놈처럼 거리를 휘적휘적 헤매다 쓰러져 잠이 든다. 바로 이것이 술과 더불어 저포 놀이를 즐기는 온당한 방법이었다. 그런데 지금 김생 앞에 앉아 있는 사람은 성도 모르고 이름은 달랑 한 자만 아는 데다가 겉으로는 겸손하나 실상은 거만하기 그지없고, 덩치는 산만큼 큰 홍이란 청년이었다. 김생의 심사를 아는지 모르는지 홍은 고개를 살짝 앞으로 내밀고는 다시금 저포 놀이를 제안했다. 김생은 허탈하게 웃으며 대답했다.

"술도 쓰다면서 무엇 때문에 저포 놀이를 하려는 거냐?"

"내기의 내용은 이렇습니다. 내가 이기면 나와 함께 그 집을 찾아 나서는 겁니다."

잠시 기다려 봤지만 홍의 입에서 김생이 이기면 어떻게 하겠다는 말은 나오지 않았다.

"네놈이 지면?"

"그건…… 생각하지 않았습니다."

너무 기가 막혀 웃음도 나오지 않았다. 옆에 있던 상아가 자신 있게 보탠 말이 더욱 가관이었다.

"처사님이 지실 거예요."

농을 하나 싶었지만 상아의 얼굴에는 장난기가 전혀 없었다. 홍의 얼굴 또한 엄숙하기는 마찬가지였다. 세상에서도 늘 혼자인 김생인데 집이라고 해도 달라지지는 않는 모양이었다. 이쯤 되면 차라리 숙명이었다. 김생은 술을 따른 뒤 냄새와 색깔을 확인하고는 그대로 들이켰다.

"아직 어려서 잘 모르는 모양인데 저포 놀이는 함부로 해서는 안 되네. 내 재미있는 이야기 하나 해 줄까?"

상아는 웃으며 고개를 끄덕거렸고 굳은 얼굴의 홍은 김생만 주시할 뿐 다른 반응은 보이지 않았다. 김생은 그러거나 말거나 목청을 가다듬고 제멋대로 이야기를 시작했다.

"전라도 남원에 양씨 성을 가진 서생이 있었네. 그는 조실부모한 데다가 장가도 들지 못한 채 만복사라는 절의 동쪽 방에서 홀로 기거하고 있었지. 양생의 소원은 오직 하나였네. 바로 참한 여인을 얻어 평생을 해로하는 것이었지. 가진 것 없는 양생에게는 그리 녹록하지 않은 소원이었어. 어느 날 양생이 외로운 심사를 달래려 마당을 이리저리 거니는데 하늘에서 웬 소리가 들렸다네. '정녕 그대가 좋은 배필을 얻고자 한다면 소원을 못 이룰까 걱정할 게 없지!' 양생은 그야말로 쾌재를 불렀네. 하늘의 뜻도 자신에게 있다고 확신한 양생은 이튿날 밤 저포를 가지고 법당에 들어갔네. 그러고는 저포를 꺼내 불상 앞에 놓고 이렇게 말했지. '부처님,

오늘 저와 저포 놀이를 한번 해보십시다. 제가 지면 법연*을 차려서 치성을 드리겠습니다. 그렇지만 만약 부처님이 지시면 아름다운 아가씨를 구해 제 소원을 이루어 주셔야 합니다.' 기원을 마치고 나서 양생이 저포를 던졌네. 모두들 심삭했겠시만 양생이 이겼다네. 양생은 불상을 모셔 놓은 자리 아래에 숨어서 약속한 아가씨가 나타나기를 기다렸어. 조금 있으니 정말로 한 여인이 나타났네. 나이는 열대여섯 살쯤이고 머리를 양 갈래로 묶은 여인이었지. 얼굴과 자태가 곱고 아름다워서 마치 선녀 같았다네. 여인은 불상에게 세 번 절하고 글을 읽었어. 자신의 인생을 한탄하는 사연을 죽 말하더니 마지막에는 이런 구절이 이어졌지. '제가 타고난 운명에 인연이 있다면 얼른 배필을 만나 즐길 수 있게 해 주십시오.' 더 이상 참을 수 없었던 양생이 뛰쳐나가 말을 건넨 것은 당연한 수순이지. 여인도 양생이 싫지는 않았던 모양이야. 뜻이 맞은 두 사람은 즐거운 밤을 함께 보냈다네. 먼동이 트기 시작하자 여인은 양생의 손을 잡고 자신의 거처로 갔어. 둘은 사흘 밤낮을 더 즐겁게 보냈고, 사흘이 지나자 여인이 양생에게 말했네. '이곳의 사흘은 인간 세상의 삼 년보다 적지 않습니다. 낭군께선 이제 집으로 돌아가셔서 생업을 돌보셔야지요.' 여인은 바로⋯⋯."

"귀신이었군요."

● 법연(法筵) | 부처 앞에 절하는 자리.

상아가 눈을 동그랗게 뜨며 끼어들었다. 김생은 고개를 끄덕이고는 다시 술잔을 비웠다. 그러고는 홍을 똑바로 보며 물었다.

"이 이야기의 교훈이 무엇인지 알겠나?"

홍이 묵묵부답하자 김생은 스스로 답하는 길을 택했다.

"저포 놀이를 함부로 해서는 안 된다는 것이야. 자칫 잘못하다간 귀신을 만나 신세를 족칠 수 있으니. 으허허! 알겠나?"

숨죽이고 열심히 듣던 상아는 "뭐 그런 이야기가 다 있어요?" 하며 눈살을 찌푸렸지만 홍은 이렇다 할 반응조차 보이지 않았다. 홍이 자신의 이야기를 들었는지도 의심스러울 지경이었다. '싱거운 놈 같으니.' 하고 속으로 생각한 뒤 술잔을 들려는데 홍이 마침내 입을 열었다.

"그 이야기라면 나도 들어 본 적이 있습니다. 한데 내가 들은 이야기는 거기서 끝나지 않습니다."

깜짝 놀란 김생은 하마터면 술잔을 떨어뜨릴 뻔했다. 도대체 홍은 무슨 이야기를 하는 것인가? 저포 놀이 이야기는 김생만이 알고 있는 것이다. 그럴 수밖에 없었다. 실제로 있었던 일이 아니라 김생이 지어낸 이야기였기 때문이다. 저포 놀이를 즐길 때마다 사람들에게 들려주며 웃음을 끌어내던 이야기였다. 김생은 흥분을 가라앉히려 애썼다. 우선은 홍의 이야기부터 들어 보는 게 순서였다.

"그런가? 그럼 그다음에는 어떻게 되는가?"

"양생이 사흘을 머문 곳은 그 여인의 무덤이었습니다. 물론 양생도 짐작은 했겠지요. 다만 인정하고 싶지는 않았던 것입니다. 양생이 헤어지고 싶지 않다고 말하자 여인은 그러면 다음 날 보련사라는 절에서 다시 만나자고 했습니다. 보련사에 간 양생은 여인이 아닌 여인의 부모를 만났습니다. 양생은 부모를 통해 사태의 전말을 들었습니다. 여인은 고려 말 왜구의 노략질에 휘말려 죽었고, 부모는 난리가 끝나지 않은 탓에 여인을 임시로 매장할 수밖에 없었습니다. 왜구가 물러가자 부모는 보련사에서 제수를 갖추고 여인을 추모할 예정이었던 것입니다. 다음 날 양생은 고기와 술을 가지고 여인의 무덤을 찾아갔습니다. 양생은 종이돈을 불사르고 추도문을 지어 제사를 올렸습니다. 사흘을 그렇게 하자 하늘에서 여인의 소리가 들렸습니다. '낭군 덕택에 저는 이미 다른 나라에서 태어났습니다. 비록 저승이 이승과 격리되어 있다고 하지만 깊이 감사하고 흠모합니다. 그대는 부디 다시 깨끗한 업을 닦으시어 저와 함께 윤회의 굴레를 벗어나도록 하세요.' 이렇게 보건대, 저포 놀이를 하면 귀신을 만나 신세를 족친다고 간단하게 종지부를 찍는 것은 옳지 않아 보입니다. 어찌 생각하시는지요?"

어찌 생각하고 말 것도 없다. 실은 김생이 만든 이야기는 여인이 귀신임을 알게 된 양생이 혼비백산해 기절하는 것이 전부였다. 뒷이야기에 대해서는 생각해 본 적도 없었다. 김생에게 그 이야기는 그저 재미있는 놀이에 더하는 감초 같은 것이었기 때문이다. 김생은 침을 꿀꺽 삼키고서 홍에게 물었다.

"그 이야기를 어디에서 들었는가? 또 기억이 없다던 자네가 어떻게 기억하는 건가?"

지금껏 표정의 변화가 전혀 없던 홍이 얼굴을 살짝 찌푸렸다.

"그냥 머릿속에 떠올랐습니다. 달리 설명할 방법이 없습니다."

침묵이 방 안을 지배했다. 술이 완전히 깨 버린 김생은 곰곰 생각에 잠겼다. 홍에게는 이상한 구석이 한둘이 아니었다. 등장부터 이상했지만 김생이 홀로 지은 시를 아는 데다가, 완성할 마음도 없는 이야기의 결말을 마치 알고 있었다는 듯이 말하는 등, 단순히 이상한 정도가 아니었다. 홍은 도대체 누구일까? 침묵을 깬 사람은 상아였다.

"그러니까 제 말대로 저포 놀이를 하세요."

홍도 한마디 보탰다.

"낭자의 말을 따르십시오."

김생은 상아와 홍을 번갈아 보았다. 그러다가 불현듯 무엇인가를 깨닫고 상아를 다그쳤다.

"저포 놀이를 하면 내가 진다고 했지? 도대체 왜 그런 말을 한 게냐?"

상아는 고개를 저으며 대답했다.

"먼저 저포 놀이를 하세요. 처사님이 정말로 지면 그때 말씀드릴 테니까요."

사태가 여기까지 이르니 김생으로서도 다른 길이 없었다. 이제는 궁금증을 해결하기 위해서라도 저포 놀이를 해야 했다. 김생은 옷가지 밑에 있던 저포를 가져와 홍에게 내밀었다.
 세 번의 내기를 했으나 결과는 김생이 예상했던 대로였다. 분위기가 심상치 않다고 생각했지만 막상 손도 못 쓰고 지자 김생의 심기는 적잖이 불편해졌다. 저포 놀이 따위야 하고 마음을 추스르려 했지만 쉬이 추슬러지지가 않았다. 저포 놀이에도 못 이기는 자신에게 화가 났다. 더군다나 결과적으로 홍과 상아의 농간에 놀아난 셈이 되어서 기분이 더욱 좋지 않았다.
 '이거 완전히 귀신에 홀린 기분이군. 이야기 속의 양생은 바로 나였어.'
 "이제 나를 돕겠습니까?"
 홍의 질문에 김생은 곧바로 답하지 않았다. 김생은 흐트러진 마음을 다잡으려 애쓰며 상아에게 물었다.
 "이제 말해 보아라. 왜 내가 질 거라고 말했느냐?"
 홍의 시선이 상아에게 향했다. 홍 또한 그 점이 몹시 궁금했던 모양이다. 상아가 잠시 머뭇거리다 입을 열었다.
 "이상한 이야기예요. 하지만……."
 김생이 참지 못하고 이야기를 재촉했다.
 "물론 이상한 이야기겠지. 뜸은 그만 들이고 어서 말해 보아라."
 "그 집 말이에요, 저도 꿈속에서 그 집을 보았어요."

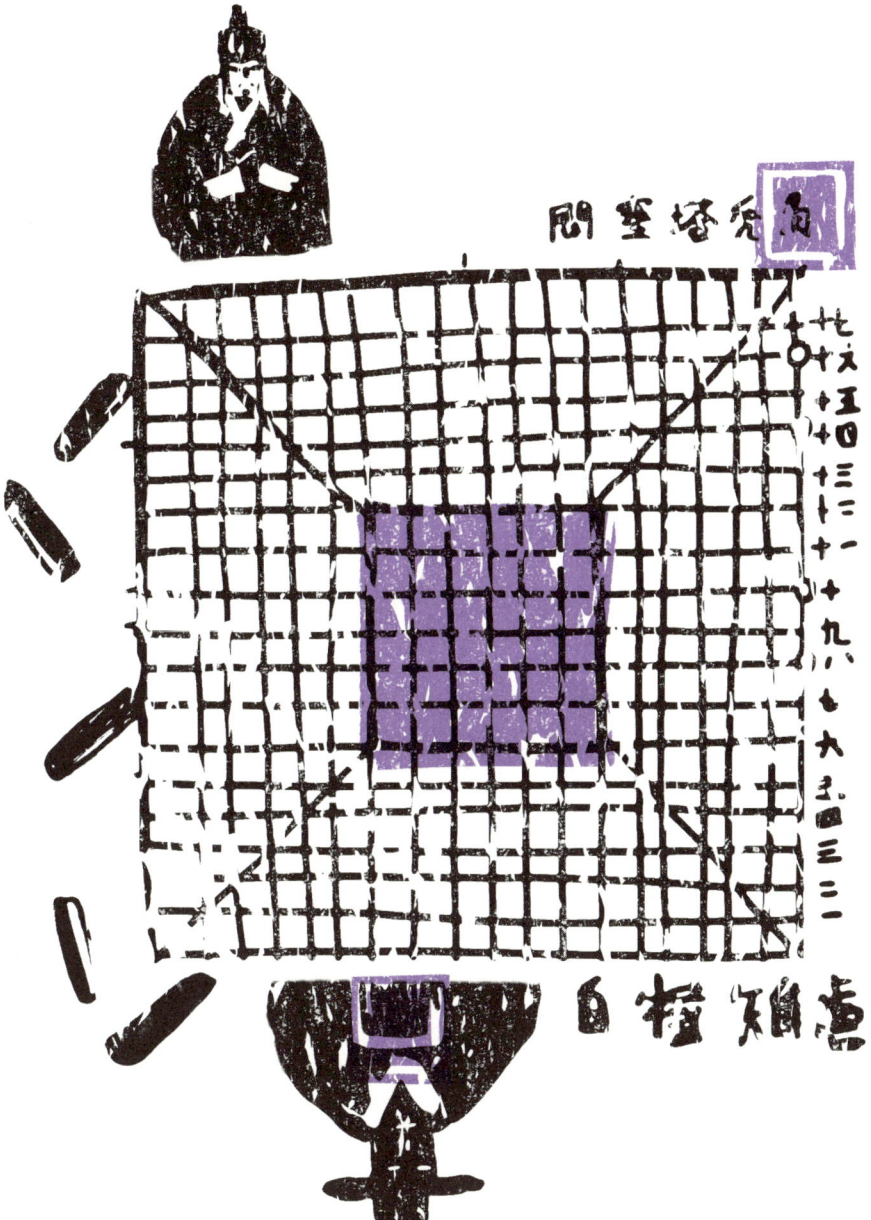

"담장에 붉은 별이 그려져 있는 집을 말하는 겁니까?"
갑작스럽게 커진 홍의 목소리에 놀란 상아가 몸을 살짝 뒤로 빼며 말을 이었다.
"네, 저도 그 집을 분명히 보았어요. 선비님이 문을 열려고 애쓰는 것도, 담을 넘으려 한 것도 다 보았어요. 선비님이 바닥에 드러누운 것도……."
"낭자가 내 얼굴을 어루만져 주었군요."
"네."
대답하는 상아의 얼굴이 살짝 붉어졌다. 몸이 달아오른 쪽은 김생이었다. 대답이 짐작 가기는 했으나 물어보지 않을 수 없었다.
"그래서 어찌 되었느냐? 저포 놀이랑은 도대체 무슨 상관이 있는 거냐?"
"선비님이 잠시 후 일어나자 어느새 처사님이 와 계셨어요. 처사님이 선비님에게 저포를 내미셨고, 두 분이서 저포 놀이를 하는데……."
"하는 족족 저놈이 이겼겠구나."
상아는 대답 대신 고개만 끄덕였다. 김생은 잠시 생각에 잠겼다. 상아의 태도가 이상했던 것은 바로 그 꿈 때문이었다. 자신의 꿈이 현실이 되어 나타났다면 누구라도 상아처럼 행동했을 터이다. 김생이 다시 질문을 던졌다.
"하늘에 달이 두 개가 떠 있더냐?"

"그걸 어떻게……."

대답을 기대하고 던진 질문이 아니었다. 어처구니없는 상황에 화가 나서 말도 안 되는 질문을 던진 것이었다. 그런데 그게 말도 안 되는 질문이 아니었던 모양이다. 김생은 고개를 저으며 다시 물었다.

"그래서 그 문이 열렸느냐?"

"그건 모르겠어요. 제 꿈은 저포 놀이까지였거든요."

둘의 이야기를 듣고 있던 홍이 입을 열었다.

"문을 여는 것은 처사님의 몫이란 이야기가 아니겠습니까? 그리고 두 개의 달은 어떻게 알았습니까?"

"오가는 말이 하도 시답지 않아서 그냥 해 본 소리네."

김생은 낮에 보았던 두 개의 달을 말해서 홍과 상아를 흥분시키고 싶지 않았다. 돌아가는 분위기로 보건대 그것은 몹시 위험한 일이었다. 홍이 나지막한 목소리로 물었다.

"이제 나를 돕겠습니까?"

김생은 남은 술을 탈탈 털었다. 반 정도 채운 잔을 비우고는 대답했다.

"싫다."

"뭐라고 했습니까?"

"싫다고 했다."

"약속을 했지 않습니까?"

"약속한 적은 없다. 저포 놀이를 하자고 해서 했을 뿐이야. 거기에다가 네놈이 이겼을 때의 조건만 붙어 있었잖은가. 무슨 놈의 내기가 그 모양인가? 정당한 내기가 아닌 셈이니 인정할 수 없네."

"그렇게 말씀하신다면……."

김생이 홍의 말을 끊었다.

"이야기를 들어 보니 이건 네놈과 상아의 문제가 분명해. 둘이 같은 꿈을 꾸었으니 해결도 둘이 해야지, 왜 자꾸 나를 물고 늘어져? 열일곱, 열다섯이니 나이도 어울리는군. 이런저런 사정을 다 떠나서 나 같은 똥중이 도대체 네 문제를 해결하는 데 무슨 도움이 되겠느냐?"

김생의 두 눈이 커졌다. 말을 마치기가 무섭게 홍이 달려들었기 때문이다. 술상이 엎어지고 창문이 흔들렸다. 홍은 그 육중한 몸으로 김생을 깔고 앉더니 목덜미를 세게 잡았다. 몸집만큼이나 완력 또한 대단해 김생은 숨 쉬기조차 어려웠다.

"사람 죽겠다. 어서 놓지 못해?"

"약속을 지키지 않는 너 같은 자는 내 용서할 수가 없다."

홍의 말이 끝나기 무섭게 온몸을 얼려 버릴 것만 같은 차가운 기운이 엄습해 왔다. 겨울바람의 한기와도 달랐고, 겨울밤 술에 취해 빠졌던 차가운 개천의 섬뜩함과도 달랐다. 그 순간 김생이 느낀 것은 진정한 공포였다. 김생은 가만히 있다가는 이대로 죽으리라고 직감했다. 죽고 싶다는 마음을 품었던 것은 사실이다. 서울에서의 나날들은 모욕 그 자체였다. 그 모욕을 감내하느니 자신이라는 존재를 세상에서 깨끗이 지우고 싶었다. 그렇다고는 해도 홍에게 목 졸려 죽고 싶지는 않았다. 김생은 위기를 모면하기 위해 홍을 보며 고개를 끄덕거리려 애썼다.

그 공포의 도가니에서 김생이 본 것은 뜻밖의 광경이었다. 홍의 눈가에는 눈물이 잔뜩 맺혀 있었다. 분노와 뒤섞여 표출된 그 슬픔은 그대로 김생의 마음에 전해졌다. 그런데 그 무서운 슬픔은 어딘가 익숙했다. 분명 전에 느껴 보았던 종류의 슬픔이었다. 김생은 있는 힘을 다해 소리를 냈다.

"돕겠다. 그 집을 찾는 일을 돕겠단 말이야."

홍이 손을 뗐다. 김생의 몸이 비로소 다시 자유로워졌다. 온몸의 힘이 쭉 빠진 탓에 몸을 가누기도 힘들어 그대로 벽에 등을 기댔다. 김생의 머릿속에 낮에 보았던 바다가 떠올랐다. 차라리 그 바다에 뛰어들어 생을 마감하는 편이 낫지 않았을까. 김생은 홍과 상아가 보았다는 그 집에 무엇이 있을지 상상조차 할 수 없었다. 다만 그 집이 김생에게 줄 감정의 실체만큼은 정확히 말할 수 있었다. 그것은 바로 절망과 치욕, 그리고 생전 처음 마주하는 무서운 공포이리라. 그 예감 때문에 김생은 홍을 꺼려했던 것이다. 이제는 어쩔 수가 없다. 불길한 예감은 적중하기 마련이고 명운을 건 저포놀이 또한 끝났으므로. 까마귀가 울고 대밭이 바람에 흔들렸다. 아마도 하늘에는 두 개의 달이 떠 있을 터이다.

7　매와 매화꽃의 기억을 되살리는 물건

　김생은 술에 미친 사람이었습니다. 금오산실을 나올 때 챙겨 왔던 술병은 점심이 되기도 전에 완전히 말라 버렸습니다. 김생을 하느님처럼 추앙한다는 김진문의 집에 가서 점심을 먹을 때도 밥 대신 술을 마셨고, 헤어지면서 김진문이 챙겨 준 술병 또한 서너 식경 후에는 깨끗이 바닥을 드러냈습니다. 물론 김생이 약속을 지키지 않았다고 말할 수는 없습니다. 점심을 먹기 전에는 상아와 나를 데리고 경주 중심가의 집들을 살펴보았고, 점심을 먹은 후에는 취한 몸을 이끌고 오일장으로 가서 장사치들에게 일일이 물어보는 수고를 아끼지 않았으니 말입니다. 하지만 그렇다고 김생이 약속을 충실히 지켰다고 말할 수도 없습니다. 약속을 지키는 데

있어 가장 중요한 것은 진실된 마음입니다. 그런 의미에서 보면 김생은 나와의 약속을 그저 지겨운 의무로만 간주했을 뿐입니다. 그러니까 내가 말한 집을 꼭 찾아 주어야 한다는 절실한 마음, 어려움에 빠진 이를 진심으로 돕겠다는 사무사의 마음이 그에게는 없었습니다.

김생의 딴마음은 길을 나선 직후부터 감지되었습니다. 김생은 금오산실을 열 발짝 정도 지난 곳에서 처음 걸음을 멈추더니 술을 마셨습니다. 그러고는 하늘을 보며 혼자 이렇게 중얼거렸습니다.

'오늘도 이 길 저 길을 헤매 다녀야 하는 내 신세, 참으로 기구하구나. 차라리 하늘을 나는 매로 태어날 것을.'

방랑을 업으로 삼은 자의 일상적인 푸념으로 흘려들을 수도 있지만, 원하지 않는 걸음을 억지로 뗀다는 뜻도 짙게 깔려 있었습니다. 김생의 목덜미에 슬며시 손을 대고 싶은 욕망이 일었습니다. 내가 가진 힘으로 그를 굴복시키고 싶었습니다. 참았습니다. 덩치가 내 절반도 안 되는 이를 무력으로 굴복시키는 행위는 옳지 않게 여겨졌습니다. 어찌 되었건 김생은 나를 위해 길을 나선 사람입니다. 그를 믿고 조금 더 지켜보기로 했습니다. 하지만 술을 들이켜는 횟수가 늘어남에 따라 혼잣말도 점점 잦아졌고, 그 수위도 끝간 데 없이 높아졌습니다. 이를테면 다음과 같은 식입니다.

'담벼락의 붉은 별을 찾느니 하늘의 푸른 별을 따는 게 더 쉽겠구나.'

'어찌하여 나는 꿈과 현실도 구분하지 못할꼬.'

혼잣말로 끝내기만 했다면 내 속도 덜 뒤집어졌을 것입니다. 김생은 혼잣말을 내뱉고 나서는 꼭 내게 고개를 돌려 슬쩍 웃어 보였습니다. 웃는 모습은 대개 아름답기 마련이지만 김생의 그 웃음은 참으로 꼴 보기 싫었습니다. 성긴 수염에는 술 찌꺼기가 묻어 있고 더러운 입에서는 뒷간의 악취가 났습니다. 그런 얼굴로 웃기까지 하니 목불인견*이 따로 없습니다.

어쩌면, 어쩌면 말입니다. 그것은 웃음이 아니었는지도 모르겠습니다. 입꼬리가 살짝 올라가기는 했지만, 흐흐인지 허허인지 하는 소리를 덧붙이기는 했지만, 입에서 한 자도 떨어지지 않은 그의 두 눈에서는 웃음의 기운을 조금도 찾아볼 수 없었습니다. 웃음은커녕 김생의 두 눈에는 일찍이 본 적 없는 깊은 슬픔이 있었습니다. 눈가에 눈물이 맺혀 있지는 않았습니다. 눈초리가 처지지도 않았습니다. 눈썹 역시 가늘게 떨리지도 않았습니다. 그럼에도 그것은 분명 슬픔이었습니다. 왜 그렇게 생각하느냐고 물어본다면 할 말은 없습니다. 하지만 나는 김생의 두 눈에 담긴 감정이 슬픔임을 직감했고, 그 직감이 틀리지 않다는 것 또한 확신했습니다. 기억을 잃기 전 나는 어쩌면 감정의 전문가였는지도 모르겠습니다. 혹시라도 그런 전문가가 있다면 말입니다.

● 목불인견(目不忍見) | 눈앞에 벌어진 상황 따위를 차마 눈 뜨고 볼 수 없음.

사실 슬픔을 가진 것은 상아 또한 마찬가지였습니다. 늘 꿋꿋하지만 실은 상아 또한 기쁨보다는 슬픔에 충실했습니다. 아주 가끔이지만 상아의 두 눈은 초점을 잃은 채 흔들렸고 다른 세상이라도 보는 양 깊은 상념에 빠졌습니다. 같은 슬픔이라도 김생의 슬픔과는 달랐습니다. 굳이 이름을 붙이자면 '경쾌한 슬픔'이라는 말이 딱 맞겠습니다. 상아가 불렀던 저 '비 그친 긴 둑에는'으로 시작하는 노래처럼 말입니다. 당장은 슬프나 기약 없는 슬픔은 아닙니다. 헤어진다는 것은 다시 만날 수 있다는 뜻이니까요. 상아의 슬픔이 경쾌한 이유는 한 가지입니다. 다가오는 미래에 대한 기대가 있기 때문입니다. 나를 보고 처음에는 무섭다고 했던 상아에게서 더 이상 공포의 감정을 찾아볼 수 없는 이유 역시 마찬가지입니다. 물론 상아가 무엇을 기대하는지까지는 내 조잡한 능력으로 알 수가 없습니다.

각설하고 내가 김생에게 화를 내지 않은 것은 바로 그 깊은 슬픔 때문이었습니다. 그렇다고 해서 내가 김생에게 호감을 갖고 있느냐 하면 절대 아닙니다. 김생을 따라 경주 이곳저곳을 살피면서, 그 일관되게 침울하고 가라앉은 풍경에서 꿈속의 집을 발견하리라는 희망은 불가능에 가깝다는 사실을 깨달았습니다. 그리고 떠오른 생각은 이러했습니다. '왜 하필 김생일까?'

그렇습니다. 나는 왜 하필 김생 같은 이에게 기대게 된 것일까요? 왜 하필 김생에게 발견되었으며, 왜 하필 김생에게 내 꿈을 이야기하고 도움을 청하게 된 것일까요? 분명 이유가 있을 터입니다. 그저 그 이유를 짐작할 수가 없으니 답답하고 화날 뿐이었습니다.

　장터를 돌 때부터 비틀거리기 시작한 김생은 술 파는 집에 이르러서는 아예 그 자리에 드러누워 버렸습니다. 아직 해는 중천이었습니다. 김생에게는 허비해도 좋은 시간이겠지만 내 사정은 그렇지 않습니다. 내게 주어진 시간이 무궁무진하지 않다는 것쯤은 본능적으로 알았습니다. 한순간의 게으름이 내 운명을 바꾸어 놓을 수도 있습니다. 나는 점잖게 다가가 어서 일어나라고 타일렀습니다. 김생은 꿈쩍도 하지 않았습니다. 슬쩍슬쩍 웃어 보이던 김생의 얼굴이 떠올라 내 화를 돋우었습니다. 김생의 슬픔 덕에 간신히 버티던 인내심이 조금씩 무너졌습니다. 더는 참기 힘들었습니다. 인정보다는 무력에 의지해야 할 시점입니다. 상아가 끼어들지 않았다면 분명 주먹을 움켜쥐고 김생의 얼굴을 거세게 두드렸을 것입니다. 상아는 손을 뻗어 내 주먹을 살짝 만졌습니다. 나는 아무 말도 하지 못했습니다. 주먹에 모였던 분노가 봄눈처럼 사라졌습니다. 상아가 손을 떼며 말했습니다.

　'아이들처럼 자꾸만 왜들 이러시는지. 잠깐만 기다려 보세요.'

　상아의 해결책은 너무도 간단했습니다. 주모에게 술 한 병을 가져다 달라고 말하더니 그 술병을 김생의 눈앞에 대고 흔든 것입니다. 김생은 지남철*에 끌린 쇠붙이처럼 곧바로 자리에서 일어났습니다. 내 눈으로 보고도 믿기 어려운 광경이었습니다. 나는 단숨에 술 한 잔을 비운 김생에게 조금만 더 집들을 살펴보자고, 내 딴에는 꽤 정중하게 말했습니다. 김생이 즉시 응대했습니다. 김생은 내 말이 끝나기 무섭게 바닥에 침을 퉤 뱉더니 느닷없이 시를 읊었습니다.

> 삼각산 높은 봉우리가 맑은 하늘에 솟아났기에
> 거기 올라 북두성 견우성도 손으로 딸 만하네
> 저 산악이 구름과 비를 일으킬 뿐 아니라
> 우리나라도 만세토록 안녕케 하리

어딘가 귀에 익은 시였습니다. 호방과 오만의 경계를 넘나드는 시였지만 오히려 그 때문에 시 안에 담긴 내용이 나약한 서생의 허장성세[●]임을 쉽사리 표출하는, 볼품없는 시이기도 했습니다. 이 시가 낯익은 이유는 도대체 무엇일까요? 분명 연결 고리가 있을 텐데 아무것도 떠오르지 않습니다. 기억의 부재가 아쉬울 뿐입니다.

김생의 자랑이 이어졌습니다. 김생의 입에서 오세신동이라는 말이 수십 번은 나왔습니다. 가끔은 환생한 공자라는 말도 나왔습니다. 상아가 나를 보더니 손을 저으며 만류하는 시늉을 했습니다.

● 지남철(指南鐵) | 자석을 일컫는 다른 말.
● 허장성세(虛張聲勢) | 실속 없이 큰소리치거나 허세를 부림.

적절한 개입이었습니다. 상아는 마치 내 마음을 모두 읽는 것 같습니다. 나는 고개를 끄덕여서 김생에게 어떠한 물리적 위해도 가하지 않겠다고 다짐했습니다. 아무튼 김생의 장황한 자기 자랑의 요지는 자신이 다섯 살 때 이미 세상 사람들을 깜짝 놀라게 할 정도로 뛰어난 한시를 지었으며, 방금 들려준 시는 그때 지었던 수백 편 중 하나라는 것이었습니다.

'온 세상이 떠들썩하게 공자가 환생했다고 말했다네.'라는 말을 다섯 번 연속으로 듣고 나는 자리에서 벌떡 일어났습니다. 공자의 환생이라니 오만도 이만한 오만은 없습니다. 자신은 날 때부터 공부를 잘하지는 않았다고 한 것에서도 알 수 있듯, 공자는 겸손하고 소탈한 위인이었습니다. 그런 공자를 도무지 어울리지도 않는 상황에 갖다 붙이다니. 더 이상은 참을 수가 없었습니다. 침 튀기고 술 냄새를 풍기며 떠벌리는 것도, 입가의 그 웃음도, 눈가의 그 슬픔도 더는 참을 수가 없었습니다.

주먹에 힘을 준 순간 이를 악문 상아의 얼굴이 보였고, 그 얼굴을 보는 순간 불현듯 깨달음이 왔습니다. 김생의 그런 모습은 내가 익히 보아 왔던 것이고, 경멸해 왔던 것이었습니다. 그럴 수밖에요. 바로 나의 모습이었으니 말입니다. 한때 나는 꼭 김생 같았던 것입니다. 구체적인 정황은 떠오르지 않지만 그 느낌 하나만은 분명했습니다. 동요가 일었지만 이미 늦었습니다. 벌써 주먹을 내지른 뒤였습니다.

재수 없는 놈! 나는 김생의 몸을 냅다 떠밀어 넘어뜨리고는 곧바로 그의 몸 위에 올라탔습니다. 김생은 저항의 결과를 뻔히 알면서도 부질없이 손을 뻗쳤습니다. 가소로워서 웃음마저 나왔습니다. 내 웃음은 김생을 분노하게 만들었고 발악하게 만들었습니다. 그 와중에 김생의 품속에서 무엇인가가 바닥에 떨어졌습니다. 여러 겹의 종이로 잘 감싼 물건이었습니다. 김생이 '손대지 마!' 하고 버럭 소리치더니 그 물건을 줍기 위해 몸을 꿈틀거렸습니다. 끈질기기는! 나는 한 손으로 김생의 목덜미를 잡아 완전히 제압한 후 종이를 차례차례 펼쳤습니다. 안에 들어 있던 것은 웅장한 필체로 쓰인 문장이 특히 눈길을 끄는, 오래된 종이였습니다.

아! 그 순간의 느낌은 여러 종류의 세상을 살아도 차마 잊지 못할 것입니다. 내 눈앞에는 활짝 피어난 매화꽃들이 병풍처럼 펼쳐졌습니다. 눈보라가 부는데도 어린 나는 매화꽃 사이를 거닐었습니다. 휘몰아치는 바람은 내 앞에 와서는 강아지처럼 부드러운 바람으로 변했습니다. 사람들이 웃는 소리도 들렸습니다. 김생의 웃음 같은 기묘한 웃음은 아니었습니다. 나를 진정 사랑하는 이들이 내 움직임 하나하나에 기뻐하고 놀라며 짓는 아름다운 웃음이었습니다. 꽃잎이 하나둘 내 얼굴에 떨어졌습니다. 나는 매화 꽃잎 사이를 뛰어다니며 춤을 추었습니다. 하늘에서 매 한 마리가 날아와 내 손목 위에 앉았습니다. 매는 나를 보며 고개를 숙였습니다. 내 얼굴에는 웃음이 가득했고 천지간에는 매화 꽃잎이 가득했습니다. 내가 매화 꽃잎인지 매화 꽃잎이 나인지도 구분이 가지 않았습니다. 해 지고 달 뜨고 별이 총총해질 때까지 나는 춤을 멈추지 않았습니다. 나는 천지간에서 가장 춤을 잘 추는 사람이었습니다. 나는 매화와 매를 동시에 부리는 사람이었습니다. 가장 존귀하고 사랑받는 사람이었습니다. 이 세상의 주인이었습니다. 내 앞길을 막을 이는 아무도 없었습니다.

천진한 기쁨이 극에 달한 그때 어디선가 말발굽 소리가 났습니다. 불길하고 불경했습니다. 누구이기에 감히 내 춤을 망치려 드는 것일까요? 말 타고 오는 이를 보려고 몸을 돌렸습니다.

그 순간 김생이 나를 밀어내고 종이를 채 갔습니다. 김생은 그 종이를 조심스럽게 접은 후 여러 겹의 종이로 감싸 다시 품속에 넣었습니다. 김생의 눈가에서는 더러운 눈물이 줄줄 흘렀습니다. 연약하기는! 그러나 그가 연약하다면 나 또한 연약한 것입니다. 내 눈에서 떨어지는 눈물을 그제야 발견했습니다. 나는 눈물을 닦지도 않은 채 김생을 똑바로 쳐다보았습니다. 김생은 내 눈을 피해 먼 하늘을 바라보았습니다. 그의 태도는 중요하지 않습니다. 김생과 나는 우연히 만난 것이 아닙니다. 김생과 나에게는 꼭 만나야 할 곡절이 있었던 것입니다.

8

김생, 용궁 이야기를 듣고
물건을 맡기다

다행히 이경준은 집에 있었다. 김생은 방 안에 들어서자마자 힐난하듯 거친 말을 내뱉었다.

"이 양반아, 도대체 어디를 다녀오셨소? 밖으로 나가지도 않고 집구석에 처박혀 사시는 분이 도대체 웬일이오. 옛 병이 도지기라도 한 것이오?"

김생의 말대로 이경준은 좀처럼 외출하는 법이 없었다. 이경준이 원래부터 은둔을 좋아했던 것은 아니다. 이파와 함께 약관[●]도 되기 전에 과거에 급제할 정도로 특출한 실력을 지녔던 이경준은 풍

● 약관(弱冠) | 스무 살을 달리 이르는 말.

류를 즐길 때도 남달랐다. 선비들이 노니는 곳에는 늘 이경준이 있어 분위기를 주도해 나갔다. 우아함과 흥취를 동시에 갖춘 이경준이 있고 없고에 따라 그 모임의 품격이 달라진다고 할 정도였다. 이경준 생애에서 가장 잘나가던 그 시절 김생 또한 그와 몇 차례 어울렸다. 세간에 떠도는 말은 결코 과장이 아니었다. 시면 시, 노래면 노래, 춤이면 춤, 온화한 웃음과 정갈한 말투, 술잔을 든 손의 움직임까지 어느 것 하나 빠지지 않았다. 풍류의 3대 분야인 음주가무 중 오직 술에만 관심을 두던 김생이 질투를 느낄 정도였으니 말이다.

그런 이경준이 달라진 것은 수양이 김종서, 황보인 등을 죽이고 영의정에 올라 절정에 달한 공포를 무기로 국정을 좌지우지하던 때부터였다. 노산군은 명목만 임금이었고 실제로는 수양이 임금이었다. 이경준은 그러한 무례를 참고 견디지 못했다. 사간원 교리였던 그는 몸이 아프다는 핑계로 사직서를 내고는 일찌감치 낙향해 버렸고, 그 이후로 은둔 생활을 고집해 왔다. 심지어 이경준은 자신을 찾아 서울에서 내려온 이들도 잘 만나지 않았다. 그런 일이 서너 번 이어지자 그는 말 그대로 집 안에 고립되었다.

예외가 있다면 바로 김생이었다. 전국을 떠돌던 김생이 경주에 이경준이 머문다는 소문을 듣고 반신반의하며 찾아갔을 때 그는 버선발로 뛰어나와 김생을 환영해 주었다. 김생은 이경준이 유독 자신만 환대하는 이유를 알지 못했다. 은둔을 택한 이경준의 입장에서 볼 때 김생은 골칫덩어리일 터였다. 매일같이 찾아와서는 술이나 찾고, 술 마시다 울분을 토로하고, 울분이 지나치면 기물을 부수는 김생이 천생 선비인 이경준에게 결코 달가울 리가 없었다. 이계전 밑에서 함께 학문을 배웠다고는 하지만 그 기간이래야 일 년 남짓밖에 되지 않았다. 과거에 급제한 이경준은 관료의 길을 걸었고, 김생은 수양이 즉위하자 공부를 그만두고 전국을 방랑하며 살았다. 이경준은 원래부터 넉넉하던 집안의 자제였고, 김생은 입에 풀칠하는 것도 다행으로 여길 정도로 빈한한 집에서 태어났다.

이렇듯 모든 면이 달랐으나 이경준은 김생을 환대했다. 잘난 인간들에 대해서는 본능적으로 적의를 품는 김생 또한 자신을 스스럼없이 대하는 이경준이 싫지 않았다. 물론 그러한 속내를 제대로 밝힌 적은 없다. 백아와 종자기의 지음*이니, 관중과 포숙아의 관포지교*니 하는 낯간지러운 말들을 온 사방에 떠벌리는 우정에는 몸서리를 치는 사람이 바로 김생이었다.

그런 의미에서 이경준과의 관계는 최적이었다. 이경준은 벗이니 우정이니 하는 말은 입에 담지도 않았고, 자신의 학식을 자랑

- 지음(知音) | 중국 춘추 시대 거문고의 명수 백아(伯牙)와 그의 친구 종자기(鍾子期)의 우정에서 비롯된 말로 속마음을 알아주는 친구를 뜻한다.
- 관포지교(管鮑之交) | 중국 제나라 시대 친구인 관중(管仲)을 끝까지 믿고 밀어준 포숙아(鮑叔牙)의 우정에서 비롯된 말로 서로 이해하고 정답게 지내는 깊은 우정을 뜻한다.

하지도 않았다. 은자*인 척하지도 않았고, 세상 돌아가는 일이 이렇다 저렇다 구시렁거리며 불만을 늘어놓지도 않았다. 경주 땅에 자리 잡고 그저 하늘을 유유히 흐르는 구름같이 살아가는 존재가 바로 이경준이었다. 매사에 신경을 곤두세우며 싸움질하듯 세상을 살아온 김생에게 이경준은 잠깐 동안 눈을 붙일 수 있는 휴식처와 같은 사람이었다.

이경준은 김생의 우격다짐식 질문에 대답 없이 웃음만 지었다. 이경준다웠다. 어디에 가서 누구를 만나고 무엇을 했다며 일일이 변명하는 것은 이경준의 방식이 아니었다. 김생도 대답을 기대하지는 않았다. 이경준이 다시 돌아와서 무척이나 마음이 놓였을 뿐이고 그런 반가움을 자신만의 방식으로 표현한 것이다. 못 본 시간이라야 하루 조금 더 지난 짧은 시간에 불과했지만 꼭 한 달 만에 다시 만난 기분이었다.

"산길은 들풀에 묻혔고 한가한 꽃은 작은 뜰에 떨어지누나. 이 몸은 어디에 머물 건가, 천지간에 멋대로 떠다니는 부평초 신세. 형님도 이제 나처럼 부평초가 되려는 거요? 그거 적잖이 피곤한 길인데 기어이 가시겠다는 거요?"

김생은 농 삼아 시를 읊고는 계속해서 이경준을 몰아붙였다. 이경준이 살짝 웃는가 싶더니 이내 엉뚱한 말이 튀어나왔다.

● 은자(隱者) | 산야에 묻혀 사는 사람 또는 벼슬을 하지 않고 숨어 사는 사람.

"용궁에 다녀왔다네."

김생은 이경준의 얼굴부터 살폈다. 안색이 몹시 창백한 것으로 보아 혼자서 술을 마시지는 않은 모양이었다. 그렇다면 농일 터였다. 꽤나 실없는 농이었지만 그래도 농이니 받아 주기는 해야 했다. 김생은 또 다른 농으로 받아쳤다.

"잘됐구려. 나는 남염부주에 다녀왔소."

"남염부주라 하면?"

"염라왕이 다스리는 저승이지요."

히죽거리는 김생의 얼굴을 보고서야 이경준은 그것이 농이라는 사실을 눈치챘다. 사람 좋은 웃음을 지어 보이던 이경준이 정색했다.

"나는 지금 농을 하는 것이 아닐세. 지난번에 자네가 가고 나서 얼마 되지 않아 갑자기 밖에서 누군가가 나를 불렀다네."

"밤늦은 시간에 도대체 누가 찾아왔단 말이오? 나 말고 올 사람도 없을 텐데?"

"그러게 말일세. 자네가 다시 왔나 하고 문을 열어 보았더니 푸른 적삼을 입은 남자 둘이 서 있더군. 한 번도 본 적 없던 이들이었네. 한데 둘이 바닥에 엎드리더니 내게 이렇게 말하는 것이야. '박연의 신룡께서 모셔 오랍니다.'"

"그러니까 송도˙에 있는 박연 폭포 말이오?"

● 송도(松都) | 개성의 옛 이름.

"박연이 송도 말고 또 어디에 있겠나?"
 이경준의 진지한 대답에 김생은 참으로 기가 막혔다. 이경준을 만나러 온 것은 꼭 하고 싶은 말이 있어서였는데 그는 난데없는 용궁 이야기에 심취해 있다. 그러면서도 이경준이 왜 하필 용궁 이야기를 꺼내는지 조금은 궁금했다. 실없는 사람이 아니니 분명 이유가 있을 터. 그렇다면 그의 이야기부터 들어 봐야 했다. 김생

이 슬쩍 호기심을 보이자 이경준은 마음 놓고 이야기를 이어 갔다.

"다른 이도 아닌 용왕이 부른다는데 거절할 수는 없지. 모르긴 몰라도 그리 쉽게 할 수 있는 경험은 아닐 테니 말일세. 문을 열고 나갔더니 푸른 갈기를 자랑하는 말이 한 필 기다리고 있더군. 금안장과 옥굴레도 대단했지만 가장 눈길을 끈 것은 옆구리에 돋아난 날개였네. 말은 내가 올라타자마자 그 날개를 펼쳐 공중으로 날아올랐어."

"정말 부럽소, 날개 달린 말을 타다니. 세상이 어떻게 보이든가요?"

"그날 내렸던 비를 기억하지? 그게 문제였다네. 물론 구름 위로

올라가니 더 이상 비는 내리지 않고 안개처럼 자욱한 구름만 보였어. 구름에 가려 그 아래 세상이 보이지 않는 게 안타까웠지. 다행히 채 안타까워할 새도 없이 용궁이 나타났다네. 데리러 온 남자들의 인도를 받아 용궁 안으로 들어갔더니 용왕이 직접 나를 맞더군."

"용왕이라……. 그래, 용왕이 다른 이도 아닌 형님을 부른 이유는 도대체 무엇이오?"

"그것이 참…… 용왕에게는 과년한 딸이 하나 있었다네. 시집갈 때가 다 된 터라 그 딸을 위해 신방으로 쓸 누각을 한 채 지었는데 나더러 상량문●을 써 달라고 하는 게야."

"용왕도 꽤 안목이 있구려. 형님의 문장이야 조선 땅에서도 손꼽을 만하니. 일찍이 수양이 형님의 문장을 평하길……."

김생은 자신의 입을 손으로 막았다. 이경준의 표정에 별다른 변화가 없는 것을 확인하고는 아무렇지 않게 말을 이어 갔다.

"그래, 어떤 글을 지어 주셨소? 한번 읊어나 보오."

"변변찮은 문장인 데다 급하게 쓴 바람에 기억도 잘 안 나네. 마지막만 어렴풋이 기억할 뿐일세."

"변변찮은 것이야 잘 알고 있으니 읊어 보시오."

"허허, 알겠네. '삼가 바라나니, 이 집을 지은 뒤 화촉을 밝히는

● 상량문(上樑文) | 건물을 다 세우고 마지막으로 마룻대를 올리는 상량식을 할 때에 이를 축복하는 글.

새벽에 만복이 모두 모이고 온갖 상서가 모여들어, 아름다운 궁전에는 상서로운 구름이 뭉실뭉실 피어오르고, 봉황 베개와 원앙 이불에는 환호성이 와글와글 끓어올라, 그 덕을 크게 나타내고 그 신령을 빛내게 하소서.'"

"멋진 문장입니다. 용왕이 기뻐하던가요?"

"몹시 기뻐하더군."

"그러고는요?"

"한바탕 떠들썩한 잔치가 열렸네. 물짐승들의 춤과 노래가 제법 볼만했어. 예전의 나라면 그걸 구경하느라 시간 가는 줄 몰랐겠지. 하지만 이제 떠들썩한 자리는 그리 좋아하지 않기에 구경하는 척하다가 적당히 뒤로 물러나서는 용궁 주변을 좀 보여 달라고 부탁했네. 용왕은 기꺼이 내 청을 받아들였어. 그래서 주변을 돌아보는데 그게……"

"어땠습니까?"

"그게…… 굉장한 볼거리였지만 내 필설로는 도저히 설명할 수가 없네. 그런데…… 아닐세, 아니야."

김생은 이 정도로 설명이 그친 게 참 다행이다 싶어 내심 안도했다. 이경준은 열띤 얼굴로 자신의 용궁 체험을 말했지만 절박한 문제를 앞에 둔 김생에게 실재하지도 않는 용궁 이야기는 따분할 뿐이었다. 김생은 하품을 간신히 참으며 이야기를 재촉했다.

"그래서 어떻게 되었소?"

"더 머물면 안 되겠느냐고 했더니 산 사람이 오래 있어서는 안 되는 곳이라고 하더군. 육신을 지닌 죄 때문에 무한정 머물 수는 없으니 아쉬움을 뒤로하고 우선은 떠날 수밖에 없었지. 용왕은 하직 인사를 하고 떠나려는 나에게 작은 사례라며 야광 구슬과 흰 비단 두 필을 주었네. 돌아오는 길은 가던 때와는 또 다르더군. 말이 아닌 거한의 등에 올라탔다네. 눈을 잠깐 감았다 뜨라기에 그렇게 했는데 다시 눈을 떴을 때는 이 방 안에 나 홀로 누워 있더군. 그게 바로 자네가 찾아오기 조금 전이었다네."

정색하고 시작한 이야기는 정색으로 끝났다. 이경준의 얼굴은 처음 보았을 때보다 더 창백했다. 김생은 뭐라 대꾸해야 할지 잠시 고민하다 이렇게 물었다.

"아무튼 참 신비한 경험을 하셨구려. 그런데 야광 구슬과 흰 비단은 어디에 있소? 내 꼭 보고 싶소. 혹시 잃어버린 것은 아니겠지요?"

"그렇지, 그걸 보여 주어야겠지. 야광 구슬과 흰 비단이라……."

이경준은 주위를 뒤적거리다가 이내 손길을 멈추고는 말없이 웃었다. 혹시나 하고 잠시나마 마음을 졸였던 김생이 파안대소했다.

"형님, 이야기 솜씨가 정말 훌륭하오. 도대체 그 이야기는 어디에서 들으셨소? 내가 꼭 써먹어야겠소."

"글쎄, 그냥……."

"아무튼 재미있었소. 덕분에 울적한 마음이 적지 않게 가셨소."

이경준이 무엇인가를 말하려 입술을 달싹였지만 생각보다 길었던 이야기에 마음이 급해진 김생은 제 할 말부터 냅다 내뱉었다.

"실은 형님께 거짓말을 했소."

"거짓말?"

"서울에서 이파를 만난 적이 없다는 건 거짓이오."

이경준은 아무 말도 하지 않았다. 김생은 잠시 침묵하다가 다시 말을 이었다.

"그뿐만이 아니오. 혹시 이 년 전 내가 책을 사러 잠시 서울에 갔던 일을 기억하오?"

"기억하고말고."

"그때 효령 대군을 만났소. 그 자리를 주선한 것 또한 이파였지. 그러니까 그때도 잠깐이기는 했지만 이파를 만난 것이오."

"자네가 평중을 만나선 안 될 이유는 없네."

"형님, 정말로 그렇게 생각하오? 이파는 세종 임금의 은총을 입어 과거에 급제했으면서도 지금은 수양을 위해 일하고 있소. 형님과는 종자부터 다른 변절자라는 말이오. 나는 그 변절자와 어울린 셈이고. 사람들은 나더러 절의의 표상이니 어쩌니 제멋대로 떠들어 대지만 다 헛소리요. 난 애초부터 그런 사람이 못 되었소. 청직*의

● 청직(淸職) | 조선 시대 홍문관의 벼슬아치. 글이 뛰어나며 명망이 맑고 높은 청백리라는 뜻.

자리를 박차고 낙향한 형님이야말로…….”
"자네, 내가 낙향한 진짜 이유를 알기나 하는가?"
"진짜 이유요?"
김생은 고개를 갸웃거렸다. 진짜 이유라니, 무슨 소리인가? 수양이 무력을 앞세워 권력을 마음껏 흔드는 꼴이 보고 싶지 않아 낙향한 게 아니라 다른 이유가 있다는 뜻인가? 그럴 리가. 김생은 이경준의 다음 말을 기다렸다.
"나도 귀가 있으니 소문은 들었네. 남들은 내가 금상에게 무언의 항의를 하기 위해 등을 돌리고 낙향했다고 하지. 한데 실은 그렇지가 않아. 그저 할 말이 없어 가만히 있었을 뿐. 실제는 소문과 전혀 다르다네."
"도대체 무슨 소리요?"
"자네, 내게 아이가 있었다는 사실을 아는가?"
김생은 고개를 저었다. 지금껏 이경준은 자신의 가족에 대한 이야기를 한 적이 없었다.
"혼례를 치른 지 오 년 만에 아이를 얻었네. 그런데 그 아이가 태어난 지 사흘 만에 죽고 말았다네."
김생은 아무 말도 하지 않았다. 안타까워서가 아니라 도무지 갈피를 잡을 수가 없어서였다. 난데없는 용궁에 이어 이번에는 태어나자마자 죽은 아이라니. 김생과 노닐던 이경준은 도대체 어디로 갔는가? 산길을 헤매다 만난 늙은 여우에게 제 영혼을 홀랑 빼 주고 빈 껍질이 되어 돌아온 것일까?

"정말로 끔찍한 사흘이었네. 아이는 젖을 먹지도 못했고, 제대로 울지도 못했네. 숨 쉬는 일조차도 아이에게는 너무 어려워 보였지. 의원을 불렀지만 손쓸 방법이 없다더군. 아이는 사흘을 견뎌 내고 세상을 떠났네. 너무도 괴로웠지만 한편으로는 다행이다 싶었어. 적어도 아이는 더 이상 고통을 겪지 않아도 되니 말일세."

"난 전혀 몰랐소."

"그런데 말일세, 내가 몰랐던 것이 하나 있었네. 고통은 그것으로 끝나지 않았다는 사실이지. 정확히 말하면 채 시작된 것도 아니었다네. 아이를 묻은 뒤 아내가 변했어. 말수가 줄어든 것을 제외하면 겉으로 볼 때는 문제가 없어 보였지. 하지만 밤이 되면 아내는 확연히 달라졌네. 아내는 꼭 아이가 살아 있는 양 행동하기 시작했어. 있지도 않은 아이에게 젖을 먹이고, 기저귀를 갈고, 자장가를 불러 주었지. 처음 며칠간은 그런 아내를 이해하려 애썼다네. 열 달 동안 자기 배 속에서 기르며 희비애락을 나누던 아이였으니 그럴 만도 하다고 생각했지. 하지만 한 달이 지나도 아내의 기이한 행동은 바뀌지를 않았다네. 나는 더 이상 견딜 수가 없었어. 나도 감정이 없는 목석은 아니니 버럭 소리를 질렀지. 아이는 죽었으니 이제 그만하라고 말이야. 우리에겐 기나긴 날들이 있으니 괴로움은 묻어 버리고 앞을 보며 살자고 말이야. 아내는 눈물을 흘렸어. 끝도 없이 울고 또 울더군. 어느 순간 아내는 눈물을 멈추었고 나는 아내를 안아 등을 도닥여 주었다네. 그러고는 함께 자리에 누웠지. 나는 아내를 달랬고 아내는 내가 던진 가벼운 농에 웃음을 지었네. 아내가 잠든 것을 보고 나도 눈을 감았어. 정말로 오래간만에 단잠을 잤다네. 그런데…….”

눈을 뜬 이경준은 아내가 사라졌다는 것을 알았다. 그의 직감은 맞았다. 온 집 안을 살폈지만 아내는 없었다. 아내의 물건은 그대로 있었다. 그저 몸만 사라진 것이었다. 이경준은 하인들과 함께 온 동네를 뒤졌다. 아내의 친정에도 찾아갔다. 어디에도 아내는 없었다. 이경준은 혹시나 하는 마음에 열흘을 더 기다렸다. 아내는 나타나지 않았다.

“나는 아무 일도 없던 사람처럼 행동하기 위해 애를 썼네. 자책감이 몰려왔지만 어차피 내가 손쓸 수 없는 일이었다고 생각하려 노력했네. 물론 효과는 전혀 없었어. 일은 벌어졌고, 내 책임이 없지는 않았네. 텅 빈 방 안에서 열흘을 견디다 마침내 낙향을 결심했어. 수양이 김종서와 황보인을 죽였건 말건, 영의정의 자리를 꿰차건 말건 나는 하등의 관심도 없었다네. 나는 오직 내 고통에만 관심을 가졌을 뿐. 이제 알겠는가? 나는 절의, 혹은 대의와는 아무런 상관도 없는 인간일세.”

김생은 말없이 벽에 걸린 그림만 바라보았다. 강 한가운데 첩첩이 그려져 있는 산들이 제법 호방했지만 자욱한 구름 때문에 봉우리들은 쉽사리 모습을 드러내지 않았다. 왠지 보기만 해도 답답하고 쓸쓸해지는 그림이었다. 여태껏 고아하다고 여겼던 이경준의 방이 그의 이야기를 다 들은 지금은 너무도 적막하고 외롭게만 보였다. 이경준은 안개 낀 봉우리 위에 홀로 선 위인이었다. 천지간의 외로운 이가 여기 또 한 명 있었던 것이다. 김생이 한숨을 내쉬자 다시 이경준이 입을 열었다.

"본의 아니게 자네 기분을 망쳐 버렸네. 미안하네."

"미안할 것 없소. 그런 줄도 모르고 여태껏 혼자서 지껄인 게 오히려 미안할 뿐입니다."

"아닐세. 자네를 만나는 건 내게 큰 기쁨일세. 덕분에 나도 크게 웃을 수 있었다네."

"아직도 고통스럽소?"

"얼마 전까지는 그랬지. 하지만 이제 더는 아닐세. 드디어 내 길을 찾았거든."

"그렇다면 다행이오."

김생은 그 순간 이경준을 찾아온 목적을 깨닫고 이마를 탁 소리 나게 쳤다.

"내 정신 좀 보게. 하마터면 그냥 갈 뻔했구려."

김생은 품속의 물건을 이경준에게 건넸다. 홍과 다툼을 벌였던 바로 그 물건이었다. 물건을 펼쳐 본 이경준의 안색이 변했다.

"아니, 이것은?"

"알아보시겠소?"

"알아보다마다. '아동의 학문은 마치 백학이 푸른 하늘가에서 춤을 추는 격이로구나.' 세종 임금께서 자네의 시작 능력을 시험하려 내셨다는 그 시구로군. 난 그저 소문으로만 생각했는데 실제로 있었다니. 그럼 자네, 세종 임금을 직접 뵈었나는 말인가?"

"그건 아니오. 난 그저 도승지였던 박이창 영감만 뵈었을 뿐이오. 이것도 그분께서 주신 거고."

"그랬군. 그런데 이토록 귀중한 보물을 왜 내게 보이는 건가?"

"형님이 좀 보관해 주셨으면 해서 가져온 게요."

제대로 이야기를 하자면 서울에서 겪은 일은 물론, 길에 쓰러져 있던 홍을 우연히 발견한 것, 그리고 상아가 꾸었다는 이상한 꿈까지 모두 다 털어놓아야 마땅했다. 그러나 그것은 하나 마나 한 이야기였다. 이경준의 용궁 이야기가 김생에게 뜬금없는 소리로 들렸듯 김생의 이야기 또한 이경준이 이해하기는 어려울 터였다. 김생은 자신의 복잡한 심정을 최대한 간단한 문장으로 설명했다.

"당분간만 좀 맡아 주시오. 아무래도 이걸 노리는 자들이 있는 것 같거든."

다행히 이경준은 더 이상 캐묻지 않았다. 그렇다고 수락한 것도 아니었다. 이경준은 종이를 다시 잘 접은 후 김생의 의중을 정확히 찔러 왔다.

"이건 자네가 꼭 지녀야 할 물건일세. 어쩌면 목숨보다 더 귀중할지도 모르네. 게다가 나는……."

물론 그 물건은 김생에게 목숨보다도 소중했다. 그렇기에 지금 이경준에게 맡기려는 것이었다. 이경준은 김생이 신뢰하는 유일한 벗이므로. 김생은 그대로 자리에서 일어나며 마지막 말을 내뱉었다.

"아무튼 잘 보관해 주시오. 내 부탁하리다."

김생은 호랑이에게 쫓기는 사람처럼 빠르게 걷다가 이경준의 집이 보이지 않은 곳에 이르러서야 잠시 발걸음을 멈추었다. 걸을 때는 몰랐는데 멈추고 나니 너무도 가슴이 허전했다. 철들고 나서 한 번도 몸에서 뗀 적이 없는 물건을 지금 이경준에게 넘겨주고 온 길이었다. 그저 종이 한 장이었지만 심장의 반을 떼어 놓고 온 기분이었다. 반쪽짜리 심장만으로 과연 살아갈 수 있을까. 다른 한편으로는 정말로 잘한 결정이다 싶기도 했다.

세종 임금의 글씨를 본 홍의 얼굴을 김생은 똑똑히 보았다. 그것은 원하는 물건을 얻었을 때의 희열 그 자체였다. 물론 홍은 그 물건을 챙겨 가는 김생을 보면서도 아무런 행동을 취하지 않았다.

스스로 아무것도 기억하지 못한다고 말하는 홍. 그러나 김생은 홍이 분명 자신과 관계가 있다고 확신했다. 왜 그렇게 생각하는지 논리적으로 말할 수는 없다. 그러나 김생의 모든 직감은 홍을 조심하라고 아우성을 쳤다. 물론 김생은 홍에게서 도망칠 생각이 없었다. 그래서 이경준에게 그 귀중한 물건을 넘긴 것이다. 홍이 자신에게 온 이유가 무엇이건 당당히 맞서기로 마음먹었다. 앉아서 그냥 당하지는 않을 터이다. 그것이 김생에게 남은 얼마 안 되는 자존심을 지키는 유일한 길이었다. 논리적인 결론이었지만 단 하나 걸리는 것은 홍의 눈물이었다. 왜 홍은 물건을 다시 빼앗으려 들지 노 않고 아이처럼 눈물을 흘렸을까? 그 의문 하나만큼은 김생으로서도 도저히 풀 수 없었다.

김생은 다시 발걸음을 뗐다. 몇 발짝 걷지도 않았는데 하늘에서 번개가 번쩍이고 벼락이 치더니 비가 쏟아졌다. 고개를 절레절레 젓던 김생은 하마터면 비명을 지를 뻔했다. 김생의 발 앞에 백화사의 머리가 보였다. 백화사는 사람을 보고도 전혀 두려워하지 않았다. 고개를 들고 빳빳이 서 있는 자세가 꼭 사색에 잠긴 것처럼 보였다. 백화사는 냉정했지만 김생은 공포에 사로잡혔다. 이성은 발로 밟아 버리라 명령했고 본능은 그냥 두라고 명령했다. 김생이 가만히 있는 것은 본능을 따랐기 때문이 아니다. 그저 꼼짝도 할 수가 없기 때문이었다. 눈을 감았다 떴다. 백화사가 사라졌다. 비도 그쳤다. 하늘을 보았다. 눈부신 햇볕이 김생을 조롱하듯 거칠게 내리쬘 뿐이었다. 침을 뱉었다. 홍이 나타난 뒤로 세상은 더욱 기괴해졌다. 하늘은 정신 나간 여인처럼 시도 때도 없이 거센 비를 뿌렸고 땅은 온갖 기묘한 생물들을 만들어 세상에 가득 풀었다. 그 천지간에서 살아가는 인간들은 더 말할 것도 없다. 김생은 다시 한 번 고개를 저으며 혼잣말을 했다.

"내 죽을 날이 정녕 머지않았구나, 머지않았어."

9

하나의 달, 여인, 그리고 뒷간이 공존하는 세상

김생은 고집 센 사람이었습니다. 함께 똥을 뒤집어쓰고 난 뒤에야 비로소 구렁이같이 좁고 긴 마음을 열었으니까요.

밤이 깊어서야 금오산실로 돌아온 김생은 그대로 쓰러져 잠이 들었습니다. 나는 김생이 코 고는 소리를 들으며 그의 품속을 뒤졌습니다. 낮에 보았던 물건은 짐작대로 이미 사라졌습니다. 고개를 끄덕였습니다. 보기에는 제멋대로 행동하는 듯해도 실상 김생은 그리 만만한 사람이 아닙니다. 스스로 미쳤다고 떠들어 대지만 논리는 누구보다도 분명했습니다. 누구도 이야기해 준 적은 없지만 나는 직감으로 알았습니다. 그러했기에 물건이 없는 것을 확인한 뒤에도 하나 실망하거나 흥분하지 않았습니다. 김생은 남들이 찾을 수 없는 장소에 물건을 숨겼을 것입니다. 비밀스러운 장소를 찾느라 제 딴에는 무척이나 머리를 굴렸겠지요. 하지만 내 속에서는 그런 김생을 대놓고 비웃는 소리가 끊이지 않고 들렸습니다. 한참을 깔깔거리며 웃던 그 목소리는 갑자기 웃음을 지우고 부드러운 위안을 던졌습니다.

'그건 어차피 네게 돌아올 거다.'

내 직감 또한 그 목소리와 같았습니다. 그 물건은 분명 내게 돌아올 것입니다. 김생은 자신의 것이라 주장하지만 실은 내 것입니다. 사물은 결국 주인을 따르는 법입니다. 그래서 나는 물건을 찾지 못하고도 실망하지 않습니다.

나는 김생 곁에 앉아 밤새도록 그를 지켜보았습니다. 김생의 얼굴은 주인이 살아온 흔적을 정직하게 드러냈습니다. 눈가의 잔주름, 늘어진 귓불, 길게 자란 눈썹 한 올 한 올에도 김생의 인생이 그대로 묻어났습니다. 김생의 얼굴은 사연 많은 이야기를 마구잡이로 휘갈겨 담은 책, 혹은 장황한 사연을 넓지 않은 화폭에 억지로 쑤셔 넣은 그림처럼 치졸하고 황당했습니다. 하지만 그 점 때문에 도리어 전혀 지루하지 않았습니다. 결론을 짐작할 수 없는 변화무쌍한 이야기와 곁가지에 힘쓰느라 본류를 놓쳐 버린 그림들에 정신이 팔린 나는 낱말 하나, 붓질 하나라도 놓칠세라 김생의 얼굴에서 잠시도 눈을 떼지 않았습니다.

물론 내 능력이 아주 뛰어나지는 않기에 그 거칠고 의미심장한 사연들을 정확히 읽을 수는 없었습니다. 나는 그저 희미한 그림자만 느꼈을 뿐입니다. 그 그림자는 어딘지 모르게 내게 익숙했습니다. 그림자의 주인공과 정면으로 대면하는 순간, 나는 내가 누구인지 비로소 알게 될 것입니다.

'저리 비키지 못해!'

김생이 거칠게 내 몸을 밀쳐 냈습니다. 연구에 몰두하다 깜빡 김생의 다리를 베개 삼아 눈을 붙였던 모양입니다. 내 몸에 깔린 다리를 빼내느라 갑자기 힘을 쓴 탓일까요. 김생은 어깨와 다리를 번갈아 주무르며 얼굴을 찌푸렸습니다. 그 모습을 보니 웃음이 나왔습니다. 세상의 고뇌를 모조리 짊어지고 있는 양 인상을 쓰던 김생에게서 어린아이가 투정 부리는 모습을 보았기 때문입니다. 그러나 순수한 불만이라 불러 마땅할 그 표정은 순식간에 사라졌습니다. 제 모습으로 돌아온 김생은 나를 보며 긴 한숨부터 내뱉었습니다. 뭐라 말도 꺼내기 전에 자리를 박차고 일어난 그는 거칠게 문을 열고 밖으로 나갔습니다.

기다리다 지쳐서 대밭이나 볼까 하던 참에 김생이 돌아왔습니다. 그의 손에는 커다란 술병이 들려 있었습니다. 김생은 내 얼굴을 한번 흘낏 보고는 술병째로 술을 마시더니 입을 열었습니다. '오늘은 술이나 마실란다.' 제법 결의에 찬 목소리가 갑자기 흘러나온 탓에 조금은 느닷없게도 느껴졌습니다.

술을 마시지 않은 날이 과연 단 하루라도 있었던가요? 나는 아무 말 없이 술병을 빼앗아 그대로 들이켰습니다. 술은 여전히 썼습니다. 기분 나쁜 기억도 술과 함께 내 머릿속을 흘렀습니다. 그러나 나는 그 기억의 흐름을 전혀 읽을 수가 없었습니다. 김생이 다시 술병을 빼앗았습니다. 술병은 그렇게 김생과 나 사이를 몇 번 오간 후 바닥을 드러냈습니다. 김생은 말없이 밖으로 나가 다시 술병에 술을 채워 왔습니다. 술병이 나와 김생 사이를 두세 번 오고 갔을 무렵 상아가 들어왔습니다. 환하게 웃던 상아의 표정이 변했습니다. 김생에게 달려가 술병을 빼앗으려 드는데 내가 손을 저어 막았습니다. 내 손짓을 읽은 상아는 얼굴을 잔뜩 찌푸린 채 벽 가까이 물러났습니다. 김생은 상아가 그러건 말건 기세등등하게 술병을 비워 나갔습니다.

 술에 대한 자부심 또한 대단한 김생은 자신에게 맞서는 내가 고꾸라지는 장면을 꿈꾸었던 모양이지만 그것은 불가능한 일입니다. 나는 조금의 취기도 느끼지 못했습니다. 술은 그저 쓴 물에 지나지 않았으니까요. 눈치 빠른 김생은 그 사실을 금세 알아차렸습니다. 그는 술병을 혼자서 비우기 시작했습니다. 나는 꼿꼿이 앉아 김생이 하는 꼴을 지켜보았습니다.

 술을 마시면 마실수록 김생의 얼굴 근육이 풀리고 입도 조금씩 열렸습니다. 시작은 역시 오세신동입니다. 졸렬한 자랑이었지만 어제처럼 귀에 거슬리지는 않았습니다. 오세신동을 발음하는 순간만큼은 김생의 얼굴이 들기름이라도 바른 듯 환히 빛났습니다.

어린아이 같기는! 김생은 본심을 감출 줄 모르는 사람입니다. 그러니까 다섯 살 시절의 일은 그에게 정말로 소중한 기억이었던 것입니다. 그렇다면 한 번쯤 귀를 기울여 봐도 나쁘지는 않겠지요. 김생이 기억하는 전설의 세부는 이러했습니다.

공자가 환생했다는 소문은 퍼지고 퍼져 궁궐까지 들어갔습니다. 세종 임금은 사람을 시켜 김생을 궁궐로 불러들인 뒤 도승지를 시험관 삼아 그의 능력을 확인해 보았습니다. 도승지가 이름을 넣어 시구를 지어 보라고 하자 김생은 조금도 망설이지 않고 입을 열었습니다.

　　올 때는 포대기에 싸인 김시습

도승지가 벽에 걸린 그림을 가리키자 곧바로 또 다른 시구를 만들어 냈습니다.

　　정자 같은 배 집에는 누가 있는가

도승지에게서 이야기를 전해 들은 세종 임금은 김생의 능력에 감탄하며 비단 오십 필을 하사했습니다. 김생이 혼자 비단 오십 필을 끌고 가는 대목에서는 나조차도 소리 내어 웃지 않을 도리가 없었습니다. 김생은 비단 오십 필을 줄줄이 이은 뒤 허리에 묶고는 질질 끌고 갔습니다. 궁궐 안에 김생의 비단 오십 필이 물결처럼 사방으로 출렁였을 것입니다. 비단 냄새를 맡은 궁인˚들이 코를 킁킁거리며 몰려와 박장대소했겠지요. 그들에게는 난생처음 보는 유쾌한 광경이었을 테니 말입니다. 그 유쾌하고 재미난 이야기가 실화인지, 김생 마음대로 살을 붙인 것인지는 알 수 없습니다. 물론 중요한 점은 사실 여부가 아니라 사실에 대한 김생의 느낌이겠지요.

김생의 자랑은 그것으로 끝나지 않았습니다. 김생은 세종 임금이 자신에게 다음과 같은 전지˚를 내렸다고 우겼습니다.

'내가 친히 만나 보고 싶지만 관례에 없던 일이라 사람들이 놀랄까 두렵다. 집으로 돌려보내되, 그 아이의 재주를 함부로 드러나게 하지 말고, 지극히 정성스레 가르쳐서 키우도록 하라. 성장하여 학문을 성취한 뒤에 내가 크게 쓰고자 하노라.'

김생은 나와 상아를 번갈아 본 후 남은 술을 단번에 비웠습니다. 잔뜩 힘이 들어간 그의 어깨는 마치 '나 이런 사람이야.'라는 문장을 수천 꾸러미 짊어진 듯했습니다. 김생의 말은 믿기 어려웠습니다. 세종 임금이 불러다 능력을 살펴본 것까지는 그럴 수도 있겠다 여겼습니다. 하지만 불과 다섯 살밖에 되지 않은 아이가 시 몇 구

- 궁인(宮人) | 고려와 조선 시대에 궁궐에서 왕과 왕비를 가까이 모시던 여인들.
- 전지(傳旨) | 담당 벼슬아치를 통하여 전달되는 왕의 명령을 담은 문서.

절을 지어 냈다고 '학문을 성취한 뒤에 내가 크게 쓰고자 하노라.' 운운했다는 부분은 아무래도 김생의 기억이 만들어 낸 과장이자 오류일 가능성이 커 보입니다.

하지만 나는 왠지 김생의 이야기를 믿고 싶은 충동을 느꼈습니다. 어린 시절 이야기를 할 때의 김생은 어린아이가 된 것 같습니다. 특유의 자조와 슬픔은 어디에서도 찾아볼 수 없습니다. 게다가 나는 김생의 이야기를 언젠가 한 번은 들어 본 듯한 느낌을 받았습니다. 물론 기억을 잃어버린 탓에 그게 언제, 어디서였던지는 정확히 말하기 어렵습니다. 그러나 그때도 지금처럼 몹시 재미있어했던 것만은 분명합니다. 그 이야기를 들려주며 내 머리를 쓰다듬던 이의 손길이 떠오릅니다. 내 얼굴을 다 덮을 정도로 두툼하고 커다란 손이었습니다. 그이는 누구일까요? 내 아버지였을까요, 할아버지였을까요, 그도 아니면 나를 아끼고 사랑하는 이였을까요?

모르겠습니다. 하나도 모르겠습니다. 그래도 어린 시절 내가 사랑을 담뿍 받았던 것만은 틀림없는 모양입니다. 내 흐릿한 기억을 회상하는 동안에는 김생 특유의 적나라한 분노도, 그 안의 은밀한 슬픔도 전혀 느껴지지 않았습니다. 김생이 마무리 삼아 새로운 시를 읊기 시작했습니다.

아주 어릴 적 황금 궁궐에 나갔더니
세종께서 비단 도포를 내리셨다

도승지는 날 무릎에 앉히시고
환관은 붓을 휘두르라고 권하였지
참 영물이라고 다투어 말하고
봉황이 났다고 다투어 보았건만
어찌 알았으랴 집안일 결딴나서
쑥대머리● 처럼 영락할 줄이야!

비단 도포에서 쑥대머리로의 반전! 그 극적인 반전 사이에는 삶에 대한 수도 없는 반성, 회한, 그리고 화산같이 뜨거운 분노가 있었을 테지요. 김생이 이 시를 읊었다는 것은 감상적인 오세신동 시절의 환상에서 완전히 깨어났음을 의미합니다. 다음 수순이 빤히 보입니다. 누르고 눌렀던 분노의 불길이 한꺼번에 출구를 향해 치솟아 오를 것입니다.

내 생각은 틀리지 않았습니다. 시를 다 읊자마자 김생은 광기 어린 본성을 드러냈습니다. 술병을 들더니 그대로 벽에 던져 버린 것입니다. 내가 그의 손목을 움켜잡았기에 더 이상의 난동은 불가능했습니다. 김생은 손을 빼내려 애쓰면서 자신이 아는 온갖 악담을 내게 퍼부었습니다. 김생의 그 슬픈 눈만 아니었다면 손목을 꺾은 뒤 바닥에 쓰러뜨려 그대로 깔고 뭉개 버렸을 것입니다. 김생은 나

● 쑥대머리 | 머리털이 마구 흐트러져 어지럽게 된 머리.

에 대해 오해하고 있습니다. 나는 그런 악담을 들을 만한 사람이 아닙니다. 나는 그렇게 나쁜 짓을 하면서 살지는 않았습니다. 하지만 나는 그 악담들을 모조리 내 속에 채워 넣었습니다. 문득 김생이 맞을지도 모르겠다는 생각이 들었습니다. 어쩌면 나는 나쁜 사람이었는지도 모르겠습니다. 거대한 몸뚱이와 힘으로 다른 이들을 제압하고 위협하는 사람이었는지도 모르겠습니다. 말보다는 주먹이 앞선 사람이었는지도 모르겠습니다. 지금 김생에게 하듯이 말입니다.

상념에 빠진 탓에 나도 모르게 힘이 들어갔나 봅니다. 김생의 몸이 축 처진 것을 보고서야 손을 놓았습니다. 김생은 손목을 주무르고 옷매무새를 가다듬더니 밖으로 나갔습니다. 그러고는 갑자기 괴성을 지르며 어디론가 달려갔습니다. 아차 싶었지만 이미 늦었습니다. 김생은 그대로 뒷간에 뛰어들었습니다. 상아는 입을 막고는 그 자리에 털썩 주저앉았습니다. 나는 뒷간으로 달려갔습니다. 나오지 않으려 버티는 김생을 내 장기인 완력으로 끄집어냈습니다. 바닥에 드러누운 김생은 뜻밖에도 웃고 있었습니다. 세상에서 가장 재미있는 일이라도 겪은 사람처럼 껄껄껄 웃고 있었습니다. 아닙니다. 김생은 울고 있었습니다. 세상에서 가장 슬픈 일이라도 겪은 사람처럼 엉엉 울고 있었습니다.

김생의 웃음과 눈물을 본 나는 뒷간 앞에 섰습니다. 참기 힘든 냄새가 풍겼습니다. 저승에서도 보기 힘든 흉측한 광경일 것입니다. 뒷간에 몸을 담그니 차라리 사형장에서 목을 베이는 길을 택하겠습니다. 내 목에서 솟아나는 비린 피가 더러운 똥물과 그 안에 서식하는 생물들보다는 견디기 쉬울 것입니다. 그러나 막다른 골목에 몰린 나의 선택지는 오직 하나입니다. 나는 눈을 감은 채 그대로 뒷간에 뛰어들었습니다. 머리끝까지 담근 내가 본 것은, 검은 강물이었습니다. 나를 죽이려던 그 난쟁이가 가느다란 밧줄을 들고 내 앞에 나타났습니다. 난쟁이는 나를 두려워하지 않았습니다. 내 몸집의 위압감 따위는 눈에 들어오지도 않나 봅니다. 난쟁이는 소리 없는 웃음을 머금고는 나를 향해 다가왔습니다. 아, 나는 난쟁이가 누구인지 알아보았습니다. 믿기 힘들었으나 믿을 수밖에 없습니다. 손과 발이 떨렸습니다. 심장은 이미 터져 버렸습니다. 머리 한구석만이 내게 '견뎌, 견뎌.' 하고 속삭였지만 그다지 힘이 되진 않았습니다. 피가 뚝뚝 흐르는 밧줄이 내 눈앞에 다가왔습니다. 나는 비명을 지르고는 물 밖으로 고개를 내밀었습니다. 더러운 똥물과 이름 모를 생물들이 머리를 타고 줄줄 흘러내렸습니다.

나는 밖으로 나와 그대로 바닥에 드러누웠습니다. 김생이 고개를 돌려 나를 보더니 이내 웃음을 터뜨렸습니다. 나도 따라 웃었습니다. 그 순간 차가운 물 한 바가지가 얼굴에 쏟아졌습니다. 상아가 퍼부은 물입니다. 상아는 짐짓 화난 표정을 지으며 말했습니다.

'둘 다 미쳤어요. 하여간 아이들 같기는.'

그러나 상아는 말을 끝내기 무섭게 웃음을 터뜨렸습니다. 김생도 웃었습니다. 나도 따라 웃었습니다. 김생에게 묻고 싶은 말이 떠올랐습니다. '처사님도 똥물 속에서 피가 뚝뚝 흐르는 밧줄을 보았습니까?' 나는 고개를 저었습니다. 그것은 쓸데없는 질문입니다. 하늘을 바라보았습니다. 바람이 대밭을 흔들고 구름이 느리게 흘렀습니다. 어디선가는 풀잎 냄새도 났습니다. '비 그친 긴 둑에는 풀빛이 가득하고요…….' 상아가 부르는 노래 때문일까요. 하마터면 눈물이 날 뻔했습니다. 이곳은 하나의 달이 뜨고 아름다운 노래를 부르는 여인이 있는 세상입니다. 내가 이곳에 속해 있다면 정말로 기쁠 것입니다. 영원히 머물 수만 있다면 그 이상 바랄 일은 없을 것입니다.

10

김생, 선덕 여왕의 무덤에서 부벽루의 기이한 이야기를 듣다

김생은 상아와 홍을 데리고 경주 남산 자락에 있는 마을들을 돌았다. 큰 기대를 한 것은 아니었다. 중심부도 아닌 외곽 지역 산자락에 홍이 찾는 커다랗고 기괴한 집이 있을 리는 만무했다. 예상대로 순례는 그리 오래 걸리지 않았다. 담장도 제대로 갖추지 않은 초라한 초가만 계속해서 이어지니 살펴볼 것도 없었다. 휘적휘적 초가들을 지나치다가 들판을 만났고 들판을 지나 낭산을 만났다. 지나가는 말로 낭산 꼭대기에 선덕 여왕 무덤이 있다고 했더니 홍이 관심을 보였다.

"우리가 찾는 집은 현실의 집이 아닐지도 모르겠습니다."

김생은 코웃음을 쳤다. 그것을 지금에서야 깨달았다는 말인가?

우격다짐으로 밀어붙이는 탓에 차마 대놓고 말하지는 않았지만 김생은 처음부터 홍이 찾는 집이 현실에 존재하리라고는 생각하지 않았다. 그럼에도 김생이 괴이한 순례에 동참한 것은 바로 홍 때문이었다. 홍이 말하는 그 집은 홍의 정체를 알려 줄 유일무이한 단서였다. 이곳저곳을 다니다 보면 홍의 머릿속에 불현듯 무언가가 떠오르리라 믿었다. 그것이 바로 홍의 기억을 되찾을 방법일 것이다. 그렇지만 선덕 여왕의 무덤이라니, 그곳은 아니었다. 대장부도 아닌 여인네가 비밀의 열쇠를 갖고 있다니 상상하기도 싫었고, 용납하기도 어려웠다. 마음속 생각은 그러했지만 김생은 두말없이 선덕 여왕 무덤을 향해 걸어갔다. 이유는 단 한 가지, 너무 피곤했기 때문이다. 선덕 여왕 무덤 주변에는 잘 자란 소나무가 많았다. 그 그늘에 누워 한숨 돌리고 싶다는 욕망이 김생의 육신을 끌고 가는 형국이었다.

　낭산은 이름만 산이지 실은 언덕에 지나지 않는다. 그 언덕마저도 끙끙거리며 올라간 김생은 무덤에 도착하자마자 제일 가까운 나무 그늘을 찾아 털썩 주저앉았다. 홍과 상아는 말없이 무덤을 둘러보았다. 홍은 진지했고 상아는 호기심에 가득 찬 얼굴이었다. 김생은 상아가 가끔씩 홍의 얼굴을 훔쳐보는 것을 보았다. 갑작스럽게 홍이 얼굴을 돌려 눈이 마주치는 바람에 상아가 악 하고 짧은 비명을 지르는 장면도 놓치지 않았다. 스스로 만들어 낸 어색한 상황을 해결한 것도 상아였다. 상아는 작은 목소리로 신라는 어쩌다

망하게 되었느냐고 물었고, 홍은 잠시 생각을 한 뒤 임금들이 나라를 제대로 다스리지 못해서 그랬다는 원론적인 대답을 했다. 그 뒤로도 상아와 홍의 문답은 계속 이어졌다. 상아의 질문이 워낙 뻔한 터라 홍의 대답도 뻔할 수밖에 없었다. 그럼에도 심생은 둘에게서 눈을 떼지 못했다. 홍의 몸집은 상아의 두 배는 족히 넘었다. 어딘지 모르게 위엄과 슬픔으로 가득한 홍과 천진한 아이 같으면서도 때로는 말이 너무 많아 경박하게까지 느껴지는 상아는 달라도 너무 달랐다. 그래도 둘은 왠지 잘 어울렸다. 그 묘한 어울림이 김생의 마음을 살짝 흔들었다. 김생은 혼자서 중얼거렸다.

"젊음이 좋구나, 좋아."

비꼬는 것이 아니라 정말로 부러웠다. 김생에게도 저들처럼 젊고 활기찼던 때가 있기는 있었을까? 물론 있었을 것이다. 갓난아이에서 곧바로 노회한˚ 인간이 될 수는 없는 법. 울음을 터뜨리며 세상에 태어나, 어미젖을 먹고, 걷는 법을 배우고, 십 대를 지나 어른이 되는 과정은 꽃이 피고 달이 뜨는 것과 같은 자연의 순리이므로. 그렇다면 김생은 열다섯, 열일곱 꽃 같은 시절에 도대체 무엇을 하며 지냈나? 흐르는 땀을 닦고 두 눈에 힘을 주어 봤지만 아무것도 기억나지 않았다. 불과 십여 년 전의 일이다. 그런데 오륙십 년은 족히 된 것처럼 아득하게만 느껴졌다. 온몸에 힘이 쭉 빠

● 노회(老獪)하다 | 경험이 많고 교활하다.

졌다. 한순간에 호호백발 노인으로 전락한 기분이었다. 분노와 울분, 혹은 긴 방랑 때문일까? 그도 아니면 지나치게 많이 마신 술 때문일까? 부분적으로는 이유가 될지도 모르겠지만 그 어느 것도 십여 년 전 과거가 그리 아득해진 이유를 명확히 설명하지는 못했다. 분명 무엇인가가 더 있었다.

김생은 몸을 일으켜 나무에 등을 기댔다. 소나무 가지 사이로 흐르는 구름을 보며 차근차근 지나온 시절을 돌이켜 보았다. 세종 임금의 부름을 받아 크나큰 은혜를 입었고, 이계전의 문하에서 공부를 했고, 성균관에 들어가 과거를 준비했고……. 그렇게 자신의 과거를 더듬어 가던 중, 김생은 갑자기 손바닥으로 이마를 세게 쳤다. 어떻게 잊을 수가 있었던 것일까? 열다섯 살 되던 해 겨울, 그의 소중한 어미가 갑작스럽게 세상을 떠났던 그 참담하고 혼란스러웠던 시절을 어떻게 까맣게 잊었다는 말인가.

수면 위로 떠오른 기억은 주변의 작은 기억들을 하나둘 모아 좌판처럼 펼쳐 놓았다. 호기심 가득한 눈으로 좌판을 들여다보던 김생은 이내 두 손으로 눈과 입을 가리고 가슴속에서 터져 나오는 분노와 슬픔을 막아 내야만 했다.

어미가 죽자 김생은 어미의 고향인 강릉으로 가 외할미와 함께 지냈다. 외할미는 김생을 지극히 아끼는 사람이었다. 외할미의 따뜻한 보살핌 덕에 김생은 어미를 잃은 슬픔에서 그나마 벗어날 수 있었다. 그러나 하늘은 일관되게 김생의 편이 아니었다. 외할미는 어미의 삼년상을 마치기도 전에 세상을 떠났다. 유일한 혈육이었던 외할미가 죽자 더 이상 강릉에 머무를 명분이 없었다. 김생은 어미의 죽음에 외할미의 죽음까지 더한 완벽한 슬픔으로 무장한 채 다시 서울로 올라왔다.

집은 그대로였다. 집 안에서 사는 이들은 그대로가 아니었다. 아비가 새어미를 얻었기 때문이다. 아비는 김생에게 그 사실을 알리지도 않았다. 지극한 슬픔 때문에 화낼 기력도 없던 김생은 그럴 수도 있다고 스스로를 다독였다. 늙은 남자 혼자 지내기는 쉽지 않을 테니 살림살이를 맡아볼 여자를 들일 수도 있는 일이었다. 그러나 그것은 머릿속 논리일 뿐이었다. 김생의 감정은 아비의 결정을 받아들이지 못했다. 아니, 그보다는 아비가 죽은 어미에게 했던 행동들을 여전히 용서하지 못했다. 아비는 술독에 빠져 사는 사람이었다. 아비의 인생을 지배한 것은 김생도, 어미도 아닌 술이었다. 평소에는 입조차 뻥긋하지 않던 조용한 사람이 술만 마시면 다른 사람이 되었다. 고래고래 소리를 지르며 기물을 부수었고, 자기 연민에 사로잡혀 눈물을 흘렸다. 천박한 노래를 부르며 동네를 싸돌아다니기도 했다.

변명은 많았다. 아비는 늘 자신이 시대를 잘못 타고났다며 한탄했다. 김생은 그 말을 믿지 않았다. 그 어떤 시대도 아비 같은 이는 받아들이지 않을 것이다. 아비는 세상이 더럽다 못해 썩었다 소리쳤다. 김생은 그 말 또한 믿지 않았다. 세상보다 더럽고 썩은 것이 바로 아비였다. 변명 뒤에는 연관성 없는 바람이 이어졌다. 아비는 김생이 가문을 되살릴 유일한 희망이라며 과장된 표정을 지었다. 그럴 때마다 김생은 아무런 대답도 하지 않았다. 어미의 목숨이 생사를 넘나들 때도 아비는 술병을 놓지 않았다. 김생이 강릉으로 간 이유는 외할미가 좋아서가 아니라 아비가 싫어서였다.

몇 년 만에 다시 본 아비는 그사이 더 많이 허물어졌다. 눈은 게슴츠레했고, 말은 중도에 끊어졌으며, 부축 없이는 제대로 걷지도 못했다. 술을 마시면 이상하게 생기가 도는 점만 여전할 뿐이었다. 새어미는 모진 사람이었다. 모진 사람이니 아비에게 왔을 것이다. 새어미는 김생을 반기지 않았다. 반기지 않는 정도가 아니라 거부했다. 자신의 눈앞에 김생이 없기를 노골적으로 희망했다. 아비는 김생의 편을 들어 주지 않았다. 의향이 있더라도 능력이 안 되었다. 어느새 집안은 새어미를 중심으로 재편되었다. 어미의 냄새가 사라진 집구석에 머물고 싶은 생각은 없었다. 그래서 제 발로 집을 뛰쳐나왔다.

김생은 전국을 떠돌다가 송광사로 갔다. 당대 최고의 고승 준상인이 그곳에 머물고 있다는 이야기를 들었기 때문이었다. 불도에 뜻이 있어서 그를 만나려 한 것은 아니었다. 그저 김생은 누군가 자신을 이끌어 줄 사람을 만나고 싶었다. 준상인의 명성은 헛되지 않았다. 준상인은 김생에게 마음의 집착을 버리라는 귀중한 가르침을 주었다. 김생은 준상인의 가르침에 크나큰 위안을 받았다. 그

가르침대로 살기 위해 참선에 공을 들였고, 준상인을 닮았으면 하는 바람을 담아서 여러 시를 짓기도 했다. 과거를 회상하던 김생은 한숨을 내쉬고는 그중 하나를 나지막하게 읊조렸다.

> 종일 짚신 신고 발길 가는 대로 가니
> 산 하나 지나면 또 한 산이 푸르다
> 마음이 집착 없거늘 육체에게 어이 부림당하랴
> 도는 본래 이름 할 수 없나니 어찌 빌려 이루랴

'준상인 곁에 그대로 머물렀더라면 내 인생은 어떻게 변했을까.' 김생은 이내 고개를 저었다. 모르긴 몰라도 지금과 별반 다르지 않을 터이다. 준상인은 본래의 자신을 깨달으라고 가르쳤건만 김생은 어쩐 일인지 한 줌 번뇌를 쉽사리 버리지 못했다. 마음은 집착으로 가득 찼고, 육체는 마음의 향방에 따라 이리저리 끌려다닐 뿐이었다.

자신의 집착과 번뇌가 어디에서 시작됐는지 김생은 정확히 알고 있었다. 그의 생애 가장 영광스러웠던 날, 바로 세종 임금에게 불려 간 날부터 집착과 번뇌는 그의 곁에 똬리를 튼 것이었다. 노산군이 왕위에 오른 이듬해 치러진 과거에 응시한 것도 결국은 그 집착과 번뇌를 해결하기 위해서였다. 김생은 틀림없이 과거에 합격하리라 믿었다. 세종 임금으로부터 훗날 귀히 쓰겠다는 언질까지 받았던 김생이다. 이계전의 문하에서도 나이 많은 제자들을 물리치고 스승의 기대를 한 몸에 받았던 김생이다. 심지어는 고승 준상인에게서도 후계자로 점찍었으니 다른 생각은 하지도 말라는 엄포까지 들었던 김생이다. 실패에 대한 의심이 없었기에 급제 후의 행동도 미리 생각해 두었다. 삼일유가˙를 하는 대신 아비의 집에서 사흘 동안 머무를 심산이었다. 성공한 아들의 모습을 보여 주는 침묵의 시위를 통해 소중한 것을 개똥처럼 버린 아비의 회한을 유도할 생각이었다.

침묵의 시위는 하지도 못했다. 급제자 명단에 김생의 이름은 없었다. 낙방이었다. 충격도 충격이었지만 그보다 참기 힘들었던 것은 부끄러움이었다. 지금껏 알고 지낸 사람들을 어떻게 만나겠는가. 일찌감치 집에서 뛰쳐나온 데다가 벗들을 찾을 수도 없게 된 김생의 선택은 또다시 산이었다. 목적은 달랐다. 불도를 닦기 위함이 아니라 치욕을 만회하기 위함이었다. 김생은 과거 공부에 필요한 책들을 싸 들고 삼각산 중흥사로 들어갔다. 그리고 바로 그곳에서 수양이 노산군의 왕위를 찬탈했다는 이야기를 듣게 되었다.

"무엇을 그리 곰곰이 생각하세요?"

상아였다. 상아는 슬며시 김생의 옆에 와 앉았다. 김생은 머릿속

● 삼일유가(三日遊街) | 과거에 급제한 사람이 사흘 동안 시험관, 선배 급제자, 친척을 방문하던 일.

에 떠오른 과거의 기억들을 멀찌감치 치워 버렸다.

"생각은 무슨. 병든 닭의 예를 따라 졸고 있었지."

김생은 고개를 두리번거리며 홍을 찾았다. 홍은 선덕 여왕의 무덤 앞에 앉아 있었다. 덩치 때문인지 낭산에 새로운 무덤 하나가 더 생겨난 듯한 착각마저 들었다. 김생이 조용히 속삭였다.

"듬직한 놈이네."

"그렇지요? 저도······."

상아가 신 나서 대꾸하다가 갑자기 입을 다물었다. 무심코 속내를 드러낸 상아가 귀여웠다. 상아는 홍을 마음에 두고 있는 것이 분명했다.

"처음의 그 두려움은 어디로 사라졌는고?"

상아는 대답 대신 김생의 손등을 살짝 꼬집었다. 김생은 껄껄 웃음을 터뜨리고는 홍의 곁으로 갔다.

"요부˙의 무덤을 뭘 그리 열심히 보고 있는가? 이 안에 그 이상한 집이라도 있을까 봐 그러는 겐가?"

홍은 무덤에서 눈을 떼지 않은 채 답했다.

"참으로 허망합니다. 한때는 한 나라의 도읍이었던 곳이건만 천년 사직은 한순간에 사라지고, 그때의 흔적이란 수풀 무성한 무덤밖에 없으니 말입니다."

● 요부(妖婦) | 요사스러운 계집.

김생은 손으로 선덕 여왕 무덤을 툭툭 두드렸다.

"신라가 망한 이유가 바로 여기에 있네. 이 무덤의 주인이 바로 신라를 망친 여인이니까."

김생은 목청을 가다듬더니 큰 소리로 시를 읊었다.

> 신라 여왕은 이름을 선덕이라 하였다만
> 치적은 없고 사특한 일만 숭상했네
> 일생의 호사를 비할 바 없어
> 불교의 신기한 일을 좋아하더니
> 임종에 뉘우치지도 않고 도솔에 묻혀선
> 낭산 남쪽을 귀신 머무는 집으로 하였지
> 신라가 저절로 멸망에 이른 것은
> 부처에게 아첨한 까닭이니
> 지금도 들판에 그 무덤이 남아
> 억새풀 속에 여우 토끼 달리누나
> 인생 백 년 뒤에는 이름만 남는 법
> 구린내와 향내는 남들이 평하리
> 공업을 이룬다면 일생에 족하기에
> 섶 입혀 들에 버려져도 무방하리라

홍이 눈살을 찌푸리며 김생을 바라보았다. 김생이 눈을 피하지

앉자 홍이 느릿느릿 입을 열었다.

"말이 좀 심한 듯합니다. 여인네가 왕이 된 것이나 불교에 지나치게 심취한 것은 책잡을 만한 일이기는 합니다. 그렇다고는 해도 이승을 떠난 지에게 하는 말로는 조금 지나치지 않습니까."

김생은 한 치도 물러서지 않았다. 난데없이 몰락한 왕조의 여왕을 편드는 홍이 마음에 들지 않았다.

"한 나라를 망친 여인네라니까. 백성들을 잘못된 믿음의 세계로 이끌다가 그리했으니 더 심한 욕도 들어 마땅하지. 자고로 잘난 여자란 결국은 나라를 뒤엎게 마련이니 그로 인한 재앙이 결코 가볍지 않다는 사실을 잊어서는 안 된다네."

잠자코 이야기를 듣고 있던 상아가 발끈하고 끼어들었다.

"그렇게 잘나신 분이 왜 원각사 낙성회에는 참석하셨답니까? 스님 행세를 하시는 것은 또 어인 까닭이고요? 저한테는 처사라 부르라고만 하시고……."

"내 그 이유까지 네게 일일이 밝혀야 하느냐?"

김생의 음성에 짜증이 잔뜩 묻어났다. 평소 같으면 그쯤에서 배시시 웃으며 물러날 상아였지만 오늘은 달랐다. 상아는 사뭇 차분한 목소리로 김생의 약점을 계속 찔러 댔다.

"이유를 알고 싶은 것은 아니에요.

다만 조금 전 읊으신 시와 처사님의 평소 행동은 어딘가 앞뒤가 맞지 않는 듯해요. 그렇게 싫으시다면 승복을 벗으셔야지요."

뜻밖의 반격에 김생은 화를 내지도 못하고 그만 허허 웃고 말았다. 상아는 그 웃음마저도 그냥 넘기지 않았다. 상아의 목소리가 높아졌다.

"왜 웃으세요? 알겠다. 배운 것도 없는 계집애의 말이니 귀 기울여 들을 필요도 없다는 것이지요?"

그제야 김생은 상아의 비난이 불교에 대한 자신의 모순된 견해 때문이 아니라 여인네를 비하한 데에서 비롯됐음을 깨달았다. 식견이 부족한 상아의 처지가 참으로 답답했으나 그렇다고 천자문도 읽을 줄 모르는 상아에게 음양과 오행에 대한 장광설을 들려줄 수도 없었다. '딱하기 그지없는 계집애로군.'이라 생각하며 불편한 마음을 달랬으나 그 속내를 차마 입 밖에 낼 수는 없었다. 자기 편을 드는 사람이 거의 없는 김생인데 상아마저 자신의 적으로 만들 수는 없었다. 남녀의 차이와 도리는 차차 가르치리라 마음먹고 우선은 고개 돌려 딴청 부리는 시늉으로 급한 불을 끄려 했다. 하지만 말문이 터져 버린 상아는 그냥 넘어가지 않았다.

"처사님 같은 분이 어떻게 그런 말씀을 하시나요? 그렇다면……."

"저승에서는 조금 다를 것입니다."

김생을 위기에서 구한 것은 홍의 한마디였다. 홍의 말은 판관의 결론과도 같았다. 의심이라고는 조금도 담겨 있지 않은 그 확고한 판결에 상아도 김생도 아무 말 하지 못했다. 김생은 고개를 끄덕이면서 홍이 던진 말의 의미를 곱씹었다. 저승에서는 조금 다를 것이다? 마른하늘에서 우박이 떨어진 격이라 이해하기가 어려웠다. 도대체 뭐가 다르다는 말인가? 저승에서는 남녀의 구분도 없다는 말인가, 아니면 여자가 남자가 되고 남자가 여자가 된다는 말인가? 내용보다 중요한 것은 홍의 태도였다. 홍은 흡사 저승에라도 다녀온 사람처럼 일말의 흔들림도 없이 자신의 견해를 밝혔다. 홍의 말은 그것으로 끝이 아니었다. 홍은 무덤가의 소나무를 바라보면서 입을 열었다.

"홍생이라는 자가 있었습니다. 송도에 살던 자였는데 평양에 사는 친구를 만나러 가서 꽤 흥겨운 시간을 보냈습니다. 거나하게 취한 홍생은 숙소로 가 누웠는데 여전히 흥취가 남아 있어 도무지 잠을 이룰 수 없었지요. 그래서 혼자 배를 타고 부벽루로 갔습니다. 평양은 고조선의 옛 도읍이었으나 무정한 세월은 고조선의 흔적을 별반 남겨 놓지 않았습니다. 그 폐허의 광경이 홍생의 마음을 움직여 울적한 시를 끄집어냈습니다.

    패강 누정에 올라 시 읊기 괴로워라
    강물의 흐름은 오열하여 애끊는 소리

옛 도읍에 용호의 기운 사라졌어도
황량한 성은 여전히 봉황의 모습을 띠었는데,
모래밭에 달빛 흰 때 기러기는 돌아갈 곳 잃었고
뜨락 풀밭에 아지랑이 걷히자 반딧불 반짝인다
풍경 쓸쓸하고 인간 세상도 바뀌어
한산사 속에서 종소리 듣는 기분

홍생은 아련한 아쉬움을 뒤로하고 돌아가려다 아름다운 여인을 만났습니다. 여인은 기자*의 후손으로 저승에서 영원한 삶을 얻어 유유히 살아가고 있는 이였습니다. 여인은 오래간만에 조상의 무덤을 보기 위해 이승에 내려왔다가 사라진 고조선을 애달파하는 홍생의 시를 듣고 모습을 나타낸 것입니다. 고대의 여인과 이야기를 나누던 홍생은 시를 청했고 여인은 홍생의 청을 거절하지 않았습니다.

옛날 일을 조문하자니 눈물만 많고
지금 시대를 애도하니 절로 수심 이누나
단군 옛터는 목멱산에 남았고
기자의 도읍은 물길만 남았을 뿐

● 기자(箕子) | 고조선 때에 있었다고 하는 전설상의 기자 조선의 시조.

사라진 옛 도읍을 그리워하는 마음이 절절히 밴 시였습니다. 여인은 시를 지은 뒤 붓을 던지고 공중으로 솟아올랐습니다. 여인은 사라졌지만 그 짧은 인연이 홍생의 가슴에 깊이 사무쳤습니다. 그 탓일까요. 그 뒤로 홍생은 다른 사람이 되었습니다. 놀기 좋아하던 홍생이 벗들과도 만나지 않고, 술도 마시지 않고, 침상에 누워 이리저리 뒹굴뒹굴하며 세월만 보냈습니다. 아무것도 먹지 않고 잠깐도 눈을 붙이지 않는 터라 꼴이 말이 아니었지요. 그대로 두면 머지않아 이승을 하직하리라는 것은 지나가던 개도 알 정도였습니다. 그러나 의리를 아는 여인은 홍생을 버려두지 않았습니다. 어느 날 여인의 하녀가 죽을 날만 기다리던 홍생의 꿈에 나타났습니다.

'주인아씨께서 선비님의 재주를 염라왕께 고했더니 종사관으로 삼겠다고 하셨습니다. 염라왕의 칙명을 그대가 어찌 피하시겠습니까?'

잠에서 깨어난 홍생은 목욕재계하고 향을 피웠습니다. 그리하여 마침내 그리워하던 여인과 다시 만나게 되었습니다. 홍생이 뜻을 이룬 것은 여인의 도움이 있었기에 가능했습니다. 여인이 아니었다면 홍생은 아무 기대 없이 이승을 하직했을 테니까요."

이야기가 끝나자 상아는 김생을 보며 슬며시 웃음을 지었다. 자신의 편을 들어 준 홍에 대한 고마움과 김생에 대한 가벼운 힐난이 함께 들어 있는 웃음이었다. 그러나 김생의 관심사는 전혀 다른 곳에 있었다. 방금 홍이 한 이야기는 김생이 전국을 방랑하던 중 평양에서 들었던 이야기와 비슷했다. 그러나 결말이 완전히 달랐다. 김생이 들었던 이야기에는 부벽루에서 만나고 헤어진 홍생과 여인의 뒷이야기는 없었다. 반면 홍의 이야기에는 홍생이 그리워하던 여인과 다시 만나는 뒷이야기가 있었다. 김생은 홍에게 질문을 던졌다.

"내 궁금한 게 하나 있네. 홍생이 염라국에 있는 여인과 다시 만났다는 건 도대체 무슨 뜻인가? 살아 있는 자가 어찌 죽은 이들의 나라에 갈 수 있느냐 이 말이야."

홍의 대답은 짧고도 명쾌했다.

"내가 언제 홍생이 살아서 여인을 만났다고 했습니까?"

11 명주 군왕 김주원과
편파적인 알천의 신

김생은 신라 왕족의 후예였습니다. 그의 관향은 강릉이었고 중시조*는 명주 군왕 김주원이었습니다. 김주원은 좋게 말하면 운명적인 이유로, 삐딱하게 말하면 석연치 않은 이유로 신라 왕의 자리에 오르지 못했습니다. 김생은 김주원의 한이 깃든 알천으로 향하면서 조상이 왕의 자리에 오르지 못한 아쉬움을 윤색 없이 날것으로 토해 냈습니다. 모든 것을 버리고 산속에 파묻혀 살아가는 김생이 조상이 빼앗긴 왕위를 그토록이나 아쉬워한다는 사실이 조금 의외였습니다.

● 중시조(中始祖) | 쇠퇴한 가문을 다시 일으킨 조상.

김생에 의하면 김주원이 왕위에 오르지 못한 공식적인 이유는 홍수입니다. 선덕왕이 죽자 왕위 계승 서열 1순위였던 김주원이 후계자로 결정되었습니다. 당대의 정치 상황이 워낙 혼란스러웠던 까닭에 김주원은 서둘러 궁으로 들어갈 준비를 했습니다. 그러나 아쉽게도 하늘은 김주원의 편이 아니었습니다. 김주원의 집은 경주 북쪽이었기 때문에 궁에 들어가려면 알천을 건너야만 했습니다. 하지만 갑자기 내린 폭우로 알천이 넘쳐 김주원은 뜻을 이루지 못했습니다. 하루가 지나고 이틀이 지나도 비는 그칠 줄 몰랐습니다. 사정은 딱했지만 그렇다고 한 나라의 왕위를 오랫동안 비워놓을 수는 없는 일입니다. 결국 신라의 군신들은 비상 회의를 열어 상대등 김경신을 차기 왕으로 추대했습니다.

김주원이 왕위에 오르지 못한 비공식적인 이유는 김경신의 꿈입니다. 일이 벌어지기 며칠 전, 자신이 왕이 되리라는 예지몽을 꾼 김경신은 그 꿈을 현실로 만들기 위해 알천의 신에게 제사를 지냈습니다. 알천의 신이 보인 반응은 앞서 이야기한 대로입니다.

온통 믿을 수 없는 이야기였지만 그중에서도 가장 믿을 수 없는 것은 김주원의 반응이었습니다. 김주원은 알천의 물이 빠지자 주변의 만류를 뿌리치고 홀로 궁에 들어갔습니다. 김주원의 방문 소식을 들은 김경신은 한바탕 다툼을 각오했지만 김주원의 주위에 군사가 한 명도 없는 것을 보고 안도하며 가슴을 쓸어내렸습니다. 김경신은 김주원에게 왕위에 오르라고 권했습니다. 김주원은 왕관의 주인이 이미 결정됐으니 그 결정에 따르겠다고 했습니다. 김주원은 말을 바꾸지 않았습니다. 그는 선덕왕의 장례에 참석한 후 어머니의 관향인 명주, 즉 오늘날의 강릉으로 갔습니다. 왕위에 오른 김경신은 김주원에게 명주의 군현을 식읍으로 주었습니다.

제법 멋진 이야기입니다. 너무 멋져서 외려 비현실적인 이야기입니다. 자신의 손아귀에 거의 들어왔던 왕의 자리를 초개와 같이 포기하기란 생각보다 어려울 것입니다. 나라면 어떻게 했을까요? 물론 내가 김주원처럼 중요한 사람이었을 리는 없습니다. 그랬더라면 나를 찾기 위해 온 나라가 떠들썩했을 것이고 김생 또한 한눈에 내가 누구인지 알아봤겠지요. 내가 기억을 잃었음에도 세상은 변함없이 평온합니다. 일관되게 나를 못마땅해하는 김생의 태도를 보건대 나는 평범한 남자가 분명합니다.

우리는 선덕 여왕의 무덤을 거쳐 월성과 계림, 그리고 신라 왕들의 무덤을 지나쳤습니다. 어디로 가야 할지 방향을 못 잡고 있는데 김생이 알천을 보고 가자는 이야기를 꺼냈습니다. 무엇보다도 김생의 입에서 어딜 가자는 말이 먼저 나와서 반가웠습니다. 지쳐서 걸을 힘도 없다던 김생이 그다지 가깝지 않은 알천까지 가자고 한 속내는 과연 무엇일까요. 알천에 도착한 후 조심스럽게 질문을 던지자, 김생은 건드리면 털어놓기로 단단히 마음먹고 있었다는 듯이 즉석에서 시를 읊었습니다.

원성왕에게 김주원이 양보하였을 때
장맛비로 알천 물살이 도도하였다* 하네
백이숙제와 태백만 미덕을 독점하랴
예부터 강릉에 이분 사당이 있나니

백이, 숙제와 태백 같은 중국의 전설적인 인물들까지 등장시킨 것을 보니 김생은 조상에 대한 자부심이 강한가 봅니다. 그렇다면 김생은 김주원이 티끌 하나 없는 아름다운 마음으로 왕위를 양보했다고 생각하는 걸까요? 아니었습니다. 김생은 세상을 그렇게 긍정적으로 보는 사람이 아닙니다. 그보다 이유 없는 미덕은 존재하지 않는다고 굳게 믿는 부류일 것입니다. 시 뒤에 이어 붙인 김생의 말이 그 증거입니다.

'알천이 넘친 것은 어쩌면 사실이 아닐지도 몰라.'

그럴 만도 했습니다. 장맛비 따위에 왕위가 오간 적이 과연 있던가요? 알천 신이 무슨 사심이 있어 김주원을 배제하고 김경신의 손을 들어 주었을까요? 임금의 자리가 사고파는 물건도 아닌데 고작 장맛비에 넘친 알천을 핑계로 대다니 궁색했습니다. 게다가 내 눈에 보이는 알천은 결코 큰 하천이 아니었습니다. 건너기에 스무 걸음이면 충분해 보였습니다. 아무리 넘친다고 해도 마음만 먹으

* 도도(滔滔)하다 | 물이 그득 퍼져 흐르는 모양이 막힘이 없고 기운차다.

면 결코 건너지 못할 하천이 아니었습니다. 나는 그 초라한 하천을 보며 입을 열었습니다.

'실제로 중요한 변수는 동원할 수 있는 군사의 수였을 겁니다. 아마도 김경신의 군사가 김주원보다 조금 많지 않았을까 싶습니다. 많다고는 해도 상대를 압도할 수 있는 정도는 아니었겠지요. 김경신이 왕위를 향한 검은 탐욕을 드러내자 김주원은 향후 일어날 수 있는 여러 가지 일들을 꼼꼼히 짚어 봤을 것입니다. 승산은 절반보다 조금 낮다는 결과가 나왔을 테고요. 그것은 모든 것을 쏟아부으면 이길 수 있다는 말과 다름없습니다. 대신 지면 모든 것을 잃게 되지요. 김주원이 택한 수는 이미 우리가 잘 알고 있습니다. 불안한 왕위 대신 확실한 명주 땅을 차지한 것이지요. 김주원은 꽤 현명한 분이었던 모양입니다.'

냉정하고 논리적인 발언이었습니다. 내 속 어느 구석에 그런 결연한 말들이 숨어 있었던 걸까요? 어쩌면 나는 기발한 책략으로 혼란한 세상에 새로운 질서를 부여하려 했던 제갈량을 꿈꾸었는지도 모르겠습니다. 그보다는 『삼국지』에 푹 빠져 현실과 비현실도 제대로 구분하지 못하는 우둔한 소년이 더 그럴듯해 보입니다만.

상념에 푹 빠졌던 김생이 천천히 고개를 끄덕였습니다. 내 의견에 동의하는 듯했지만 그래도 아쉬움이 가시지 않는 모양입니다.

'내 마음에 들지 않는 점은 김경신의 행위가 결국 모반이라는 것이네. 피를 보지 않게 된 것은 잘된 일이지만 평화를 택함으로써 결과적으로 모반자를 정죄하지 않은 셈이 되었어. 싸워야 할 때 싸우지 않고 물러선 것, 이 점이 늘 마음에 걸렸다네.'

'처사님이라면 어찌했겠습니까?'

'나라면……. 이 이야기는 그만하지.'

한참 열을 올리던 김생이 갑자기 꼬리를 내렸습니다. 분명 무슨 사연이 있겠지요. 그러나 나의 관심은 김생의 입에서 나온 '모반'이라는 단어에 쏠렸습니다. 맞습니다. 모반자를 정죄하지 않는 세상은 올바른 세상이 아닙니다. 잘잘못을 구분할 줄도 모르는 세상에서 살아가는 것은 그 자체로 고통입니다. 사무사! '사무사란 생각하는 바에 사사로움이 없는 것이니, 마음이 바름을 일컫는 것입니다. 마음이 이미 바르면 즉 모든 사물에서 바름을 얻을 것입니다.'

사무사! 생각과 마음과 행동은 바로 이 사무사를 기반에 두어야 합니다. 모반이란 사무사를 완전히 무시하는 행위입니다. 그러므로 사악한 것입니다……. 갑자기 명치께가 따끔해졌습니다. 나는 손바닥으로 명치를 문지르면서 통증이 사라지기를 기다렸습니다. 통증은 저물녘 해처럼 서서히 사라졌습니다.

나는 아무렇지 않은 듯 서 있지만 사실 통증이 완전히 사라진 것은 아닙니다. 잠시 사라진 통증이 가슴과 옆구리를 배회하며 또 다른 기회를 노리고 있을 게 분명합니다. 다음번 일격은 분명 지금보다 큰 통증을 일으키겠지요. 그때는 어찌해야 하는 걸까요. 아,

덩치도 큰 나는 왜 이렇게 매사에 무기력하기만 할까요. 그 순간이었습니다. 하얀 도포를 정갈하게 차려입은 남자가 내 앞에 나타나 무릎을 꿇었습니다. 처음 보는 남자였지만 나는 남자의 행동을 하나 이상하게 여기지 않았습니다. 남자는 그저 자신이 해야 할 행동을 했을 뿐이니까요. 나는 온화한 얼굴로 그를 보았습니다.

12
김생, 소년의 정체를 깨닫다

 김경신의 행위는 분명 모반이었다. 그러나 홍의 질문을 들은 순간 김생은 자신이 아무 대답도 할 수 없다는 사실을 깨달았다. 모반은 생각보다 훨씬 빈번하게 일어나는 사건이다. 그러나 사람들이 기억하는 모반은 얼마 되지 않는다. 모반의 절반은 계획 단계에서 무산되기 마련이고, 살아남은 절반의 모반 중에서 실행까지 이루어지는 경우는 열에 하나도 되지 않는다. 그 열에 하나가 바로 사람들이 기억하는 모반이다. 기억에 자리 잡은 모반 중 다시 열에 아홉은 실패한 모반이고, 그 나머지가 성공한 모반이 되는 것이다. 하지만 성공한 모반은 더 이상 모반이 아니게 된다. 도리어 성공한 모반에 대항했던 이들이 모반의 주동자가 되어 버린다. 성삼문과 박팽년 등이 죽은 것은 그들이 모반자가 되었기 때문이다. 모반의 기이한 역설이다.

그렇다면 김생은 어떻게 대처했는가? 대답은 간단했다. 김생은 아무것도 하지 않았다. 사람들은 김생이 전도유망한 앞날을 버리고 방랑길에 올랐다며 '살아 있는 절의'라 높이 평가해 부르지만 김생의 생각에 그것은 잘못된 호칭이었다. 김생은 다만 물러났을 뿐이다. 자신의 선조 김주원이 그러했듯이 한 발을 뒤로 뺐을 뿐이다.

수양이 노산군의 왕위를 빼앗았을 때에는 절을 나와 세상을 방랑했고, 수양이 성삼문과 박팽년의 무리를 죽였을 때에는 그저 구경만 하다 그들의 시신을 수습해 주었을 뿐이다. 사람들은 그것 또한 높이 평가하지만 그 일은 생각보다 위험하지 않았다. 부처를 믿는 수양은 죽은 자에게 또 다른 모욕을 가할 생각이 없었다. 눈치 빠른 김생은 그저 그 마음을 정확히 읽고 시신 수습에 나섰을 뿐이다. 아무리 좋게 표현한들 모반자에 대한 적극적인 대항은 아니었다. 홍의 질문은 의도치 않게 김생의 정곡을 찌른 셈이 되었다. 물론 당사자인 홍은 그 사실을 까맣게 모르고 있을 터이다. 제 기억도 못 찾아 천지 사방을 헤매고 있는 어린아이가 장님 문고리 잡듯 운 좋게 정곡을 찌른 것이다.

김생은 말없이 알천을 바라보았다. 불어난 알천을 눈앞에 둔 김주원의 심정은 어떠했을까? 김주원 또한 자신처럼 울분과 광기에 빠져 마구 소리를 질러 댔을까, 아니면 역사에 기록된 대로 단번에 자신의 숙명을 받아들였을까? 알천은 유유히 흐를 뿐 정작 궁금한 것에 대해서는 아무런 답도 주지 않았다. 바로 그때였다. 갑자기 이경준이 나타났다.

"형님이 여기는 어떻게······."

발소리도 없었고 풀잎이 흔들리는 소리도 들리지 않았다. 이경준은 귀신의 보법이라도 익혔는지 아무 소리도 내지 않고 그야말로 갑자기 출몰했다. 더 납득할 수 없는 일이 벌어진 것은 그다음이었다. 이경준은 김생의 곁을 그대로 지나쳐 홍에게 가더니 무릎을 꿇었다. 홍의 태도 또한 너무나 자연스러웠다. 홍은 마치 아랫사람을 대하듯 손을 내밀어 이경준을 일으켰고 이경준은 고개를 숙인 채 한 걸음 뒤로 물러나 섰다. 김생은 누구에게랄 것도 없이 소리를 질렀다.

"두 사람이 도대체 어떻게 아는 거요?"

그제야 김생을 알아본 이경준이 반가운 얼굴로 손을 내밀었다. 그에게 다가가 손을 맞잡으려던 김생이 깜짝 놀라 손을 뺐다. 이경준의 손은 서빙고*의 얼음보다도 차가웠다. 이경준의 반응 또한 이상했다. 이경준은 김생의 혼란스러운 마음을 전혀 눈치채지 못한 사람처럼 허허 웃으며 기쁨을 감추지 못했다.

● 서빙고(西氷庫) | 조선 시대에 궁중에서 쓸 얼음을 관리하던 관아.

"자네를 만나서 정말 다행일세. 하마터면 인사도 없이 갈 뻔했구려."

"도대체 어디를 간다는 말이오?"

"내 갈 곳은 한 군데밖에 없지."

"한 군데라면?"

"용궁 말일세."

김생은 자신의 귀를 의심했다. 잘못 들었나 싶어 다시 한 번 물어보았지만 이경준의 대답은 달라지지 않았다.

"형님, 도대체 무슨 소리를 하는 거요?"

이경준이 김생의 손을 꼭 잡았다. 참기 어려운 한기였지만 김생은 이를 악물고 참았다. 이경준이 처한 상황을 알리면 절대 손을 빼서는 안 되었다.

"사실 난…… 용궁에서 아내와 아이를 보았다네."

"네?"

"둘은 용궁 가까이에서 농사를 지으며 살고 있었어. 웃음소리까지 똑똑히 들었다네. 다만 자네가 안 믿을 것 같아서 전에는 말하지 않았다네."

"이게 다 무슨 소리요?"

"자네가 받아들이기 어렵다는 것은 아네만 더 이상 지체할 시간이 없네. 갈 수 있는 방법을 알았으니 이제 그만 가야지."

"형님!"

"영원히 못 보는 것은 아니니 너무 슬퍼하지 마시게!"

"형님까지 도대체 왜 이러시는 거요? 제발 정신 좀 차리세요!"

이경준은 김생의 손을 놓고 돌아섰다. 김생은 옷자락을 잡고 늘어졌지만 이경준의 옷자락은 존재하지 않는 물질처럼 그대로 김생의 손을 빠져나갔다. 홍의 앞에 선 이경준이 품속에서 무엇인가를 꺼냈다. 김생이 보관을 부탁했던 바로 그 물건이었다. 김생은 두 사람에게 달려갔지만 큰 충격을 받고 그 자리에 쓰러졌다. 보이지 않는 벽이 김생의 접근을 차단했다. 그사이 물건은 이경준의 손에서 홍의 손으로 넘어가 버렸고, 김생이 온 힘을 다해 다시 일어났을 때는 이미 홍이 물건을 품속에 넣은 후였다. 포기할 줄 모르는 김생이 다시 몸을 던졌지만 애초부터 그는 홍의 적수가 되지 못했다. 홍은 손가락으로 김생의 이마를 살짝 밀었고, 김생은 또다시 바닥에 넘어졌다. 그 광경을 지켜보던 이경준이 껄껄껄 웃더니 이렇게 말했다.

"자네는 여전히 혈기가 넘치는군. 나이는 들었어도 어릴 적 모습 그대로야."

이경준은 그 말을 마지막으로 김생의 눈앞에서 사라졌다. 김생은 연기처럼 사라졌다는 말이 신화에나 나올 법한 과장된 서술이 아니라는 사실을 처음으로 알게 되었다.

어느새 해가 완전히 떨어졌다. 기지개를 켜고 자리에서 일어난 어스름이 팔을 뻗으며 우악스럽게 주위를 장악해 갔다. 바닥에 쓰러진 채로 하늘만을 바라보던 김생이 손을 털고 자리에서 일어났다. 김생은 홍에게 다가가 물었다.

"네가 도대체 형님을 어떻게 아는 거냐?"

"나도 모르겠습니다."

대답을 하면서도 홍의 시선은 알천을 떠나지 않았다. 홍의 몸은 처음 만났을 때보다도 커져 있었다. 상아가 지어 준 옷은 여유가 없었고 소매 밑으로는 굵직한 팔목이 보였다. 얼핏 이상하게 느꼈지만 지금 그것을 가지고 왈가왈부할 생각은 없었다. 지금 해결해야 할 문제는 이경준의 행방이었다. 사람이 연기처럼 사라지는 것은 예삿일이 아니다. 그저 모르겠다고 하는 홍의 대답은 전혀 마음에 들지 않았지만 사실 그 이상의 대답을 기대한 것도 아니었다. 그럴 수밖에. 홍이 그 이유를 알고 있다면 지금 김생 앞에 있지도 않을 테니. 홍은 덩치만 컸지 실은 기억을 잃어버린 불쌍한 놈이니. 그런 줄 뻔히 알고 있으면서도 김생은 질문을 던져야만 했다. 아무것도 묻지 않고 가만히 있다가는 내장이 다 튀어나올 것만 같았다.

"형님은 어디로 간 거냐?"

"나도 모르겠습니다."

"정말 용궁으로 간 것은 아니겠지?"

"나도 모르겠습니다."

"네놈은 도대체 누구냐?"

"나도 모르겠습니다. 다만 내가 아는 것은…….."

둘의 우문우답을 가만히 듣고 있던 상아가 갑자기 끼어들었다.

"조금 전 그분은 이 세상 사람이 아닌 거지요?"

상아의 질문에 홍은 드디어 알천에서 시선을 돌려 김생과 상아를 보았다. 홍이 살짝 미소를 지으며 대답했다.

"훌륭합니다."

"뭐라고? 그럼 형님이 죽었단 말이냐?"

웃음을 지운 홍은 다시 알천을 향해 몸을 돌렸다. 김생은 홍에게 주먹질을 하려다 꾹 참고 상아에게 물었다.

"형님이 이 세상 사람이 아니라는 사실을 어떻게 알았느냐?"

상아가 대답을 못 하고 울먹거렸다. 상아는 무엇인가에 잔뜩 놀라고 충격받은 상태였다. 그럴 만도 했다. 상아가 지금 보고 있는 광경들은 정상적인 세상에서는 볼 수 없는 것들이었다. 상아가 간신히 대답했다.

"그분의 목에 굵은 줄 자국이 있었어요."

이경준이 스스로 목숨을 끊었단 말인가. 상아의 대답을 들으니 고개가 끄덕여졌다. 요 며칠간 이경준은 삶에 미련을 가진 사람이 아니었다. 그의 발은 땅을 딛고 있었으나 그의 정신은 용궁과 아내와 아이에게 가 있었다. 바보 같은 김생은 아무것도 눈치채지 못했다. 제 속내 털어놓을 생각만 했지 이경준이 그토록 지치고 피폐해졌을 줄은 생각도 못했다.

그렇다고는 해도 스스로 목숨까지 끊다니. 가슴이 턱 막혀 왔다. 도무지 이해할 수 없는 일투성이였다. 괴이한 사건의 진원지는 한 군데로 귀착되었다. 지금껏 문제가 없던 김생의 주변을 뒤흔들어 놓은 것은 바로 홍이었다. 홍이 등장하면서부터 모든 것이 꼬여 버렸다. 분노한 김생은 홍에게로 가 있는 힘을 다해 등을 밀었다. 더 무거워지고 더 커진 홍은 꿈쩍도 하지 않았다. 김생은 홍의 옷자락을 잡고 외쳤다.

"내놔!"

김생이 악을 쓰자 홍이 몸을 돌렸다. 홍은 무표정한 얼굴로 김생을 보았다. 홍은 품속에서 물건을 꺼내 김생에게 넘겨주었다.

"그 물건에 그렇게 집착하는 이유를 모르겠습니다. 그 물건은 어차피 처사님의 것이 아닙니다."

"무슨 소리냐? 이건 세종 임금께서 내게 주신 거라고."

"어리석습니다. 세상이 바뀐 것을 아직도 모르겠습니까?"

홍은 고개를 절레절레 흔들며 다시 몸을 돌렸다. 홍이 던진 마지막 말이 김생의 가슴을 제대로 흔들었다. 홍의 말이 틀리지는 않았다. 세상은 그야말로 수양의 것이었다. 견고한 치세에는 작은 틈조차 보이지 않았고, 살육의 흔적 또한 아예 존재하지 않았다는 듯이 완벽하게 사라졌다. 그런데도 김생은 이미 세상을 떠난 지 오래인 세종 임금의 유품을 신줏단지처럼 모시고 있었다. 김생이 속으로 중얼거렸다.

'그래, 난 어리석은 놈이다. 그렇다고 어찌하라는 말이냐? 이 물건을 버리기라도 하라는 말이냐?'

김생의 눈에서 눈물이 한 방울 떨어졌다. 부끄러웠다. 남자라면 눈물을 흘려서는 안 된다. 차라리 광기에 몸을 맡기는 편이 낫다. 뒷간에 빠져 똥물에 목욕하는 것이 낫다. 상아가 볼까 싶어 얼른 소맷부리로 눈가를 닦았다. 그러고는 조심스럽게 종이를 접어 품속에 넣었다. 그 순간 홍의 목소리가 들렸다.

"저기 그 집이 있습니다. 내가 말한 그 집이 있단 말입니다."

홍이 꿈에서 보았다던 그 집을 말하는 것일 터였다. 김생은 홍의 곁으로 갔다. 알천의 물이 홍의 두 발을 발목까지 적셨다. 김생은 한 발 뒤로 물러나서 주위를 두리번거렸다. 사방 어디에도 홍이 말하는 집은 없었다. 너무도 당연했다. 오래전부터 벌판과 나무와 강만 있던 곳에 커다란 집이 있을 리가 만무했다.

"저 집이 보이지 않습니까?"

어느새 홍은 강물 속으로 더 깊이 들어갔다. 이제 강물은 홍의 허벅지까지 찼다. 홍의 온몸이 사시나무처럼 떨렸다. 이해할 수 없는 말도 내뱉었다.

"내가 빠졌던 바로 그 검은 강물입니다."

김생은 망설였다. 망설인다기보다는 계속되는 변이에 반쯤은 넋이 나가 있었다. 상아가 보였다. 상아는 조금의 망설임도 없이 강물에 발을 담갔다. 홍의 옆으로 간 상아가 부끄러운 줄도 모르고 그의 손을 잡았다.

"저도 보입니다."

잠시 후 상아는 홍의 손을 놓고 강에서 나왔다. 상아는 울고 있었다. 김생은 잠시 머뭇거리다 홍에게로 가 그의 손을 잡았다.

김생의 눈앞에 검은 그림자들이 스쳐 지나갔다. 고개를 돌렸지만 그림자들은 이미 사라지고 없었다. 까마귀 울음소리에 하늘을 보았다. 두 개의 달이 떠 있었다. 눈을 감았다 떠도 두 개의 달은 사라지지 않았다. 홍의 목소리가 들렸다. 김생의 몇 발짝 앞에 홍이 있었고, 또 몇 발짝 앞에 홍이 말했던 바로 그 집이 있었다. 홍의 말 그대로였다. 담장에는 일곱 개의 붉은 별이 한없이 반복되었고, 높이가 담장의 두 배는 족히 되어 보이는 위압적인 문이 조금의 빈틈도 없이 완벽하게 닫혀 있었다.

홍에게로 다가가려던 김생이 멈칫거렸다. 담장 너머에서 불길한 소리가 들려왔다. 피가 튀고 살이 베이는 소리였다. 담장 안에서 한바탕 살육의 잔치가 벌어지고 있는 게 분명했다. 누군가의 목소리가 새어 나왔다. 고통 속에서도 결기•를 잃지 않은 그 목소리는 김생에게 꽤 익숙한 것이었다.

'저 목소리를 대체 어디에서 들었던가?'

곰곰 생각해 봐도 답은 떠오르지 않았다. 목구멍까지 도달했는

● 결기 | 곧고 바르며 과단성 있는 성미.

데 꺼낼 수가 없었다. 홍이 문 앞으로 다가가 문을 세게 밀었다. 문은 꿈쩍도 하지 않았다. 홍의 거대한 완력으로도 열 수 없는 문이었다. 홍이 외쳤다.

"날 좀 도와주십시오!"

김생이 발걸음을 옮기려는데 발밑에 백화사 한 마리가 나타났다. 일찍이 대면한 바 있던 바로 그 백화사였다. 백화사는 고개를 들고 김생을 바라보았다. 김생은 침을 꿀꺽 삼켰다. 평생 뱀 따위를 무서워한 적은 없건만 이 백화사는 달랐다. 놈에게서는 범접하기 힘든 위엄과 공포가 느껴졌다. 홍이 다시 김생에게 도움을 요청했다. 김생은 주먹에 힘을 주고 입술을 깨물었다. 백화사를 단번에 뛰어넘으려 몸을 움츠렸다. 그 순간 백화사가 두 마리, 네 마리, 여덟 마리로 늘어나더니 이내 셀 수 없이 많아졌다. 김생은 주춤거리다 뒤로 물러섰다. 서너 발짝 물러서자 백화사 떼가 순식간에 사라져 버렸다. 그러나 백화사가 남긴 위엄과 공포는 김생의 가슴속에 그대로 남았다. 김생은 여전히 꼼짝할 수 없었다.

김생은 그 자리에 서서 홍의 투쟁을 바라보았다. 홍은 문이 열리지 않자 담장을 넘으려 했다. 그러나 담장은 그새 하늘보다 더 높아져 있었다. 거대한 홍의 몸으로도 세계를 가로막고 있는 담장을 넘기란 불가능했다. 하지만 홍은 쉽게 포기하지 않았다. 분노에 찬 홍의 고함 소리가 두 개의 달이 뜬 공간을 꽉 채웠다. 지친 홍이 마침내 그대로 허물어져 바닥에 쓰러졌다. 홍에게 특별한 감정을 갖고 있지는 않았다. 그의 편에 서겠다고 결정하지도 않았다. 그래도 산만 한 덩치의 남자가 무너지는 모습을 지켜보니 마음이 쓸쓸해졌다.

"비 그친 긴 둑에는 풀빛이 가득하고요, 남포항에서 임 보내는 구슬픈 노래는 내 마음을 흔든답니다."

상아가 부르는 노랫소리가 들렸다. 단조로운 노래가 김생의 마음을 진정시켰다. 김생이 홍을 향해 입을 열었다.

"이제 그만 가세."

김생이 홍의 손을 놓았다. 현실은 더 어둡고 쓸쓸했다. 달은 하나였고 까마귀도 울지 않았다. 상아의 노래는 멈추지 않았다. 김생은 출렁이는 강물을 바라보았다. 흐린 달빛을 받고 있는 강물은 검은색에 가깝게 보였다. 강이라기보다는 차라리 심연이라 불러야 할 것 같았다. 김주원이 끝내 건너지 못했던 그 강에서 지금은 홍이 좌절하고 있었다. 묘한 인연이다. 김생과 홍의 시선을 느낀 상아가 노래를 멈추었다. 한편으로는 마음이 놓이면서도 한편으로는 허전해졌다. 홍이 말을 건넸다.

"처사님도 보았지요?"

"그래, 나도 보았네."

도움이 못 되어 미안하다는 말을 하고 싶었다. 그러나 미안하다는 말은 김생에게 익숙하지 않았다. 실은 무엇이 미안한지도 잘 알 수가 없었다. 결국 김생은 아무 말도 하지 못했다.

산실로 돌아오는 동안 아무도 입을 열지 않았다. 그 침묵의 시간 내내 김생은 한 잔의 시원한 술만 생각했다. 딱 한 잔만 마시면 오늘 내내 겪었던 이상한 일들로부터 단번에 해방될 수 있을 텐데. 물론 헛된 생각이었다.

세 사람을 기다리고 있던 것은 바로 파주댁이었다. 상아가 소리를 지르며 달려가더니 어린아이처럼 파주댁의 품을 파고들었다. 상아에게도 몹시 힘든 하루였을 터이다. 딸을 품에 안은 파주댁의 얼굴에 웃음이 번졌다. 김생은 아주 잠깐, 죽은 어미를 떠올렸지만 이내 지워 버리고는 하늘의 별을 떨어뜨릴 기세로 외쳐 댔다.

"선무당 왔소? 모녀 상봉은 그만 끝내고 어서 술이나 좀 주오. 목말라 죽을 지경이니."

그제야 파주댁은 김생의 존재를 알아차린 모양이었다. 파주댁은 김생을 보며 인상을 찌푸리는 척했다.

"아이고, 각설이 중께서 죽지도 않고 또 나타나셨군. 하여간 명줄은 길기도 길어. 얼굴 꼴 하고는…… 그냥 엉망인 게 눈에 보이네, 보여. 서울 가서도 별반 재미는 못 보았나 보네. 하긴 누가 미친 중에게 눈길이나 주겠소마는. 하여튼 안으로 들어와서……."

신 나게 이어지던 파주댁의 사설이 홍을 본 순간 갑자기 뚝 끊어졌다. 파주댁은 상아를 자기 쪽으로 끌어당기고는 바락바락 악을 썼다.

"저리 가!"

"엄마!"

"어서 가! 네가 있을 곳은 여기가 아니야!"

"엄마, 저분은……."

"아이고, 이 눈뜬장님들아. 저건 사람이 아니라 귀신이야! 귀신 중에서도 가장 무섭다는 한을 품고 죽은 요귀란 말이야!"

김생은 그 말을 듣고 조금도 놀라지 않았다. 놀라기는커녕 오히려 절로 고개가 끄덕여졌다. 그 한마디로 지금껏 겪은 일들이 모두 해명되었다. 그렇다. 홍은 귀신이었던 것이다.

13

음양의 조화 문제와
화풀이로서의 불장난

'귀'란 것은 음의 정기이고, '신'이란 것은 양의 정기입니다. 사람은 음과 양의 조화로 만들어졌습니다. 그러므로 귀신 또한 조화의 자취입니다. 살아 있을 때는 사람이라 하고 죽고 나면 귀신이라 하지만 그 이치는 결코 다르지 않습니다. 또 다른 논리로 설명할 수도 있습니다. 귀란 구부러짐이고, 신이란 펴짐입니다. 그러므로 귀신은 굽히고 펴는 것, 즉 굴신•을 자유자재로 하는 조화의 신입니다.

문제는 요귀입니다. 요귀는 답답하게 맺힌 존재인 까닭에 굽힐

• 굴신(屈伸) | 물체의 구부러짐과 펴짐을 통틀어 이르는 말.

줄만 알고 펼 줄을 모릅니다. 그래서 세상에 원망을 품고 태어나는 것입니다. 귀신을 공경하면서도 멀리하라 경고한 공자의 말은 귀신이 가진 조화의 힘을 존중하되 요귀는 두 눈 부릅뜨고 경계하라는 뜻입니다. 그러니까 상아의 어머니 파주댁이 한 말 역시 내가 귀신이되 원망을 가득 품고 태어난 것이 분명하므로 귀신 중에서도 질이 매우 낮은 한심하고 해로운 요귀라는 것입니다.

귀신이어도 좋고 요귀여도 좋습니다. 중요한 것은 내가 이미 죽은 자라는 사실입니다. 그렇습니다. 나는 죽은 자였습니다. 그 말을 듣고 보니 많은 의문이 풀렸습니다. 김생을 만나기 전의 기억이 거의 남아 있지 않은 것, 김생의 생각을 나도 모르게 읽을 수 있는 것, 그리고 현실에서는 존재하기 힘든 기이한 집에 사로잡혀 있는 것 모두가 내가 죽은 자라는 증거였습니다.

파주댁 덕분에 내가 어떤 존재인지를 알게 되었습니다. 그렇더라도 여전히 의문은 남습니다. 나는 왜 여기에 있는 것일까요? 원망을 품고 태어난 요귀라면 대체 어떤 종류의 원망이기에 미련을 못 버리고 산 자의 세상을 떠돌고 있을까요? 아니지요. 그 이전에 물어야 할 질문이 명확히 존재합니다. 나는 왜 죽은 것일까요? 나는 왜 어른도 못 된 채 열일곱의 나이에, 산만 한 몸집을 제대로 써 보지도 못하고 이승을 떠났을까요?

물론 그 대답은 두 개의 달 아래 위압적으로 버티고 있는 그 기이한 집에 있을 터입니다. 그 집의 문을 열고 들어가는 순간, 내가 왜 여기에 있게 되었는지를 명확히 알 수 있을 것입니다. 내가 열일곱에 죽어 요귀로 다시 태어나 이승을 떠도는 이유도 맑은 하늘처럼 선명해질 것입니다.

내 손으로는 그 집의 문을 열 수 없다, 그 점 하나만은 확실합니다. 그래서 내가 김생과 상아의 세계로 온 것이겠지요. 산 자에게는 미안한 이야기지만 그 집의 문을 열기 위해서는 산 자의 도움이 필요합니다. 산 자가 죽은 자를 도와서 결코 좋을 리는 없겠지요. 생각하고 싶지도 않지만 최악의 경우에는 산 자들의 목숨을 제물로 바쳐야 할지도 모릅니다.

그러나 나는 이미 죽은 자입니다. 산 자에게는 죽음이 공포겠지만 이미 죽은 나에게 죽음은 더 이상 공포가 아닙니다. 내게 있어 공포란 기억의 상실입니다. 내 존재 이유에 대한 모호함입니다. 산 자가 나를 만난 것은 그의 운명입니다. 산 자가 해결해야 할 숙제입니다. 나는 다만 산 자와 함께 꽉 닫힌 문을 열어야 할 뿐입니다.

눈물이 났습니다. 닦으려 하지도 않았습니다. 나는 열일곱에 죽은 소년입니다. 모르긴 몰라도 고상한 죽음은 아니었겠지요. 죽은 뒤에도 안식하지 못하고 방황하는 것이 그 증거입니다.

피로와 짜증이 한꺼번에 몰려왔습니다. 나는 얼마나 오래전에 죽었을까요? 일 년 전일까요, 십 년 전일까요? 그도 아니면 백 년 전일까요? 나를 아끼고 사랑하던 이들은 어떻게 되었을까요? 여태도 살아 있어 가끔씩 내 생각을 할까요? 아니면 일찌감치 세상을 떠나 고통과 슬픔과 번뇌를 그들의 머리와 가슴에서 모두 지워 버렸을까요? 죽은 자라고 다 요귀가 되지 않을 것입니다. 왜 하필 나는 요귀가 되어 더 무거운 고통마저 짊어졌을까요? 왜 나는 불행의 늪에서 벗어나지 못한 길까요? 디는 싫습니다. 내 고통의 원인을 속속들이 파헤치고 싶습니다. 그리하여 내 두 손으로 그 질긴 고통의 뿌리를 완전히 뽑아내고 싶습니다. 이제 그만 두 눈을 감고 영원한 잠에 빠져들고 싶습니다. 방법은 하나뿐입니다. 나는 산 자들에게 울먹이며 부탁했습니다.

'도와주십시오.'

내 말에 가장 먼저 반응을 보인 사람은 파주댁이었습니다. 파주댁은 품속에서 종잇조각을 꺼내 들고 내게 보이며 외쳤습니다.

'어서 가! 네가 있을 곳은 여기가 아니라니까! 흉한 꼴 당하기 전에 어서 물러나!'

나는 그 종이가 무엇인지 알아보았습니다. 붉은색의 조잡한 선들이 어지럽게 그려져 있는 그 종이는 사람들이 부적이라 부르는 것입니다. 재앙도 막고 복도 불러온다고 믿는 바로 그것입니다. 기분이 별로 좋지는 않았습니다. 나는 부끄러움도 꾹 참고 눈물로 부탁하건만 파주댁은 아예 귀를 틀어막은 채 엉뚱한 짓이나 해 대고 있습니다. 파주댁의 기운은 사실 별것이 아닙니다. 내 직감이 분명 그렇게 말하고 있습니다. 그런데도 파주댁은 자신이 대단한 능력이라도 갖고 있는 줄 착각하고 있습니다. 나는 그 불쌍한 사람에게 잠시 연민의 감정마저 느꼈습니다. 파주댁은 정말 저 종이 한 장으로 나를 물러나게 할 수 있다고 믿는 걸까요?

상아가 나서 파주댁을 말렸습니다.

'저분은 요귀가 아니에요.'

파주댁은 부적을 빼앗으려는 상아를 밀쳤습니다. 자기의 딸을 저토록 온 힘을 다해 밀다니, 제정신이 아닌 게 분명합니다. 김생이 붙잡지 않았더라면 상아는 흙바닥에 넘어져 크게 다쳤을 터입니다. 그 모습을 보고 있으려니 슬슬 화가 나기 시작했습니다. 나에 대한 증오가 얼마나 크기에 사랑하는 딸마저 저토록 무지한 완력으로 밀쳐 내는 것일까요? 어머니는 자식을 아껴야 하는 법입니다. 피를 나눈 사이라면 그 피의 보존을 위해 헌신해야 합니다. 파주댁은 증오로 눈이 멀었습니다. 그 증오가 합당하냐 하면 그렇지도 않습니다. 나는 파주댁에게 아무런 위해도 가하지 않았습니다. 다만 도움을 청했을 뿐입니다. 파주댁이 상아에게 소리를 질렀습니다.

'저놈은 너를 잡으러 온 거야! 저놈이랑 있으면 네가 죽게 된다고!'

'엄마, 그게 아니에요!'

상아도 지지 않고 맞섰습니다. 파주댁은 더 격하게 상아를 몰아붙였습니다.

'제 아비랑 똑같구나. 네 아비도 내 말에 귀 기울이지 않다가 결

국 개죽음을 당했다. 내 말만 들었으면 살 수도 있었는데…….'

'엄마!'

'너도 그렇게 죽고 싶은 게냐? 네 아비의 곁으로 가고 싶은 게냐? 안 된다! 아직은 안 된다! 절대로 그렇게는 안 된다!'

파주댁이 눈물 가득한 눈으로 다시 나를 바라보았습니다. 부적을 든 손이 떨리는 게 똑똑히 보였습니다. 어리석은 여인입니다. 자신이 아는 세상이 세계의 전부라 믿고 있는 불쌍한 여인입니다. 하지만 나에 대한 분노로 가득한 행태를 보는 것은 결코 기분 좋은 일이 아닙니다. 어딘지 익숙한 광경입니다. 나를 몹시도 미워했던 누군가의 얼굴이 어렴풋이 떠올랐습니다.

나쁜 놈! 내 이승의 삶을 열일곱으로 끝나게 했던! 자라다 만 덩치 큰 소년으로만 남게 했던! 눈물을 부끄럽게 여기지도 못하는 나이로 죽게 했던!

주먹을 움켜쥐었습니다. 뜨거운 기운이 손목을 따라 올라왔습니다. 가슴도 타올랐습니다. 손을 가슴에 댔습니다. 하나로 모아진 기운은 불길이 되어 눈앞에서 타올랐습니다. 어렴풋한 얼굴이 내 귀에 대고 속삭였습니다.

'불장난은 아이들이나 하는 법이다. 하긴 네놈이 어른은 아니니.'

그렇습니다. 나는 아이입니다. 이미 죽었으니 어른이 될 수도 없습니다. 그렇지만 그게 내 잘못이던가요? 나는 온 힘을 다해 그 재수 없고 짜증 나는 목소리를 향해 불길을 던졌습니다. 목소리는 허

허 웃으면서 사라졌고, 대신 파주댁이 불길을 피해 뒷걸음질 치다가 그대로 쓰러졌습니다. 나는 불길이 하는 짓을 보았습니다. 파주댁의 부적이 순식간에 불타 없어졌습니다. 부적은 사라졌지만 내 분노는 사라지지 않았습니다. 다시 한 번 불길을 모았습니다. 불을 던지려는데 상아가 파주댁 앞을 막아섰습니다. 상아는 입술을 꼭 다문 채 나를 보았습니다. 노랫소리가 들렸습니다. 입을 꼭 다문 상아가 노래를 불렀습니다. 나는 들리지 않는 노래를 들었습니다.

'비 그친 긴 둑에는 풀빛이 가득하고요, 남포항에서 임 보내는 구슬픈 노래는 내 마음을 흔든답니다.'

상아의 구슬픈 노래가 내 마음을 흔들었습니다. 맑은 남포항에 비가 내렸습니다. 비는 내 분노의 불길을 단번에 꺼뜨렸습니다. 쉽게 타오르고 쉽게 꺼지는 불길이었습니다. 엉뚱한 곳에서 타오른 허무한 불길이었습니다. 꼴만 그럴듯했지 실속은 없는 불길이었습니다. 그게 바로 나였습니다. 나는 몸집만 컸지 실상은 아이에 지나지 않았습니다. 남자가 되지 못한 것, 그게 바로 내가 열일곱 나이에 죽은 까닭일 터입니다.

14

김생, 염라국을 여행하고
결연히 일어서다

 홍을 방 안에 눕히는 것은 김생의 몫이었다. 며칠 새 홍은 더 무거워졌지만 김생은 아무런 불평도 입에 담지 않았다. 파주댁은 쉴 새 없이 눈물을 쏟아 냈고, 상아는 그 곁에 말없이 앉아 있었다. 상아는 아침보다 십 년은 늙어 보였다. 파주댁을 달래는 상아가 꼭 파주댁의 동생 같았다. 파주댁이 마음을 추스르는 동안, 김생은 자신이 조금 전에 보고 겪은 일을 떠올렸다. 홍의 온몸에서 불길이 타올랐다. 그러나 그 불길은 홍을 태우지 않았다. 파주댁도 아무런 해를 입지 않았다. 불길은 오직 부적 한 장을 태웠을 뿐이다. 파주댁 가까이에 서 있던 김생에게도 불길이 튀었다. 파주댁이 온전한 까닭을 알 수 있었다. 불길은 하나도 뜨겁지 않았다. 그러니까 그것은 '차가운 불길'이었다. 즉 이 세상의 불이 아니라는 뜻이었다. 실재하는 것들과는 전혀 다른 구조를 지닌 불꽃이라는 뜻이었다.

김생의 눈앞에 나타난 장면으로 그 불길이 어디서 온 것인지 설명되었다. 흥분을 제어하지 못한 불길이 길길이 날뛰다 김생에게 튄 순간, 그는 똑똑히 보았다. 그것은 바로 지옥의 풍경이었다. 김생의 눈앞에 쇠로 된 거대한 성이 나타났다. 성벽 너머의 온통 금으로 뒤덮인 궁궐도 함께 눈에 들어왔다. 그러나 무엇보다도 인상적인 광경은 하늘까지 닿을 만큼 이글거리며 타오르는 불길이었다. 그 불길 속에서 사람들이 살고 있는 게 신기했다. 사람들은 무표정한 얼굴로 녹아내리는 쇳물을 마치 진흙인 양 밟고 다녔다.

불길이 튄 그 순간, 김생의 정신이 이승에서 저승으로 옮겨 간 것이다. 김생은 어느새 죽은 자들 속에 끼어 있었다. 그러나 산 자인 김생이 죽은 자처럼 고통 없이 불길을 헤쳐 나갈 수는 없는 일이었다. 다행히 김생의 앞에 돌로 된 길이 놓여 있었다. 천방지축으로 타오르는 불길도 그 길만은 넘보지 않았다. 길은 궁궐로 이어졌다. 궁궐 안에서는 친숙한 목소리가 들려왔다. 웃음소리 같기도 하고, 책 읽는 소리 같기도 하고, 노랫소리 같기도 했다. 조금만 생각해 보면 알 수 있을 것 같아서 고개를 갸웃거리며 기억해 내려 애썼지만 끝내 그 목소리의 주인공이 떠오르진 않았다.

궁궐 앞까지 다다른 김생을 두 명의 여인이 맞이했다. 여인들은 김생을 염라왕에게로 데려갔다. 염라왕은 친히 계단 아래까지 내려와 김생을 맞았다. 김생은 뜻밖의 환대에 고개를 들지 못했다.

'고개를 드십시오. 도리를 아는 군자가 어찌 상대의 위세 때문에 자기 몸을 굽힌단 말입니까?'

자신의 마음을 알고 하는 소리 같아 가슴이 뜨끔했다. 약한 마음을 들키지 않으려 애쓰며 고개를 들었다. 염라왕은 백옥으로 장식한 금빛 평상에 김생을 앉게 했다. 여인들이 차와 과일을 가져왔다. 차는 구리를 녹인 것이었고, 과일은 쇠로 만들어진 것이었다. 하지만 어떻게 먹고 마실까 걱정할 필요는 없었다. 염라왕이 살짝 손을 대자 차와 과일은 인간 세상의 것으로 바뀌었다. 김생이 차를 마시고 과일을 먹어 보았더니 진미 그 자체였다. 김생은 다과를 남김없이 해치웠다. 여인들이 그릇을 치운 후에도 차와 과일의 향기는 사라지지 않았다. 염라왕은 자신이 다스리는 곳에 대해 설명했다.

'이곳이 바로 염라국입니다. 붉은 구름이 해와 달을 가리고 독안개가 사방을 막고 있는 곳입니다. 목이 마르면 김이 오르는 쇳물을 마셔야 하고, 배가 고프면 이글이글 불이 타오르는 쇳덩이를 먹어야 합니다. 뜨거운 불의 성벽은 천 리에 걸쳐 뻗어 있고 단단한 철로 된 산악은 만 겹도 더 됩니다. 백성들의 풍속은 드세고 사나우니, 정직한 사람이 아니면 그 간사함을 간파하기가 어렵습니다. 신령하고 위엄 있으며 품이 넓은 사람이 아니면 그들을 결코 교화할 수 없다는 말입니다.'

김생은 고개를 끄덕였다. 염라왕의 말이 아니더라도 염라국을 다스리는 일이 결코 쉽지 않으리라는 것쯤은 능히 짐작할 수 있었다. 죽은 자들이 사는 세상이다. 죽음에 대한 두려움도 없고, 살아갈 희망 또한 없는 자들이다. 두려움과 희망이 없는 자들을 도대체 무슨 수단으로 다스린다는 말인가? 그럼에도 그들을 내치지 않고 품에 안아야 하니 염라왕의 자리란 참으로 힘든 자리가 아닐 수 없다. 염라왕은 더 이상 아무 말도 하지 않았다. 이마에 가득한 주름이 고민의 깊이를 대변했다. 김생 또한 아무 말 없이 풍광이랄 것도 없는 풍광, 혹은 풍광이 아니어서 더 의미 있는 풍광을 지켜보았다.

그 순간, 익숙한 여인의 목소리가 들렸다. 가슴이 뭉클했다. 상아였다. 왕비의 옷을 입은 상아가 염라왕 곁에 섰다. 김생은 그제야 염라왕의 얼굴을 알아보았다. 염라왕은 바로 홍이었다. 매 한 마리가 날아와 홍의 손가락 위에 앉았다. 홍의 주위에 검은 그림자들이 몰려들었다. 익숙한 느낌의 그림자들. 김생의 가슴이 울컥했다. 그림자들은 김생과 감정적으로 얽혀 있는 자들이었다. 다만 그들이 누구인지 도통 기억해 낼 수가 없었다. 그림자들이 한 발 더 다가왔다. 김생은 그들이 내뱉는 기운이 너무 뜨거워 견딜 수가 없었다. 김생을 노려보던 매가 그에게 달려들었다. 김생은 얼른 손으로 얼굴을 가리고 고개를 돌렸다. 매가 김생의 귀를 스치며 지나갔다.

무서웠다. 눈을 감았다. 상아의 비명 소리를 듣고 눈을 떴다. 김생이 본 광경들은 존재한 적도 없는 것처럼 완벽하게 사라져 있었다. 김생의 눈앞에는 홍이 쓰러져 있었다.

이것이 홍을 옮기기 전에 김생이 본 광경이었고, 홍을 옮기면서도 불평하지 않은 이유였다.

파주댁의 흐느낌이 잦아들었다. 김생과 눈이 마주치자 한숨을 내뱉은 파주댁이 그에게로 비난의 화살을 돌렸다.

"다 당신 때문이야. 내 당신을 믿고 있었는데 하나 소용없었어. 의지할 위인이 아니란 걸 알아봤어야 했는데……. 참 박복도 하지, 박복도 해."

자신을 믿고 있었다는 이야기는 금시초문이었다. 평소였으면 느닷없는 비난에 발끈했겠지만 김생은 꾹 참고 아무 말도 하지 않았다. 파주댁에게는 파주댁만의 사연이 있을 터이다. 파주댁은 상아의 손을 잡고 울먹였다.

"내 너는 못 보낸다. 앞날이 창창한 너를 어이 죽게 내버려 두겠느냐?"

"난 죽지 않아요. 살아 있으니까 이렇게 엄마 손을 잡고 있잖아요."

그 말을 들은 파주댁이 상아의 손을 더욱 세게 쥐었다.

"아직 끝난 게 아니야. 저놈이 사라질 때까지는 마음 놓을 수가 없어."

듣고만 있던 김생이 끼어들었다.

"말조심하게. 저자는 바로 염라왕이야."

파주댁이 짜증 섞인 목소리로 대꾸했다.

"나도 알고 있소."

김생은 상아를 보았다. 자신이 본 환상에서 상아는 염라왕의 왕비였다. 궁금했다. 자신이 본 것을 상아도 보았을까? 당장 묻고 싶었다. 그러나 파주댁이 슬픔에 빠져 있는 지금, 결코 해서는 안 되는 질문이기도 했다.

"내 한 가지 이해가 안 되는 게 있네. 자네는 어찌 되었건 무당 아닌가? 그렇다면 염라왕을 모셔야 마땅하거늘 어찌 그리 모질게 대하는가?"

"나도 알고 있지만…… 내 딸만은 보낼 수가 없으니……."

"엄마, 난 죽지 않아요. 엄마가 두려워하는 일은 결코 일어나지 않을 거예요. 그러니 걱정하지 않으셔도 돼요."

상아의 부드러운 목소리가 파주댁의 흐느낌 사이로 들려왔다. 파주댁이 마음을 추스르는 데는 시간이 더 필요했다. 파주댁이 한숨을 내쉬며 상아에게 물었다.

"너는 처음부터 염라왕을 알아본 게냐?"

"살아 있는 분이 아니란 것은 알았어요."

"그걸 어떻게 알았니?"

"그냥요."

파주댁이 고개를 저으며 혼잣말했다.

"무당은 내가 아닌 너로구나."

김생의 생각도 파주댁과 같았다. 무당이 아니고서야 열다섯밖에 되지 않은 아이가 저리 침착할 수는 없었다. 그렇다면 상아 또한 자신이 염라왕의 왕비라는 사실을 알고 있을 터. 김생은 혼란스러웠다. 살아 있는 상아가 이미 죽은 염라왕의 짝이 된다니, 도대체 무슨 뜻일까? 한 가지만은 확실했다. 살아서는 결코 그리될 수 없다. 파주댁이 염려하는 것도 바로 그 점이었다. 상아는 죽음이 두렵지도 않은 것일까? 열다섯 한창 나이의 계집아이가 어떻게 죽음 앞에서 저리도 의연할 수 있는지 상상도 안 됐다.

파주댁은 자리에서 일어나 제단 위에 걸려 있던 칼을 가져왔다. 그러고는 그 칼을 상아 앞에 놓으며 물었다.

"이 칼이 무슨 칼인 줄 아니?"

상아는 아무 말도 하지 않았다. 파주댁은 칼을 들어 칼날을 어루만졌다. 그 손길이 다정하고 부드러웠다. 칼을 내려놓은 파주댁이 울먹이며 진실을 털어놓았다.

"네 아비의 목숨이 담겨 있는 칼이다."

파주댁은 여태 자신의 가슴속에만 담아 두었던 이야기를 꺼냈다. 파주댁의 운명이 뒤바뀐 것은 노산군이 죽었다는 소식이 마을에 퍼졌을 때였다. 한 나라의 임금이었던 이가 죽었으니 백성 된 자로서 슬퍼해야 마땅했다. 그러나 파주댁은 온전히 슬픔에 잠길 수 없었다. 지난밤 꾸었던 불길한 꿈 때문이었다.

꿈속에서 파주댁의 남편 이생은 슬픔을 가누지 못했다. 처음에는 그저 통곡만 하던 이생이 어느 순간 미쳐 날뛰기 시작했다. 이생은 허공을 바라보며 외쳐 댔다.

'저기 임금님이 가신다! 불쌍한 우리 임금님, 얼굴에는 핏물이 가득하네!'

글 읽는 것 말고는 아무것도 모르던 이생이었다. 하루가 다르게 자라는 하나뿐인 딸을 보며 웃음 짓던 이생이었다. 그런 이생이 완전히 다른 사람이 되어 버린 것이다. 손쓸 방법이 없어 발만 동동 구르던 파주댁은 결국 무당을 불러 굿을 하기로 했다. 그런데 무당이 들어서자마자 일이 엉뚱하게 전개되었다. 무당은 이생을 보자마자 몸을 사시나무 떨듯 하더니 그대로 땅바닥에 엎드렸다. 무당은 이렇게 외쳤다.

'마마, 제가 몰라 뵈었습니다!'

이생이 제정신으로 돌아온 것은 무당의 그 말을 듣고서였다. 이생은 자신의 몸을 붙잡고 있던 남자 둘을 밀쳐 냈다. 평소에는 볼 수 없던 엄청난 힘이었다. 이생은 남자들에게 이제 괜찮으니 붙잡지 않아도 된다고 말하고는 무당 앞에 섰다. 무당은 아직도 떨고 있었다. 이생이 부드러운 목소리로 물었다.

'내가 신 내림을 받은 것이냐?'

무당이 고개를 끄덕이자 이생이 다시 한 번 물었다.

'어떤 신인지 말해 줄 수 있겠느냐?'

무당이 울먹이며 대답했다.

'우리 임금님이십니다. 얼굴에 핏물이 가득한 우리 임금님이란 말이지요.'

'너도 보았구나.'

'네.'

'우리 임금님이 참으로 억울하셨던 게로구나. 세상을 떠나지도 못하고 맴도실 정도이니.'

'억울하기만 하셨겠습니까?'

'그렇더라도 세상에 머무르셔서는 안 되지. 이제 그만 가셔야 하지 않겠느냐?'

'가셔야 하지요. 그렇지만······.'

'우리 임금님이 화가 나셨으니, 우선 그 화를 달래 드려야겠지.'

'그렇습니다만······.'

'내가 어찌해야 하는지 자네는 알고 있겠지?'

무당은 대답을 하는 대신 파주댁을 바라보았다. 파주댁은 그 시선의 의미를 이해하지 못했다. 이생은 파주댁을 보며 '잠시만 기다리게'라고 말하더니 방 안으로 들어갔다. 무엇인가 이상한 느낌이 들었다. 파주댁은 자신을 붙잡는 무당을 뿌리치고 방 안으로 들어갔다. 방 안은 피의 강이 되어 있었다. 이생이 자신의 칼로 배를 찌른 것이다. 파주댁의 비명을 들은 무당이 뒤늦게 방 안으로 뛰어들었다. 무당의 얼굴을 본 파주댁은 말문이 막혔다. 무당은 바로 파주댁이었다.

  현실은 꿈과 비슷하면서도 달랐고, 다르면서도 비슷했다. 노산군이 죽었다는 소식을 들은 이생은 제사 지낼 준비를 했다. 파주댁은 이생을 말렸다. 꿈 때문이었다. 이생은 파주댁의 만류를 듣지 않았고, 밤 깊은 시간에 제사를 지냈다. 어린 상아는 의미도 모르면서 이생과 함께 절을 하고 통곡했다. 파주댁은 그 광경을 보며 홀로 가슴만 쳤다. 다행히 며칠이 지나도록 아무 일도 일어나지 않았다. 그러나 파주댁은 마음을 놓을 수 없었다. 파주댁이 꿈에서 본 일은 실제로 일어나는 경우가 많았다. 이번이라고 예외일 리는 없을 터였다.

  다시 며칠이 지났다. 아무 일도 없으려나, 하고 마음을 놓은 순간 일이 벌어졌다. 이생이 갑자기 앓아누운 것이다. 의원은 도대체 병명을 모르겠다며 고개만 갸웃거렸다. 파주댁은 마당 한쪽에 정화수를 놓고 치성을 드렸다. 효과는 없었다. 이생은 그날 밤 자신의 칼을 달라 하더니 소중한 물건이라도 되는 양 만지고 또 만졌다. 이생은 새벽을 맞이하지 못하고 이승을 떠났다.

  파주댁은 이생의 장례를 치른 후 상아를 데리고 마을을 떠났다. 이곳저곳을 전전한 끝에 경주 남산에 정착했다. 남산은 영험한 기운이 넘치는 곳이었다. 예로부터 신기는 더해 주고 아픔은 치료해 주기로 유명했다. 그 덕분일까, 시간이 지날수록 마음의 상처가 점점 아물었다. 파주댁은 모든 것을 운명으로 받아들였다. 방 한구석에 제단을 차리고 칼을 걸어 놓은 것도 그때부터였다. 억울하게 죽은 이생을 모신 제단이었다. 그 뒤로 파주댁은 가끔씩 꿈속에서 부적을 보았다. 그다음 날이면 암자로 올라가 치성을 드리고 꿈에서 보았던 부적을 힘닿는 데까지 그렸다.

문제 많은 김생의 뒤치다꺼리를 맡은 것도 꿈에서 그를 보았기 때문이다. 꿈속의 김생은 배를 쫄쫄 굶은 채 울먹이며 파주댁에게 손을 내밀었다. 도와주면 제값은 할 위인으로 보였다. 그것으로 되었다 생각했다. 남편의 죽음도 받아들였고, 무당이 되라는 운명도 받아들였고, 불쌍한 인간도 구제했다. 그것으로 할 일은 다했다 생각했다.

그런데 아니었다. 열흘 전쯤, 파주댁은 꿈속에서 이생을 보았다. 남산에 정착한 뒤로 한 번도 나타난 적 없던 이생이 상아를 보며 손짓했다. 그 꿈이 의미하는 바는 명확했다. 상아를 저세상으로 데려가겠다는 것이다. 눈물이 났다. 운명에 순응한 결과치고는 허무했다. 파주댁은 그길로 암자에 올라가 치성을 드리고 부적을 그렸다. 그런데 부적이 제대로 그려지지 않았다. 열흘 동안 그린 부적이라고는 홍이 태워 버린 한 장뿐이었다. 그것마저도 마음에 들지 않았다. 온전한 부적을 얻고 싶었지만 시간이 없었다. 상아를 홀로 남겨 둔 것이 불안해 견딜 수 없었다. 그래서 미완성인 부적 한 장 들고 서둘러 집으로 돌아온 것이다.

"엄마, 난 죽지 않아요."

상아가 파주댁의 손을 어루만지며 말했다. 파주댁은 흘러내리는 눈물을 연신 훔치며 말했다.

"내가 미안하구나. 어미가 되어 제구실도 못하고 있으니."

"그렇지 않아요. 난 괜찮아요. 엄마 덕분에 그 누구보다도 잘 자랐다니까요."

김생은 깊은 생각에 잠겼다. 노산군의 죽음은 김생의 삶에만 영향을 미친 것이 아니었다. 상아의 아버지 이생 또한 노산군의 죽음으로 생의 흐름이 완전히 바뀌어 버렸다. 노산군이 죽인 것은 아니지만 결국은 노산군 때문에 죽은 것이다. 사실 이생은 노산군과 아무런 관계도 없는 사람이었다. 그저 한미한* 양반 가문의 후손이었을 뿐이다. '이생과 같은 이가 얼마나 많았을 것인가?' 파주댁은 이생이 그저 앓다가 죽었다고 말했지만 김생의 생각은 달랐다. 이생은 깊은 슬픔을 견디다 못해 죽은 것이다. 노산군의 죽음은 이생에게서 희망을 앗아 갔을 터. 책에서 읽었던 의리와는 너무 다른 현실의 참담함에 가슴을 치다 세상을 떠난 것이다. 자신이 본 꿈에만 몰두했던 파주댁의 눈에 그 몸부림이 보이지 않았을 뿐이다.

사람들은 노산군을 복위시키려다 실패한 성삼문, 박팽년과 같은 이들만 추앙한다. 그것도 모자라 김생과 같은 사람마저 절의의 표상이라며 받들었다. 노산군을 기리기 위해 탄탄대로와도 같은

● 한미(寒微)하다 | 가난하고 지체가 변변치 못하다.

앞날을 버렸다는 것이다. 김생은 그런 말을 들을 때마다 너무도 부끄러웠다. 김생의 삶이 과연 노산군의 죽음 때문에 틀어졌을까? 김생은 고개를 끄덕이고 싶었다. 수양이 노산군을 왕위에서 몰아내지 않았다면 자신은 분명 정해진 길을 걸어갔을 것이라고 믿고 싶었다. 하지만 김생은 자신이 고개를 끄덕일 수 없다는 사실을 너무도 잘 알았다.

어쩌면 김생은 스스로에게 분노했을 뿐인지도 몰랐다. 세종 임금이 귀히 쓰겠다던 천재 김시습은 세간의 기대에 조금도 부응하지 못했다. 이파와 이경준이 쉽게 붙었던 과거에 떨어졌을 때는 그야말로 쥐구멍이라도 찾아 들어가고 싶었다. 심기일전, 마음을 다잡고 북한산 중흥사에 들어갔지만 김생은 좀처럼 공부에 집중하지 못했다. 자신은 세종 임금이 칭찬한 천재 중의 천재이다. 그런 천재가 과거에 급제하지도 못하다니, 말도 안 된다. 어쩌면 자신은 천재가 아니었는지도 모른다. 아니다. 그건 세종 임금을 모욕하는 일이다. 어쩌면 과거 시험이 자신과 같은 천재를 평가하기에는 턱없이 형편없는 도구였는지도 모른다. 시간이 지나도 책장은 넘어가지 않았고 번민은 줄어들지 않았다. 수양이 노산군의 왕위를 빼앗지 않았다면 어떻게 되었을까? 김생은 이상과 현실의 괴리 속에서 스스로 미쳐 버렸을지도 몰랐다.

그리고 이어진 십 년의 방랑. 그러나 방랑을 통해서도 김생은 아무것도 배우지 못했다. 그랬기에 효령 대군의 편지를 받기 무섭게 서울로 올라간 것이고, 사람들이 자신을 알아봐 주기를 바랐던 것이고, 방랑을 끝내고 한곳에 정착하기를 바랐던 것이다. 물론 현실은 항상 그랬듯 김생의 의지와는 무관하게 움직였다. 결국 서울에서 확인한 것은 자신이 아무것도 아니라는 사실이었다. 십 년간의 방랑 후에도 전과 마찬가지로 여전히 미성숙한 인간이라는 사실이었다. 때때로 배우고 익힌다는 이름, 시습은 거짓이었다. 김생은 그 무엇도 배울 수 없는 인간이었다.

김생이 사정없는 자기 비하에서 빠져나오지 못하고 있을 때, 홍이 정신을 차렸다.

"어찌 된 것입니까?"

"불을 갖고 놀다 쓰러졌네. 불장난은 위험한 법이니 앞으로는 조심하게. 아, 그리고 혹시 모를까 봐 하는 이야기인데 자네는 아무래도 염라왕인 모양이야."

김생은 아무렇지도 않은 척 말을 내뱉었다. 상대가 염라왕이라 생각하니 조금 두려운 것도 사실이었다. 그렇다고 갑자기 공손해지려니 김생의 성미에 맞지 않았다. 다행히 홍 또한 자신의 지위를 내세우며 거드름을 피우는 인물은 아니었다.

"염라왕이라…… 그랬군요, 그랬어요. 하지만 도무지 믿을 수가 없습니다."

"나도 마찬가지야. 무슨 염라왕이 이 모양인가?"

김생은 힐난조의 말을 내뱉음으로써 아예 한 걸음 더 나아가 버렸다. 김생 스스로도 왜 그랬는지 알 수가 없었다. 상대는 염라왕이다. 무한한 힘을 지닌 존재인 만큼 언제 어떻게 폭발할지는 그 누구도 모를 일이었다. 하지만 김생은 이상하게도 홍이 더 이상 두렵지 않았다. 염라왕이라는 사실을 알게 된 순간부터 두렵기는커녕 오히려 더 흥미롭게 느껴졌다. 홍 또한 자조적인 웃음으로 김생의 농에 화답했다.

"그러게 말입니다. 내가 도대체 여기서 무엇을 하고 있는 건지……."

"그건 스스로 알아내셔야지요."

상아의 말이었다. 김생은 깜짝 놀랐다. 상아의 목소리에서는 조금의 염려도 느껴지지 않았다. 아니, 그보다는 확신에 차 있다고 말하는 게 옳았다. 염라왕의 등장도, 파주댁의 사연도 상아를 흔들어 놓지 못했다. 상아는 더 이상 조그마한 계집애가 아니었다. 상아는 이제 흔들리지 않았다. 스스로가 든든한 작은 산이었다. 홍은 상아를 찬찬히 바라보았다. 상아가 웃음을 짓자 홍의 얼굴이 붉어졌다. 상아가 갑작스럽게 질문을 던졌다.

"제가 누군지 모르겠어요?"

홍은 말없이 고개를 저었다. 상아가 재차 물었다.

"정말요?"

"무슨 이야기인지……."

상아는 깊은 한숨을 쉬었다. 홍이 고개를 살짝 갸웃하자 상아는 고개를 저었다. 더 이상 할 말이 없다는 뜻이다. 의혹으로 가득 찬 파주댁의 시선을 의식하고도 상아는 입을 열지 않았다. 대신 자기 앞에 놓여 있던 이생의 분신인 칼을 제자리에 가져다 놓았다. 홍은 상아에게서 눈을 돌려 김생에게 말했다.

"나도 알아내고 싶습니다. 하지만 도통 그 문이 열리지를 않습니다. 그 문만 열 수 있다면……."

그 문을 열 수 있는 것은 어쩌면 김생일 터이다. 홍이 자신 앞에 나타난 것은 우연이 아니다. 파주댁은 상아의 목숨을 빼앗으러 왔다고 생각하지만 염라왕이 겨우 한 사람의 목숨을 데려가기 위해 이 세상에 행차했을 리 없다. 염라왕은 자신에게 가장 절박한 문제를 해결하러 왔고, 그 답은 기이한 담장 집에 있을 게 분명했다. 그러니 홍의 말대로 중요한 것은 바로 그 문을 여는 일이었다. 염라왕이 열 수 없다면 김생이 열어야 했다. 김생을 가로막는 것은 두려움이었다.

백화사. 평소에 뱀을 그다지 무서워하지도 않았건만 이상하게도 백화사는 단순한 두려움 이상의 깊은 감정을 안겨 주었다. 백화사는 어쩌면 김생이 지금껏 살아오며 겪었던 온갖 공포와 절망과 두려움의 집합체인지도 모른다. 그렇다면 더더욱 이겨 내야 했다. 백화사를 극복하는 것은 그릇된 인생을 바로잡는 일이다. 공포와 절망과 두려움을 넘어서는 것이다. 그러하니 그 길이 쉬울 리가 없었다. 어쩌면 염라왕의 등장은 김생의 꼬인 인생을 풀 마지막 기회

일지도 몰랐다. 세종 임금이 베푸는 마지막 은혜일지도 몰랐다. 더 이상 미뤄서는 안 된다. 이제 꼬인 줄을 풀 시간이다. 김생은 홍을 향해 손을 내밀었다.

"나와 함께 가지."

"무슨 방법이라도 찾아내셨습니까?"

"내가 그 문을 열 수 있을 것 같아."

15

흥겨운 주연과
여인의 검무가 몰고 온 살육극

내 눈앞에 떠오르는 것은 매서운 눈매의 매 한 마리였습니다. 높다란 나뭇가지에 앉은 매는 떠들썩한 주연이 계속되는 내내 내게서 눈을 떼지 않았습니다. 그렇습니다. 주연입니다. 그것도 참으로 흥겨운 주연이었습니다. 마당에서는 검무가 한창이었습니다. 여인이 휘두르는 칼의 움직임은 너무도 아름다웠습니다. 피와 살이 묻어나는 귀기 어린 아름다움이었습니다. 여인의 칼에 보이지 않는 적들이 하나둘 쓰러져 어느새 작은 산을 이루었습니다. 살육에 재미를 붙인 여인은 칼을 멈추지 않았습니다. 바람과 달빛도 베어 자신 앞에 무릎 꿇릴 기세였습니다. 삼촌이 히야 하고 외치고는 내게 술을 권했습니다. 삼촌은 여인이 보이지 않는 적을 벨

때마다 술을 권했고 나는 모두 받아 마셨습니다. 술은 몹시 썼지만 나는 사양하지 않았습니다.

　주연이 시작될 때만 해도 내 기분은 그리 좋지 않았습니다. 왜 그랬는지는 모르겠습니다. 오래간만에 나와 가까운 이들이 모두 모인 자리입니다. 삼촌은 물론이고, 그간 얼굴을 보기 어려웠던 큰할아비들도 어려운 걸음을 했습니다. 자주 있는 자리도 아니니 얼굴을 펴고 마음껏 즐기는 게 마땅합니다. 하지만 나는 그렇게 하지 않았습니다. 큰할아비들이 차례로 와 알은체를 했지만 나는 일곱 살 아이처럼 고개를 홱 돌려 버렸습니다. 큰할아비들은 허헛 하며 민망한 웃음을 터뜨리고는 자신의 자리로 돌아갔습니다. 무례한 행동에 대한 용서를 빌어야 할까 잠시 생각했습니다. 이내 그 생각을 지워 버렸습니다. 도리로는, 아니 그보다는 생존을 위해서라도 그래야 마땅했지만 엉덩이 한쪽 움찔거리기도 싫었습니다. 나는 큰할아비들에게 고개 숙이고 싶지 않았습니다. 삼촌에게 고개를 숙인 것으로 내 도리는 다했다 여겼습니다.

　삼촌은 내 무례한 행동을 보고도 얼굴을 찌푸리거나 나무라지 않았습니다. 검무가 진행되는 내내 계속해서 술만 권했을 뿐입니다. 그 쓰디쓴 술은 삼촌이 기대했던 방향대로는 아니지만 분명 효과가 있었습니다. 술 탓인지 좋지 않던 기분이 썰물처럼 사라지더니 그리움이 몰려왔습니다.

　아! 내 눈앞에 있는 사람은 바로 할아버지였습니다. 넉넉한 품으로 나를 안아 주던 할아버지, 나의 미래를 믿어 의심치 않았던 할아버지, 이제는 세상에 없는 할아버지가 내게 손을 내밀었습니다. 나도 따라 손을 내밀었습니다. 그러나 그리움은 이내 어두움이 되었습니다. 내 손을 잡은 것은 할아버지의 두툼한 손이 아니라 삼촌의 상처 많은 손이었습니다. 삼촌은 나를 보며 살짝 고개를 저었습니다. 그 눈빛을 보건대 조심하라는 뜻 같습니다. 그 미묘한 고갯짓이 내 마음을 움직였습니다.

　삼촌은 원래 조심스럽게 행동하는 사람이 아닙니다. 제 속에 든 것을 단번에 토해 내지 않으면 견디지 못하는 성미입니다. 하지만 요 며칠 삼촌의 행동은 조심스럽기 이를 데 없었습니다. 깨지기 쉬운 유리구슬을 손에 쥔 아이처럼 말도 조그맣게 했고, 걸음도 여인네처럼 살금살금 걸었습니다. 나는 삼촌의 그러한 행동이 마음에 들지 않았습니다. 나는 자리에서 벌떡 일어나 조금씩 멀어져 가는 할아버지의 등에 대고 외쳤습니다.

　'할아버지, 삼촌이 나를 죽이려고 해요!'

　내 말 한마디에 분위기가 달라졌습니다. 음악과 춤이 멈추었고, 분주히 오가던 대화가 뚝 끊겼습니다. 모두의 이목이 내게 집중되었습니다. 그 와중에도 삼촌은 얼굴 가득 웃음을 지었습니다. 삼촌이 내 어깨에 손을 올리며 조그맣게 속삭였습니다.

　'조심해야 할 말이 있는 법이다. 흥겨운 잔치가 한창일 때는 더더욱 그래야만 하는 게고.'

삼촌이 손가락으로 내 어깨를 지그시 눌렀습니다. 삼촌의 손톱이 내 살갗을 뚫었습니다. 피가 비처럼 후드득 바닥에 떨어졌습니다. 피는 두려움을 불러냈습니다. 두려움은 나를 그물처럼 감쌌고 드디어는 목을 조여 오기 시작했습니다. 나는 손을 마구 내저으며 이제는 희미해진 할아버지의 등을 향해 다시 한 번 외쳤습니다.

 '할아버지, 삼촌이 나를 죽이려고 해요! 제발 삼촌을 말려 주세요!'

 삼촌이 나를 보며 고개를 저었습니다. 삼촌의 눈가에 눈물이 맺혔습니다. 삼촌은 상처 많은 손으로 내 얼굴을 쓰다듬으며 나직이 속삭였습니다.

 '네 녀석을 좀 더 엄격히 교육해야 한다고 늘 말했지만 네 아비는 내 말에 좀처럼 귀 기울이지 않았다. 너의 무례한 모습을 좀 보아라. 많은 이들 앞에서 이 삼촌을 모욕하고 있는 네 모습을. 예를 중히 여겼던 네 아비가 살아 있다면 얼마나 슬퍼했을까, 너는 한 번도 생각해 본 적이 없겠지?'

 나는 아무 말도 하지 않았습니다. 검무를 추던 여인의 칼을 보았습니다. 저 칼을 쥘 수만 있다면 얼마나 좋을까요? 삼촌의 상처 많은 손 따위 더 이상 보고 싶지 않습니다. 예를 논하는 삼촌의 입술 따위도 더 이상 보고 싶지 않습니다. 그러나 칼은 내 손에서 너무 먼 곳에 있었습니다. 삼촌의 손이 내 목덜미를 잡으려는 순간 뜻밖의 조력자가 나타났습니다. 나뭇가지에 앉아 사태를 주시하던 매가 삼촌을 향해 날아든 것입니다. 내가 훈련시켰던 매는 날카로운 부리로 삼촌의 머리를 공격했습니다. 나도 모르게 웃음이 나왔습니다. 조금 전까지 자신의 감정을 조율해 가며 엄숙한 모습을 가장했던 삼촌은 순식간에 사라졌습니다. 내 눈앞에 보이는 것은 새 한 마리에 꼼짝 못한 채 머리를 싸매고 있는 연약한 남자뿐입니다. 이제 삼촌의 손에는 끔찍한 상처가 또 하나 생기겠지요. 그 상처를 치료할 시간이 과연 있기나 할까요?

그러나 내 웃음의 시간은 길지 않았습니다. 삼촌은 오른손을 쭉 내밀어 매의 목을 움켜잡았습니다. 내 가엾은 매는 피하지도 못하고 삼촌의 손에 붙잡혀 버렸습니다. 버둥거리던 매의 움직임이 멈추기 무섭게 한 무리의 무사들이 들이닥쳤습니다. 나는 안도의 한숨을 내뱉었습니다. 저들은 내 편입니다. 나를 구하기 위해 온 것이 분명합니다.

그러나 내 안도의 시간도 길지 않았습니다. 잔치에 참석했던 이들이 한꺼번에 자리에서 일어났습니다. 그들 또한 무사였습니다. 늙은 큰할아비들도 무사의 갑주를 갖추었습니다. 삼촌의 무사들은 내 무사들의 열 배는 되었습니다. 일당백은 신화 속에서나 존재하는 말입니다. 내 무사들은 검을 제대로 휘둘러 보지도 못했습니다.

주연이 다시 시작되었습니다. 나를 도우러 왔던 무사들은 시체가 되어 마당 한쪽에 차곡차곡 쌓였습니다. 여인의 검무는 이제 망나니의 춤으로 변했습니다. 달빛이 반사되는 칼날에는 피가 반짝였습니다. 또 다른 손님들도 찾아왔습니다. 매가 사라진 하늘에 나타난 까마귀들은 불길한 울음소리를 내며 자신들의 차례가 오기만을 기다렸습니다. 삼촌이 내 귀에 대고 속삭였습니다.

 '밤이 깊었구나. 아이들은 늦기 전에 잠자리에 들어야 하는 법이다. 그래야 어른이 될 수 있는 게야.'

삼촌의 말이 맞습니다. 나는 아직 아이입니다. 나의 계략은 유치하고 실없는 것이었습니다. 그저 작은 소동 하나 일으켰을 뿐이니 말입니다. 나는 고개를 끄덕이고 자리에서 일어났습니다. 침소로 돌아가는 길은 어두컴컴했습니다. 앞서서 인도하는 시종도 없이 나는 등 하나 켜지지 않은 마당을 홀로 걸어야만 했습니다. 연회장을 빠져나오고서야 구름 뒤에 숨어 있던 달이 다시 제 모습을 드러냈습니다.

하늘에는 두 개의 달이 떠 있습니다. 어디선가 본 적이 있는 광경입니다. 그런데 지금 보는 광경은 내 기억과 약간 달랐습니다. 중천에 떠 있던 만월은 한쪽이 이지러진 채 서쪽으로 기울고 있습니다. 귀퉁이에 위태롭게 매달려 있던 붉은 만월은 중천을 향하고 있습니다. 달은 정직합니다. 차면 기울고 기울면 차는 것입니다. 부러운 순리입니다. 한동안 하늘을 바라보았습니다. 붉은 만월이 변하지 않는 이유는 모르겠습니다. 누구도 내게 붉은 만월에 대해서는 말해 준 적이 없으니까요.

내가 나온 집을 바라보았습니다. 나는 말없이 고개를 끄덕였습니다. 그렇습니다. 내가 오랫동안 들어가고 싶어 했던, 담장에 일곱 개의 붉은 별이 계속해서 그려져 있는 바로 그 집이었습니다. 어느새 내 곁에는 김생과 상아가 서 있습니다. 김생이 나를 보며 집으로 들어가자고 합니다. 김생은 내가 방금 그 집에서 나왔다는 것을 까맣게 모르는 모양입니다. 나는 고개를 끄덕입니다. 내가 아끼던 매, 그리고 무사들의 죽음을 보았기에 더 이상 아무것도 두렵지가 않습니다. 문을 열고 들어서면 삼촌은 이번에야말로 나를 죽이겠지요. 하지만 삼촌이 어떻게 나를 죽일 수 있을까요? 나는 이미 죽은 몸인데 말입니다. 발걸음을 내딛기 전 다시 하늘을 보았습니다. 그사이 몰려온 구름이 다시 두 개의 달을 덮었습니다. 그 컴컴한 하늘을 보며 나는 고개를 끄덕입니다. 그러고는 김생과 상아의 손을 꼭 잡습니다.

16

김생, 예전에 보았던
끔찍한 광경을 다시 보다

 이번에도 김생의 앞을 막아선 것은 백화사였다. 굳게 마음을 먹고 왔건만 두려움은 쉽사리 꺾을 수 있는 적이 아니었다. 김생은 이를 악물고 간신히 발걸음을 뗐다. 백화사가 천천히 김생을 향해 다가왔다. 상아가 김생의 떨리는 손을 꼭 잡아 주며 속삭였다.
 "괜찮을 거예요."
 상아의 말이 김생의 마음을 진정시켰다. 이내 부끄러움이 몰려왔다. 자신의 절반밖에 살지 않은 상아가 훨씬 더 담대하고 굳건한 모습을 보였다. 김생은 남자였다. 계집아이 앞에서 수치를 당하고 싶지는 않았다. 김생은 눈을 부릅뜨고 백화사를 노려보았다. 백화사는 머리를 곧추세우고 가느다란 혀를 날름거리며 김생을 위협

했다. 김생은 서너 발짝 떨어져 있던 백화사 앞까지 단번에 걸어갔다. 가까이서 보니 백화사는 묘하게도 김생을 닮아 있었다. 무섭고도 우스웠다. 김생은 백화사를 향해 떨리는 손을 내밀었다.

"네 독니로 나를 물어라. 그게 너의 인(仁)이라면 내 죽어도 좋다. 나를 물어 너의 인을 이루란 말이다."

지금껏 도도하기만 했던 백화사가 머리를 숙이더니 이내 풀밭으로 사라져 버렸다. 김생은 안도의 한숨을 내쉬었다. 다른 한편으로는 허탈했다. 백화사가 사라져서 다행이었지만 자신을 쏙 빼닮은 그 행태에 왠지 화가 났다. 독을 지닌 뱀의 본분은 적 앞에서 물러서지 않고 맞서는 것이다. 그런데도 백화사는 결정적인 순간에 꽁무니를 빼고 자신의 삶을 도모한 것이다. 김생은 문 앞에 서 있는 홍을 향해 걸으면서 속으로 중얼거렸다.

'풀 그늘 속에 숨어 자득한다고* 하면서도 발소리 들으면 흠칫 놀라는 꼴이로구나. 연약한 뱀이여, 연약한 시습이여. 어쩌면 너희들은 전생에 쌍둥이 형제였는지도 모르겠구나.'

홍이 김생을 반겼다. 김생은 자신만만하게 문 앞에 섰지만 그 자신감은 순식간에 사라졌다. 꽁무니를 뺀 줄 알았던 백화사가 지팡이처럼 곧게 서서 문을 지키고 있었던 것이다. 호기롭게 첫 번째 관문을 돌파했지만 시련은 끝이 아니었다.

● 자득(自得)하다 | 스스로 만족하게 여겨 뽐내며 우쭐거리다.

'그러면 그렇지.'

백화사가 김생을 두려워했을 리가 없다. 홍이 초조한 눈빛으로 김생을 바라보았다. 김생은 끙 하는 신음을 내뱉고는 문을 향해 손을 뻗었다. 백화사가 혓바닥을 날름거렸다. 김생은 비명을 지르며 손을 다시 움츠렸다. 부끄러웠다. 차라리 땅속에 몸을 묻어 생을 마감하고 싶었다. 뱀 한 마리에 막혀 꼼짝 못하는 처지라니. 백화사가 김생을 비웃었다. 고개를 들지 않아도 느껴졌다. 홍에게는 비밀의 문이던 것이 김생에게는 치욕의 문이 되어 가고 있었다.

상아가 다가와 김생의 손을 잡았다. 상아는 꼭 잡은 김생의 손을 백화사에게 내밀었다. 백화사가 김생의 팔을 타고 기어 올라왔다. 비명을 지르며 손을 빼려 했지만 상아는 놓아주지 않았다. 이런 힘이 도대체 어디에서 나오는지! 김생은 아예 눈을 감아 버렸다. 백화사가 목까지 올라왔다. 김생은 공포에 떨며 입을 벌렸다. 그 순간 믿기지 않는 일이 일어났다. 백화사가 김생의 입 안으로 들어간 것이다. 상아가 속삭였다.

"이제 사라졌어요."

김생은 입 안에 손을 넣어 보았다. 아무것도 없었다. 목구멍으로 들어가지도 않았고 밖으로 다시 나오지도 않았다. 상아의 말대로 백화사는 그냥 사라져 버렸다! 사정도 모르는 홍이 서둘러 달라며 정중하나 다급하게 재촉했다. 김생은 바닥에 침을 뱉고는 문을 밀었다.

문은 꿈쩍도 하지 않았다. 있는 힘을 다 모아 보았지만 결과는 마찬가지였다. 예상치 못한 상황이었다. 백화사의 고비만 넘으면 문을 쉽게 열 수 있으리라 여겼는데 현실은 그렇지 않았다. 지켜보던 홍도 함께 문을 밀었지만 그래도 문은 미동도 하지 않았다. 어차피 힘으로는 열 수 없었던 것이다. 그렇다면…… 의심과 절망이 깊어지던 순간, 상아가 거들었다. 문은 상아의 손에 반응했다. 상아의 손이 닿자마자 움직이기 시작한 것이다. 상아는 깜짝 놀라 문에서 손을 뗐고, 문은 곧바로 움직임을 멈추었다. 김생이 고갯짓하자 상아가 다시 문을 밀었다. 문은 안쪽으로 활짝 열렸다.

김생은 마당에 발을 내딛자마자 걸음을 멈추었다. 마당 안의 광경은 너무도 끔찍했다. 한 남자가 형틀에 묶인 채 고문을 당하고 있었다. 신음 소리가 터져 나오고 핏물이 사방으로 튀었다. 김생은 그 자리에 털썩 주저앉았다. 김생과도 친분이 있던 그 남자는 바로 성삼문이었다. 그리고 편전*에 앉아 성삼문을 심문하는 이는 바로 수양이었다. 성삼문은 끔찍한 고통 속에서도 웃음을 잃지 않았다.

"상왕께서 춘추가 한창 젊으신데 손위하셨으니,* 다시 세우려 함은 신하 된 자로서 마땅히 해야 할 일이다. 그런데 다시 무엇을 묻는가?"

- 편전(便殿) | 조선 시대 임금이 평상시에 거처하면서 정사를 보던 궁전.
- 손위(遜位)하다 | 왕위를 내어놓다.

수양의 얼굴이 붉게 타올랐다. 수양은 낮고 굵은 목소리로 역모를 함께 꾸민 자들을 빠짐없이 고하라고 말했다. 성삼문은 주저하지 않았다. 그의 입에서 박팽년, 이개, 하위지, 유성원, 유응부, 성승 등의 이름이 줄줄이 나왔다. 두려움이라고는 손톱만큼도 찾아볼 수 없는 당당한 태도였다. 수양은 죄인들을 당장 잡아 오라고 수하들에게 신경질적으로 명령했다. 박팽년 등이 끌려와 형틀에 묶였다. 수양은 광대처럼 과장되게 탄식을 내뱉었다.

"너희들이 어찌하여 나를 배반하는가?"

수양은 적당한 선에서 타협하기를 원했다. 잘못했다는 말만 나온다면 주연이라도 베풀고는 덩실덩실 춤출 것 같았다. 그러나 성삼문은 끄떡도 하지 않았다.

"옛 임금을 복위하려 하는 것이다. 천하에 자기 임금을 사랑하

지 않는 자가 있는가? 그래서 한 일인데 어찌 이를 모반이라 말하는가? 나의 마음은 나라 사람들이 다 안다. 나리가 남의 나라를 도둑질하여 뺏으니, 신하가 되어 가만있을 수 없었다. 우리 군부가 폐출되는 것을 두고 볼 수 없기에 일을 도모한 것이다. 나리가 평일에 곧잘 주공을 끌어댔는데, 주공도 제 조카를 죽이고 왕위를 날름 차지했던가? 이 성삼문이 거사를 도모함은 하늘에 두 개의 해와 달이 없고, 백성에게 두 임금이 없기 때문이다."

김생은 주먹을 쥐고 고개를 끄덕였다. 성삼문은 임금인 수양을 '나리'라 불렀다. 나리란 그저 종친●에 대한 호칭이니, 수양을 결코 임금으로 인정하지 않겠다는 뜻이나 다름없었다. 참고 또 참던 수양이 드디어 본색을 드러냈다. 수양은 발을 한 번 세게 구르더니 울분을 토해 냈다. 낮게 깔던 목소리 또한 높아졌다.

"왕위를 받을 때에는 어찌하여 저지하지 않았는가? 그때는 내게 붙더니 이제 와서 나를 배반하는 이유가 무엇이냐?"

제 딴에는 성삼문의 약점을 찌른다고 던진 질문이었지만 이에 대한 답변 또한 단호했다.

"사세●가 불리했기 때문이다. 나리의 망령된 행동을 막지 못했으니 죽어 마땅하지만 공연히 죽어서야 아무런 소용도 없지 않은가?

- 종친(宗親) | 임금의 일가친척.
- 사세(事勢) | 일이 되어 가는 형세.

그래서 참고 지금까지 기다린 것이다. 새로 일을 도모하기 위해서란 말이다."

수양은 굴하지 않고 성삼문의 약점이라고 생각하는 부분을 계속해서 찔렀다.

"네가 스스로를 '신'이라 일컫지 않고, 나를 '나리'라고 하는데 참으로 웃기는 일이다. 네가 내 녹을 먹지 않았느냐? 녹을 먹고 배반하는 것은 반역이다. 겉으로는 상왕˙을 복위시킨다 어쩐다 하지만 실상은 네가 권력을 휘두르려는 속셈 아니냐?"

성삼문이 또다시 웃음을 터뜨렸다. 주리를 틀어도 그의 웃음은 그치지 않았다. 이미 고통을 초월한 사람처럼 보였다.

"상왕이 계신데, 나리가 어떻게 나를 신하로 삼을 수 있는가? 나는 나리의 녹을 먹은 적이 없으니, 믿지 못하겠거든 나의 집을 샅샅이 뒤져 보아라. 나리의 말은 모두 허망하여 도무지 취할 것이 없다."

수양의 분노가 화산처럼 흉포하게 분출되었다. 수양은 달군 쇠로 성삼문의 몸을 지지라고 명령했다. 살갗 타는 냄새가 진동했다. 상아가 고개를 돌렸다. 홍은 입술을 감쳐문 채 성삼문에게서 눈을 떼지 않았다. 김생은 자기도 모르게 입을 살짝 벌렸다. 성삼문은 대단한 사람이었다. 달군 쇠도 그의 입을 막지는 못했다.

● 상왕(上王) | 왕위를 물려주고 물러나 앉은 임금.

"쇠가 식었으니 다시 달구어 오너라. 나리의 형벌이 참으로 독하구나."

껄껄껄 소리 내어 웃던 성삼문의 시선이 한곳에 멈췄다. 수양 앞에 서 있던 신숙주였다. 성삼문이 그를 꾸짖었다.

"벗이여, 옛날에 너와 같이 집현전에서 번을 들던 때를 기억하느냐? 세종 임금께서 원손˚을 안고 뜰을 거닐면서, '내가 천추만세한˚ 뒤에 너희들이 모름지기 이 아이를 잘 생각하라.' 하시던 말씀이 아직도 귓전에 남아 있는데, 네가 어찌 그것을 까맣게 잊었는가? 영민한 네가 이 모양이 되다니 까마귀 고기라도 삶아 먹은 것이냐? 너의 악함이 이 정도에 이를 줄은 내 미처 생각지 못했다."

신숙주는 아무런 말도 하지 않았다. 수양은 고개 숙인 신숙주를 밖으로 내보낸 뒤 이번에는 박팽년을 심문했다. 자신의 말재주에 대한 믿음을 버리지 못한 수양은 회유로 심문을 시작했다.

"너의 재주가 아깝다. 내 너를 아끼니 잘못을 인정하고 항복하라. 역모를 하지 않았다고만 말하면 살려 주겠노라."

박팽년이 웃음을 머금었다. 수양을 나리라 부르며 껄껄껄 웃자 수양의 인내도 금세 바닥이 났다.

"네가 이미 스스로를 신이라 일컬었고 내게서 녹도 먹었다. 그

- 원손(元孫) | 아직 왕세손이 되지 않은 왕세자의 맏아들 또는 상왕의 맏손자.
- 천추만세(千秋萬歲)하다 | 오래도록 별다른 일 없이 잘 살다.

러니 이제 와서 신이라 하지 않더라도 하나 소용이 없다."

박팽년의 답은 성삼문과 별반 다르지 않았다.

"나는 상왕의 신하로 충청 감사가 되었다. 또한 장계[●]에 한 번도 신이라 쓴 적이 없으며 녹도 먹지 않았다."

부랴부랴 장계를 가져오라 하여 살펴본 수양은 크게 화를 냈다. 박팽년은 신(臣)이라 써야 할 자리에 모조리 거(巨) 자를 썼던 것이다. 박팽년의 대답이 이어졌다.

"녹은 받아서 먹지 않고, 모두 다 창고에 봉하여 두었다."

이제 심문은 유응부에게로 이어졌다. 수양의 목소리에서는 더 이상 흥분을 찾아볼 수 없었다. 별반 다른 반응이 나올 리 없다고 판단한 게 분명했다.

"너는 무엇을 하려 하였느냐?"

"잔칫날을 맞아 한칼로 나리를 폐하고 상왕을 복위시키려 했다. 불행히도 간사한 놈이 제 입을 간수하지 못하고 고해바치는 바람에 일을 그르친 것이다. 책상에서 글줄만 읽다 분에 넘치는 나랏일을 맡게 된 놈들을 믿은 내가 바보였다. 뭐 하느냐? 더는 나리와 같은 공기를 마시고 싶지 않다. 어서 나를 죽여라."

수양은 건조한 목소리로 달군 쇠를 가져와 지지라고 명령했다. 유응부에 이어 이개와 하위지에게도 심문이 이어졌다. 사람은 달

● 장계(狀啓) | 지방의 신하가 담당 지역의 중요한 일을 왕에게 보고하던 문서.

랐으나 답변은 다르지 않았다. 김생은 더 참지 못하고 자리에서 벌떡 일어났다. 수양에게 달려들려는 김생을 홍이 가로막았다. 홍의 눈가에는 눈물이 잔뜩 맺혀 있었다.

"기다리십시오. 아직 끝난 것이 아닙니다."
"저들이 죽는 것까지 봐야 직성이 풀리겠는가?"

김생은 이 잔혹한 고문극의 끝을 알고 있었다. 김생 또한 그날 그 현장에 있었기 때문이다. 수양은 구경꾼들을 막지 않았다. 일부러 경비를 허술하게 하여 구경을 부추겼다. 모반자는 잔인하게 처벌한다는 원칙을 만천하에 알리기 위해서였다. 모반자들이 자신에게 용서를 구했으면 하는 마음도 있었다. 그랬다면 더 극적인 광경이 되었을 테니 수양으로서는 결코 손해 보는 일이 아니었다.

그러나 비겁한 모반자여야 할 성삼문의 꺾이지 않는 반항으로 수양의 계획은 완벽하게 흐트러졌다. 수양은 마음껏 화를 내고 살을 지지고 채찍을 휘둘렀다. 차마 지켜볼 수 없는 끔찍한 광경이었다. 현장에서 직접 본 그날도 김생은 수양에게 달려들려 했다. 그를 막은 사람은 경주에서 칩거하다 소식을 듣고 달려온 이경준이었다. 김생을 붙잡은 이경준이 고개를 저었고 김생은 고개를 떨구는 것으로 대답을 대신했다.

이경준이 굳이 김생을 붙잡을 필요는 없었는지도 모른다. 사실 김생은 그저 몸만 움찔했을 뿐이다. 이경준이 잡지 않았더라면 어떻게 되었을까? 수양에게 달려들었을까? 아니면 허공에 주먹만 휘두르고 바닥에 침을 뱉으며 반항을 끝냈을까, 그도 아니면 뒷간에 뛰어들어 온몸에 똥칠을 했을까? 그것은 알 수 없는 일이었다.

굴복하지 않는 모반자들에게 급격히 흥미를 잃은 수양이 하품을 하면서 자리에서 일어났다. 성삼문의 입에서 뜨거운 시구가 흘러나왔다.

> 임이 주신 밥을 먹고, 임 주신 옷 입었으니
> 일평생 한마음이 어길 줄 있었으랴
> 한번 죽음이 충의인 줄 알았으니
> 문종 임금님의 송백*이 꿈속에 아른아른

성삼문의 시가 끝나자 이개가 뒤를 이었다.

> 삶이 우의 구정*처럼 중히 여겨야 할 경우에는, 삶도 또한 중요하거니와
> 죽음도 기러기 털처럼 가벼이 보아야 할 경우에는 죽음도 영화로세
> 두 임을 생각하다가, 성문 밖을 나가노니
> 문종 임금님의 솔빛만이, 꿈속에도 푸르러라

- 송백(松柏) | 소나무와 잣나무를 아울러 이르는 말.
- 우(禹)의 구정(九鼎) | 중국 하나라의 우왕 때에, 전국의 아홉 주에서 쇠붙이를 거두어서 만들었다는 아홉 개의 솥. 주나라 때까지 대대로 보물로 전해졌다고 한다.

수양은 발걸음을 멈추고 그들의 시를 들었다. 시가 끝나자 수양
은 다시 한 번 하품을 하고는 곁에 선 무사를 향해 고개를 까딱였
다. 무사의 칼이 공중을 갈랐다. 심문장은 순식간에 적막에 빠져들
었다. 이승에서 저승으로 가는 것은 한순간이었다. 일이 진행되는
동안 무표정한 얼굴로 하늘을 바라보던 수양이 갑자기 김생을 보
았다. 수양은 히히 소리 내어 웃으며 물었다.
 "재미난 구경을 하러 온 게로구나. 그래, 내가 내려 준 송이버섯
과 포도는 맛있게 먹었느냐?"
 "도대체 무슨 소리를 하는 게요?"
 뜻밖의 발설에 당황한 김생이 큰 소리로 외쳤지만 돌아오는 대
답은 없었다. 그럴 수밖에. 피와 살의 소리로 가득했던 마당에는
어느새 아무도 없었다. 성삼문도, 수양도, 신숙주도 없었다. 처음
부터 빈 공간이었다는 듯 나뭇잎만이 바닥에 쌓여 있었다. 상아가
김생을 불렀다.
 "이리로 오세요."
 홍과 상아는 어느새 마당 끝에 있는 또 다른 문 앞에 서 있었다.
내키지가 않았다. 또 무슨 장면이 나타나 김생의 속을 뒤집어 놓을
것인가. 김생은 발을 떼지 않았다. 지금까지 겪은 고통만으로도 충
분했다. 자신이 어떤 인간인지도 충분히 알았다. 이제 그만 금오산
실로 돌아가서 진탕 술이나 퍼마시고 싶었다. 술을 마시고 또 마셔
아예 술에 빠져 죽고 싶었다. 홍의 세계에 발을 들여놓아 정작 괴

로운 사람은 홍이 아닌 김생이었다. 한번 겪었던 고통을 되새김질하는 것은 처음보다 어려웠다. 그러니 또 다른 고통과 마주하는 일만은 무슨 수를 써서라도 피하고 싶었다. 김생은 돌아서서 밖으로 나가는 문을 열려 했다. 움직이지 않았다. 허탈한 웃음이 나왔다. 혼자서는 나갈 수조차 없는 것이다. 김생은 어쩔 수 없이 다시 돌아섰다. 홍과 상아에게로 가는데 발밑의 나뭇잎이 검은 재로 변했다. 김생은 고개를 끄덕였다. 산 자들이 죽어 나가는 현장에 섰으니 나뭇잎이 소멸하는 것쯤이야 일도 아닐 터이다. 김생은 침을 뱉고는 터덜터덜 걸어가 홍과 상아의 곁에 섰다.

17 소년이 남자가 되려면

    붉은 별들이 연속해서 그려져 있는 담장 안으로 들어가면 내가 누구인지 알 수 있을 것이라는 믿음은 나를 배반하지 않았습니다. 잔혹한 살육극 한 편을 억지로 보고 난 후 또 다른 문을 열고 들어간 곳에는 그렇게도 찾던 나의 원래 모습이 있었습니다. 그리운 모습에 나도 모르게 아, 하고 탄성을 내뱉었습니다. 지금에 비하면 한참이나 작지만 다른 이들에 비한다면 여전히 큰 덩치입니다. 그렇게 덩치가 큰 내 앞에 손바닥 두 개만 한 크기의 작은 상이 놓여 있고, 그 작은 상 위에 엄지손가락 두 개를 합한 크기의 작은 종자가 놓여 있습니다. 작은 종자 하나 덕분에 기억이 완벽하게 복원되었습니다. 내가 기억을 잃어버렸던 이유를 단번에 깨달았습니다. 주먹을 꼭 쥐고 입술을 깨물었습니다. 되살아난 기억은 차라리 잊고 있는 게 더 나을 뻔했던, 슬프고 참혹하고 씁쓸한 기억이었습니다.

작은 종자, 그것은 바로 삼촌이 보낸 사약입니다. 결국 삼촌은 나의 무례를 용서하지 못했던 것입니다. 죽은 아비를 대신해 나의 무례를 단죄하려는 것입니다. 죽은 아비가 과연 그런 식으로 나를 가르치려 했는지는 의문이지만 말입니다. 사람들이 속삭이던 말, 즉 삼촌이 무서운 남자라는 말은 사실이었습니다. 삼촌은 자신의 심기를 거스른 자를 결코 용서하지 않습니다. 원칙은 핏줄보다 강합니다. 그렇기에 조카인 내게도 냉정하게 원칙을 적용한 것입니다. 모름지기 권력자란 삼촌 같아야 하는 법입니다. 예외가 많은 원칙으로는 권력을 행사할 수 없습니다.

아! 나는 너무도 나약한 권력자였습니다. 나이가 어리다는 핑계로 변명의 담을 구름 높이까지 쌓을 수도 있겠지요. 두 눈 가득 눈물을 머금은 채 어쩔 수 없었다고 말할 수도 있겠지요. 하지만 그것은 패배한 자들의 나약한 변명일 뿐입니다. 제대로 된 남자라면 눈물과 변명을 부끄러워해야 합니다. 내가 남자라면, 그렇다면 남자답고 당당하게 권력을 지키려고 전력을 다했어야 합니다. 삼촌이 나를 탐탁지 않게 여긴다는 것은 삼척동자라도 알 수 있는 사실이었습니다. 그러므로 나는 처음부터 삼촌을 경계했어야 마땅합니다.

내 온몸이 삼촌을 경계하라고 쉴 새 없이 진언했습니다. 내가 가진 모든 것을 이용해 삼촌을 궁지에 빠뜨리라고 간곡히 호소했습니다. 일리 있는 의견이었고, 적극적으로 수용해야만 하는 의견이었습니다. 어려운 일도 아니었습니다. 번개처럼 빠르게 칼을 뽑아 온 힘을 다해 휘두르면 그만이었습니다. 팔이 아프고 마음은 공허해지겠지만 모반은 일어나지 않을 테니 말입니다. 그러나 나는 어리석은 생각에 빠져들었습니다. 삼촌은 삼촌이라는 생각이 바로 그것입니다. 아비가 없는 나에게 삼촌은 아비나 마찬가지라는 생각이 바로 그것입니다.

평범한 집안에서 나고 자랐더라면 그리 잘못된 생각만은 아니었겠지요. 그러나 불행히도 나는 왕실의 아이로 태어났습니다. 그것도 별 탈 없이 자라면 임금의 자리에 앉게 되는 세자, 즉 임금의 장자로 말입니다. 아비가 어린 나에게 명망 있는 중신들을 붙여 교육을 시킨 것은 장차 임금이 될 몸이라는 사실을 깨달으라는 의미였을 테지요.

그러나 오랜 세월의 교육도 하등 의미가 없게 되었습니다. 결국 스스로를 임금이 아닌 삼촌의 조카로 여기고 말았으니까요. 권력을 지키기 위해서는 예외가 없어야 한다는 원칙 따위, 애당초 머리에 떠올리지도 않았으니까요. 다시 사무사입니다. '사무사란 생각하는 바에 사사로움이 없는 것이니, 마음이 바름을 일컫는 것입니다. 마음이 이미 바르면 즉 모든 사물에서 바름을 얻을 것입니다.'

비명에 죽은 박팽년이 내게 들려주었던 교훈입니다.

삼촌은 혈연의 도리를 지키려 하지 않았습니다. 조카의 왕위를 지켜 준 주공이 되기를 거부하고, 내 왕위를 앗아 가려 치졸한 수작을 꾸몄습니다. 그러고도 부끄러운 줄을 몰랐습니다. 그러니까 삼촌은 사무사의 원칙을 지키지 않은 것입니다. 그렇다면 나는 어떤가요? 사무사의 원칙을 지키지 않은 것은 나 또한 마찬가지입니다. 나는 삼촌을 삼촌으로만 생각했지 내 권력의 찬탈자로는 조금도 의심하지 않았습니다. 그것은 바로 내 속에 사심이 가득했기 때문입니다. 차가운 냉정 대신 안일한 정으로 머릿속과 뱃속을 가득 채웠기 때문입니다.

사무사, 나를 아끼는 이들이 뜨거운 목소리로 진언했던 그 하나의 원칙을 결국 지키지 못했습니다. 사무사의 원칙으로 내가 무장하길 원했던 이들은 삼촌의 손에 의해 저승으로 떠나갔습니다. 그것 또한 나의 잘못입니다. 어른이 되지 못한 소년 때문에, 눈물을 참을 줄 모르는 소년 때문에, 어설픈 정으로 부질없는 생존을 도모한 소년 때문에 무고한 이들이 너무 빨리 이승을 떠나 버렸습니다. 나를 믿고 아끼던 이들이 죽었으니 나도 죽어 마땅합니다. 그렇지만 생전 처음 보는 이들에게 둘러싸여 죽고 싶지는 않았습니다. 그건 정말로 싫었습니다. 도대체 다른 방법은 없는 건가요?

내가 사약을 놓고 갈등하는 동안 내 뒤에서 밧줄을 들고 다가서는 자가 있었습니다. 이제 나는 그의 행동을 하나도 놓치지 않고 볼 수 있습니다. 이승을 떠날 때는 그렇지 못했습니다. 나는 갑작스럽게 죽음을 맞았습니다. 단번에 마실까, 마지막 유언이라도 남기고 마실까 혹은 두 손을 내저으며 거부할까, 사약을 앞에 두고 깊은 고민에 빠져 있는데 조급했던 죽음은 번개를 타고 내려와 내 육신을 점령했습니다. 밧줄에서 벗어날 수 없는데도 나는 꿈틀대고 또 꿈틀댔습니다. 지금 그 모습을 보니 발광하는 돼지와 하나 다를 바 없습니다. 차라리 한 마리 돼지였으면 더 좋았겠지요. 정성 들여 찌운 살로 사람들에게 맛있는 한 끼를 제공했을 테니 말입니다. 단말마의 비명을 지르고 죽는다는 토끼였다면 더 좋았겠지요. 더 이상 쓸데없는 소리를 내뱉지 않고 고이 이 세상을 하직했을 테니까요. 그러나 나는 돼지도 토끼도 아닌 사람이었습니다. 그것도 두려움에 질린, 품위 없고 미욱한˚ 어린애였습니다.

밧줄을 조금이라도 느슨하게 하려고 애쓰며 내가 입에 담았던 말을 똑똑히 기억합니다. 살려 달라. 죽고 싶지 않으니 제발 살려만 달라. 전에도 한 번 그 말을 한 적이 있습니다. 삼촌이 김종서와 황보인 등을 죽이고 나를 찾아왔을 때입니다. 그때도 나는 온몸을 덜덜 떨며 삼촌에게 살려 달라고 애걸했습니다.

나는 그런 사람이었습니다. 명예로운 죽음보다는 구차한 삶을 더 선호하는, 장삼이사˚보다 못한 위인이었습니다. 내가 이 세상

● 미욱하다 | 하는 짓이나 성격이 매우 어리석고 미련하다.

을 하직하는 순간을 다시 한 번 보면서 든 생각은 그것 하나였습니다. 나는 못난 놈이었던 것입니다. 말로만 남자를 외쳤지 실은 눈물과 두려움 속에 묻혀 사는 어린아이였던 것입니다.

마지막으로 바닥에 축 처지는 내 몸을 본 김생이 내 곁에서 사라졌습니다. 그는 더 이상 견딜 수가 없었나 봅니다. 나는 상아를 보며 고개를 저었습니다. 이 비굴한 현장에서 나가 달라는 뜻이었습니다. 상아는 오히려 내 손을 꼭 잡았습니다. 내가 다시 고개를 젓자 상아가 노래를 부르기 시작했습니다.

'비 그친 긴 둑에는 풀빛이 가득하고요, 남포항에서 임 보내는 구슬픈 노래는 내 마음을 흔든답니다.'

노래는 여전히 아름다웠습니다. 그러나 상아는 사람을 잘못 골랐습니다. 나는 아름다운 노래를 향유할 자격이 없는 사람입니다. 덩치 큰 나는 그 덩치만큼이나 어리석고 비굴했습니다. 그것이 살아생전의 마지막 모습이었고 지금도 별반 다르지 않습니다. 은폐되었던 내 꿈이 말하고자 했던 것을 비로소 알았습니다. 나는 눈물을 쏟았습니다. 이제 내겐 부끄러움이 없습니다. 나는 남자가 아니라 어린아이에 지나지 않으니까요. 어린아이로 죽어서 앞으로도 영원히 어린아이일 테니까요. 나는 상아의 손을 놓았습니다.

- 장삼이사(張三李四) | 장씨의 셋째 아들과 이씨의 넷째 아들이라는 뜻으로 극히 평범한 사람을 이르는 말.

18 김생, 스스로 무너지다

두 개의 달이 뜨기라도 한 것처럼 유달리 밝은 밤이었다. 고요하게 부는 바람은 무성한 잎을 자랑하는 나무들을 살며시 흔들었고, 나뭇가지에 앉은 부엉이는 나른한 울음으로 맞받아쳤다. 마을 어귀에서는 개가 짖었고, 그 사이로 아이들이 까르르 웃는 소리가 끼어들었다. 가을밤의 하늘과 땅은 온통 생기로 가득했다.

앞장서서 걷는 홍은 내내 아무 말도 하지 않았다. 그의 뒤를 따르는 상아와 김생 또한 마찬가지였다. 하고 싶은 말이 없지는 않았다. 반대로 하고 싶은 말이 너무도 많았다. 그러나 입을 열려고만 하면 도무지 정리가 안 되었다. 말할 때 주저하는 법이 없는 김생이었지만 마음속의 갖가지 목소리들이 서로 먼저 말하겠다며 마구잡이로 달려드는 경험은 처음이었다. 김생은 목소리들의 조율을 시도하다 결국 두 손을 들었고, 그 결과 본의 아니게 침묵을 선택하게 되었다. 입을 다물기로 마음먹은 뒤 김생은 일부러 홍과 상아에게서 조금 떨어져 걸었다. 홍을 보기 위해서였다. 홍은 상아와 김생이 잘 따라오고 있나 확인이라도 하듯 가끔씩 뒤를 돌아보았다. 김생은 그때를 놓치지 않고 홍의 관상을 살피고는 속으로 감탄했다.

'과연 세종 임금님의 판박이로군. 이목구비가 큼직큼직하고 귓불이 축 늘어진 것이 영락없는 임금의 상이야. 참으로 어리석도다. 코앞에서 마주했으면서도 왜 그것 하나 눈치를 못 챘을꼬?'

홍이라는 이름은 그가 노산군이라는 결정적인 증거였다. 홍은 '홍'이 아니라 '홍위(弘暐)'였다. 홍위는 바로 노산군의 이름이다. 과거를 잊은 홍은 자신의 이름을 홍위가 아닌 홍으로 들었던 것이다. 그러나 눈치를 못 챌 수밖에 없는 일이었다. 이미 죽은 상왕 노산군을 이승에서 다시 만나게 될 줄 누가 생각이나 했겠는가? 사람들은 김생더러 광인이라 했고, 김생 또한 사람들의 그러한 평가에 어느 정도는 수긍했다. 그러나 귀신의 존재를 태연히 인정할 만큼 정신이 온전치 못하다는 의미는 아니었다.

사실, 노산군의 귀신을 만난 것은 아무래도 좋았다. 중요한 의문은 노산군의 귀신이 왜 이제 와서 김생 앞에 나타났는가 하는 것이었다. 숙고할 필요도 없었다. 답은 뻔했다. 자신이 서울에서 저

질렸던 온갖 수치스러운 일, 바로 그것이 문제일 터이다. 그것 말고 다른 이유는 생각할 수 없었다. 그렇게 생각하니 차라리 마음이 편해졌다. 이미 구차해질 대로 구차해져 버린 인생이었다. 마른 우물의 밑바닥까지 내려온 인생이었다. 곧 물이 차오를 것이다. 우물은 깊고 깊어 어차피 김생의 힘으로는 벗어날 수도 없을 터이다. 그러니 이쯤에서 이승을 하직하는 것도 하나의 답이 되리라. 더러운 목숨을 연명하기보다는 노산군이 염라왕으로 있는 저승에서 그동안 저지른 악행에 대한 심판을 받는 편이 나으리라는 게 김생의 솔직한 생각이었다. 죗값을 치르면 차라리 떳떳해질 테니.

상아의 집 앞에 파주댁이 서 있었다. 파주댁이 상아를 붙잡고 안도의 한숨을 내쉰 뒤 잇달아 질문을 쏟아 냈다.

"아무 일도 없었니? 어디 아픈 곳은 없지? 기분이 이상하거나 그렇지도 않고?"

상아는 고개를 저으며 웃음을 보였다. 그러고는 손을 빼더니 홍을 바라보며 말했다.

"임금님께서 많이 힘드셨을 거예요. 몹시 고통스러운 광경을 보셔야 했거든요."

"임금님?"

"걸려도 제대로 걸렸소. 바로 노산군의…… 귀신이라오."

김생은 농처럼 말하려 애썼지만 말투는 잔뜩 굳어 있었다. 그 바람에 귀신이라는 말을 더 강조하는 꼴이 되고 말았다. 파주댁의 입

술이 가볍게 떨렸다. 파주댁은 입술을 감쳐물고는 입을 열었다.

"내 딸 상아한테 아무런 해도 없다면 저분이 염라왕이건 임금님이건 아무 상관도 없어."

잠깐 사이 파주댁은 원래의 모습을 되찾았다. 김생은 내심 감탄하며 말했다.

"그거라면 안심해도 될 게요. 돌아가는 꼴을 보니 저분은 나 때문에 온 것 같소."

상아가 무슨 말인가를 하려는데 홍이 중간에 끼어들었다.

"안으로 들어가시지요. 할 말이 있습니다."

"저도 할 말이 있어요."

상아의 말이었다. 평소보다 열 배는 커진 목소리에 김생은 깜짝 놀랐다. 아무튼 각자의 이야기를 위해서라도 안으로 들어가기는 해야 했다.

파주댁이 술상을 차려 왔다. 모두들 할 말이 있다고 했으나 먼저 입을 여는 사람은 없었다. 김생과 홍은 경쟁이라도 하듯 술잔을 빠르게 비웠다. 그러나 조금의 취기도 오르지 않았다. 물인지 술인지 구분하기도 힘들 정도였다. 그렇다고 멈출 수도 없었다. 무엇이 되었건 입 안에 넣고 배 속을 채워야 앞으로의 시간을 견뎌 낼 수 있을 것 같았다. 마침내 홍이 술잔을 내려놓고 몸을 꼿꼿이 세웠다. 김생 또한 술잔을 내려놓고 주먹에 힘을 주었다. 홍이 천천히 입을 열었다.

"오늘 나는 비로소 기억을 되찾았습니다. 두 분의 도움이 없었다면 불가능했을 것입니다. 다만 눈에 담지 못할 참담한 광경을 보게 해서…… 무척이나 미안합니다."

또다시 침묵이 흘렀다. 피와 살의 소리가 귓선까지 다가왔다 멀어졌다. 다시 떠올리기만 해도 가슴이 아파 왔다. 김생의 목구멍 근처에서 사라졌던 백화사가 치를 떨며 내장을 깨무는 기분이었다. 김생은 복부를 세게 누르며 홍을 보았다. 새삼 홍이 대단하게 느껴졌다. 자신의 아픔, 결국은 죽음으로 이어졌던 그 아픔과 마주하는 것은 쉬운 일이 아니었을 터였다. 홍의 나이 고작 열일곱이다. 특별한 교육을 받았다고는 하나 스물도 되지 않은 청년이다. 그럼에도 홍은 자신의 아픔을 혼자서 감내하고 찬찬히 돌아보는 수준에 도달해 있었다. 홍이 조금만 더 오래 임금 자리에 있었더라면 할아버지 못지않은 훌륭한 임금이 되지 않았을까. 김생의 마음이 착잡해졌다.

사라져 버린 가능성을 떠올리는 것만큼 무기력한 일은 없다. 그 무기력함에 대해서는 거의 전문가 수준에 도달한 사람이 바로 김생이었다. 사람들은 김생을 본명 대신 오세신동이라는 특별한 호칭으로 불렀다. 김생 또한 그 호칭을 즐겼다. 오세신동은 김생의 과거를 한마디로 요약해 주는 호칭이었고, 곧 다가올 성공적인 미래에 대한 확신을 담은 호칭이었다. 김생 역시 자신의 성공을 조금도 의심하지 않았다. 과거에 급제해 출사*만 한다면 김생은 만고에 이름을 날릴 훌륭한 인물이 될 게 분명했다. 그러나 김생은 과거에 급제하지 못했다. 오세신동의 신화는 한순간에 신기루가 되었다. 김생은 큰 충격을 받았다. 김생은 충격을 완화시키기 위해 사실 과거에 급제할 생각 따위 없었다고 떠벌렸다. 사람들은 그의 말을 믿었다. 그러나 스스로는 자신의 변명을 믿지 않았다. 그는 누구보다 과거 급제를 원했지만 떨어지고 만 것이다. 김생은 방랑길에 나선 뒤에야 비로소 그 사실을 인정하게 되었다. 현실을 인정하자 오세신동에 대한 인식도 달라졌다. 오세신동은 완벽했던 과거와 성공적인 미래를 뜻하는 호칭이 아니었다. 그것은 김생의 삶의 정점이 '오세'였음을 알려 줄 뿐이었다. 그렇기에 그 이후의 삶은 당연히 내리막길이었다. 그러므로 김생의 삶은 언덕을 내려가면서 정점을 돌아보는 것이었다. 가파른 내리막길도 아니어서 정점은 결코 시야에서 사라지는 법이 없었다. 언제든 뒤돌아서면 정점에 오를 수 있을 것만 같은 기분. 그 가능성의 함정이 김생의 삶을 더 괴롭혔고 광기에 몸을 맡겨 버리도록 충동질했다.

   사라져 버린 가능성이란 그렇게 위험한 생물이었다. 생각조차 않는 것이 놈에게 당하지 않는 유일한 방법이었다. 그럼에도 홍을 보고 있노라면 그 사라져 버린 가능성을 떠올리지 않을 수가 없

- 출사(出謝) | 조선 시대에 새로 임명된 관리가 대궐에 나와 임금과 대신에게 감사를 표하던 일.

었다. 수양이 아닌 홍이 다스리는 세상은 과연 어떻게 전개되었을까? 공맹*의 기치 아래 선비들이 나라의 공의를 위해 일하며, 아버지와 아들, 선생과 제자는 존경과 사랑으로 서로를 밀어주고 끌어 주었을까? 저잣거리에는 태평가가 울려 퍼지고, 국경에는 살찐 노루 떼만이 평화롭게 뛰어다녔을까? 도대체 어떤 세상이 되었을까? 침묵을 깬 것은 파주댁이었다.

"하나 묻고 싶은 게 있습니다. 그럼 하필 왜 이곳에 오셨는지도 알게 되셨는지요?"

홍이 잠시 머뭇거리다 대답했다.

"잘은 모르겠지만 겸손을 배우기 위함이 아닌가 싶습니다. 나는 훌륭한 왕이 아니었습니다. 골육상쟁을 막지 못했고, 충신들까지도 죽음으로 내몰았습니다. 그저 눈물 많고 비굴한 소년에 불과했던 것입니다. 그런 내가 어쩌다 염라왕이 되었는지······. 고통의 현장을 다시 한 번 목도한 것, 그것은 아마도 어리석었던 전철을 반복하지 말라는 뜨거운 경고가 아니었나 싶습니다."

훌륭한 임금이 될 기회가 홍에게 있기라도 했던 것일까? 홍은 자신을 탓했지만 수양은 너무도 강한 상대였다. 수양이 홍의 권력에 욕심낸 이상 수양을 막을 수 있는 이는 아무도 없었다. 그럼에도 홍은 수양을 비난하지 않았다. 비난하기는커녕 모두 자신의 탓

● 공맹(孔孟) | 공자와 맹자를 아울러 이르는 말.

으로 돌리고 있었다. 홍은 눈물 많고 비굴한 소년이 아니었다. 하늘의 뜻을 위임받은 제왕의 풍모가 어울리는, 다 자란 어른이었다. 홍이 다스리는 나라에서 살지 못한 것이 다시 한 번 안타까워졌다. 김생의 가슴에서 뜨거운 기운이 솟아올랐다. 더 이상은 참을 수 없다. 서울에서 저지른 일을 고백해야만 한다. 김생이 고개를 숙이고 엎드렸다.

"사죄드릴 것이 있습니다."

"저도 드릴 말씀이 있어요."

또다시 상아였다. 홍은 상아와 김생을 번갈아 보다가 결정을 내렸다.

"나도 낭자의 말이 듣고 싶습니다. 하지만 김 공의 사정이 훨씬 절박해 보이니 우선은 김 공의 말부터 듣는 것이 좋을 듯합니다."

상아는 얼굴을 잔뜩 붉힌 채 나지막이 한숨을 쉬었다. 한 걸음 뒤로 물러났지만 얼굴에는 아쉬움이 가득했다. 김생이 품속에서 세종 임금의 친필을 꺼내 홍에게 건넸다. 홍은 고개를 끄덕이고는 그 물건을 자신의 품속에 넣었다. 김생이 천천히 입을 열었다.

"저의 어리석은 행동을 고백하려면 이 년 전으로 거슬러 올라가야 합니다. 이 년 전, 저는 책을 사러 서울에 올라갔습니다. 아닙니다. 다시 말씀드려야겠군요. 단순히 책을 사러 갔던 것은 아닙니다. 저는 제가 지은 『유호남록』을 가지고 올라갔습니다. 누군가를 염두에 두었던 것은 아닙니다. 단지 그것을 가져가면 서울에서 지내는 데 작은 도움이라도 받을 수 있지 않을까 하는 마음이었습니다. 서울에 올라간 저는 의외의 인물을 만났습니다. 바로 이파였습니다. 한때 저의 스승이었으나 수양의 편에 섬으로써 변절자의 길을 가고 만 이계전의 아들입니다. 촉망받는 관료의 길을 걷고 있던 이파는 제가 서울에 온 것을 어떻게 알았는지 저를 찾아와서는 뜻밖의 제안을 했습니다."

*

이파는 효령 대군을 만나게 해 주겠다고 제안했다. 효령 대군이 누구인가. 세종 임금의 형이자 임금인 수양의 큰아버지가 아니던가. 거리끼는 점이 없지는 않았다. 효령 대군은 수양이 노산군의 왕위를 찬탈할 때 아무런 목소리도 내지 않았다. 침묵은 곧 용인이었으니 사실상 수양의 편에 선 것이다. 절의로 본다면 만나지 않아야 했으나 김생의 마음에서는 다른 목소리가 들려왔다.
'딱히 누구의 편을 들 수 없는 형편이지 않았겠는가.'
경건한 생활을 하면서 불교에만 몰두한다는 소문도 거부감을 줄이는 데 한몫했다. 실제로는 굉장히 탐욕스럽다는 소문도 함께 돌았지만 김생은 자신의 마음에 들지 않는 정보를 과감히 무시해 버렸다.
실제로 만나 보니 효령 대군은 세종 임금의 형답게 무척이나 솔직하고 소탈한 사람이었다. 효령 대군은 빙빙 돌리지 않고 곧바로 본론을 꺼내 들었다. 수양에게는 김생과 같은 이가 꼭 필요하니 우선은 자신이 주관하는 『법화경』 언해* 사업에 함께해 달라고 부탁해 왔다. 갑작스럽기도 하고 위험하기도 한 제안이었다. 어찌 되었건 수양을 위해 일할 생각은 없었다. 그것은 단순히 효령 대군을 만나는 것과는 차원이 다른 일이었다. 완곡하게 거절하려는데 효령 대군이 김생의 정곡을 찔러 왔다. 언해 사업에 참여하면 수양에게 부탁해 도첩*을 받도록 해 주겠다는 것이었다. 도첩을 받으면 신분상 완전한 중이 되니 원하는 대로 떠돌 수도 있고, 행동이 좀 더 자유로워질 터였다. 수양을 위해 일하는 것이 아니라 수양의 손을 빌려 자유를 얻는 것뿐이다. 김생은 『법화경』 언해 사업에만 참여하겠다는 대답으로 효령 대군의 제안을 사실상 수락했다.

  하지만 결과적으로 김생은 도첩을 받지 못했다. 궁궐 근처 내불당에 머물면서 언해 일을 시작한 지 사오일이 지났을 무렵, 음식을 들고 내시가 찾아왔다. 송이버섯과 포도, 율무와 팥배였다. 태조와 태종 임금의 위패가 모셔진 문소전에 드리고 남은 것들이라 했다. 수양 자신도 아직 먹지 않은 음식을 언해 사업에 참여한 이들에게 보내는 정성이 놀랍고도 무서웠다. 역시 단순한 언해 사업으로만

- 언해(諺解) | 한문으로 쓰인 글을 한글로 풀어서 쓰는 일.
- 도첩(度牒) | 고려와 조선 시대에 나라에서 승려에게 내주던 신분증.

끝날 일은 아니었다. 이후의 수순은 분명 수양과 만나는 것일 터. 김생은 며칠 더 머물면서 언해 사업을 어느 정도 끝내고는 내불당을 떠났다. 말없이 떠나면 혹시라도 오해받을까 싶어 수양에게 바치는 시 몇 편을 써 놓고 나왔다. 후기에는 수양의 불경 언해 사업에 대한 칭찬도 적었다.

우리 군주는 문치와 무공이 연대의 제왕보다 뛰어나며, 정무를 보시는 여가에 백성을 제도할* 목적으로 직접 불경을 번역해서 교육시키려고 하시니, 참으로 천고의 제왕 가운데 다시 듣지 못할 업적을 이루었다.

김생은 그 글이 진심에서 나온 것은 아니라고 굳게 믿었다. 자신을 소개시켜 준 효령 대군에게 괜한 폐를 끼치는 게 싫어 썼을 뿐이지 다른 의미는 없다고 생각했다.

다시 경주로 내려온 김생은 전과 같은 생활을 반복했다. 생활이라 말하기도 좀 그러했다. 경주 곳곳을 방랑하다가 이경준이나 김진문을 만나 만취하는 것이 전부였으니. 전과 달라진 점이 있다면 주정이 늘고 기물을 부수는 일이 잦아졌다는 것뿐이었다.

● 제도(濟度)하다 | 갈팡질팡 헤매며 생사만을 되풀이하는 중생을 생사 없는 열반의 언덕에 이르게 하다.

일 년여를 그러고 나자 김생도 진이 빠져 버렸다. 어느 날 김생은 맥을 놓고 있다가 무심코 내뱉은 말에 스스로 화들짝 놀라고 말았다.

"그 사람들이 뭐가 아쉬워 나를 부르겠나?"

김생은 정신이 번쩍 들었다. 그러니까 지난 일 년 동안의 지독한 방황, 그 이면에 효령 대군이 늘 자리하고 있었던 것이다. 새봄이 되자 김생은 금오산실을 지었다. 두세 사람이 들어가면 꽉 차는 좁은 공간이지만 아무런 문제가 되지 않았다. 처음에는 홀로 지내는 것이 꽤나 버거웠지만 파주댁과 상아 덕에 그럭저럭 꾸려 갈 수 있게 되었다. 새집살이에 익숙해질 무렵 효령 대군의 전령이 말 한 필을 끌고 김생의 집 앞에 나타났다. 효령 대군의 전갈은 다음과 같았다.

'성상께서 옛 흥복사를 중수하여 원각사라 명명하고 낙성회를 열기로 했소. 성상께 선사*를 추천하였더니 꼭 참석하게 하라는 명령을 내렸소. 그러니 산중이나 계곡에서 먹고 마시려는 마음을 고쳐먹고 꼭 참석하시길 바라오.'

김생은 잠시 고민하다 혼자서 이렇게 중얼거렸다.

"좋은 모임은 늘 있는 것이 아니며, 번창하는 세대는 만나기 어려운 것이다. 달려가 치하하고 곧 돌아와 여생을 마치리라."

● 선사(禪師) | 승려를 높여서 부르는 말.

걸리는 게 한 가지 있기는 했다. 전날 꿈에서 현릉*의 송백을 보았던 것이다. 우연으로 치부하기에는 꽤나 마음에 걸리는 꿈이었다. 그러나 고민의 시간은 길지 않았다. 자신은 문종을 배반하는 것이 아니다. 좋은 모임에 달려기 치히하고 곧바로 돌아온다. 그저 그뿐이었다.

원각사는 장엄했고, 낙성회는 성대했다. 효령 대군은 아예 김생 옆에 자리 잡고 앉아서는 이렇게 좋은 날 시 한 수 없어서 되겠느냐고 김생을 넌지시 압박했다. 끼니 때우는 것보다 쉬운 일이 시 짓는 일이다. 효령 대군의 부탁을 거절할 이유도 없다. 그래서 머릿속에 떠오르는 말들을 되는대로 조합해 시를 한 수 지었다.

> 절터가 처음엔 시가에 버려졌는데
> 임금의 큰 계획으로 몇만 년은 가게 됐네
> ……
> 피어오르는 향연은 임금의 수레 따라가고
> 상서로운 기운이 연이어 부처를 감싸네

관료들이 차례로 나서 수양을 치하했다. 효령 대군이 감격의 눈물을 쏟았다. 김생의 속은 부글부글 끓었다. 관료들 중에는 정인

● 현릉(顯陵) | 경기도 구리시에 있는 조선 5대 왕 문종과 왕비 현덕 왕후의 무덤.

지도 있었고, 신숙주도 있었고, 이파도 있었다. 정인지와 신숙주는 세종 임금의 사랑을 한 몸에 받은 관료들이다. 그런 그들이 태평성대를 치하하며 수양에게 고개를 숙였다. 이파도 볼 때마다 그 아비 이계전이 떠올라 참기 힘들었다. 한때 진심으로 존경했던 이계전의 변절로 받은 상처는 나이가 들어도 좀처럼 아물지 않았다. 지금 이 자리의 자신과 이계전이 뭐가 그리 다르냐는 비아냥의 목소리도 슬그머니 고개를 들었다. 그는 그 목소리의 정수리를 밟아 숨통을 끊어 버렸다. 자신은 좋은 모임에 잠시 참석한 것뿐이다. 바닥에 닿도록 고개를 숙이고 박자도 맞지 않는 춤을 추며 수양에게 투항한 이계전과는 전혀 다르다고 굳게 믿었다.

효령 대군은 김생에게 또 다른 시를 청했다. 그 또한 어렵지 않은 부탁이었다. 김생은 마음을 다잡고 시를 썼다. 오늘만큼은 자신의 분노보다 효령 대군의 감격을 우선하기로 했다. 그것이 좋은 모임에 객으로 참가한 이의 도리였다.

    모든 정치 다스리고 불교도 숭상하니
    모든 관리들 비로소 태평성대를 축하하네
    부처가 관찰함은 눈 깜짝하는 듯
    우리 임금의 수명은 억만년을 누리리

치하를 받았으니 임금이 베풀 차례였다. 배포 큰 임금 수양은 사면령을 내렸다. 김생에게도 선물이 떨어졌다. 드디어 도첩을 받게 된 것이다. 원하던 물건을 얻기는 했으나 막상 심사가 그리 편하지만은 않았다. 자유를 원했으나 오히려 새장 속에 갇힌 느낌이었다. 김생은 속으로 중얼거렸다. '나는 중인가, 도학*의 신봉자인가?' 효령 대군의 시선이 김생을 향했다. 김생은 즉각 새로운 시를 써 내려갔다.

임금의 은혜는 말로 표현하기 어려워라
경사스러운 모임에 화축* 함을 만나서
우리 임금 복록을 천만년 누리소서

효령 대군이 괜히 김생에게 시를 요구한 것은 아니었다. 효령 대군은 원각사 찬시까지 받아 가더니 낙성회 이튿날 원각사에 머무는 김생을 다시 찾았다. 효령 대군이 자리에 앉자마자 꺼내 보인 것은 수양의 편지였다.
'이 찬시는 매우 훌륭합니다. 곧 그를 볼 터이니 그때까지 절에 머물러 있게 하십시오.'
김생은 몹시 당황했다. 수양에게 받는 찬사라니, 생각도 못 해

- 도학(道學) | 유교 도덕에 관한 학문.
- 화축(華祝) | 화봉삼축(華封三祝)의 줄임말. 중국 전설에서 유래한 말로 임금에게 경축의 인사말을 올릴 때 자주 사용했다.

본 일이었다. 자리를 박차고 일어나야 마땅했다. 그러나 김생의 몸은 꿈쩍도 하지 않았다. 곧바로 마음속에서 다른 소리가 들려왔다.

'정말로 임금을 볼 생각이 없었느냐?'

김생은 쉽게 고개 젓지 못했다. 효령 대군과 수양의 사이가 무척이나 돈독하다는 것은 산골짜기의 삼척동자라도 아는 사실이다. 김생이 그 점을 미처 몰랐다고 한다면 그것은 자신을 속이는 변명이었다. 김생은 주먹을 움켜쥐고 마음속 소리를 지웠다. 그러고는 자신이 서울에 온 목적을 다시 한 번 떠올렸다.

'좋은 모임은 늘 있는 것이 아니며, 번창하는 세대는 만나기 어려운 것이다. 달려가 치하하고 곧 돌아와 여생을 마치리라.'

효령 대군이 떠난 뒤 김생은 곧바로 짐을 싸서 원각사를 나왔다. 효령 대군에게 편지 한 통을 남겨 자신의 결심을 알렸다.

'구중궁궐* 임금 은혜를 처음으로 입게 되니 가시나무가 어떻게 상서 구름을 감당하겠습니까? 임금의 은혜는 지극히 흡족하나 고질이 된 신의 병은 고치기가 어렵습니다. 새벽녘 나그네의 꽃다운 꿈은 돌아가고 싶은 마음으로 어지러울 뿐입니다.'

하직 편지까지 썼으니 이제 서울을 떠나면 끝이었다. 그럼에도 마음이 개운하기는커녕 어지러웠다. 마음이 어지러운 김생은 책

● 구중궁궐(九重宮闕) | 문으로 겹겹이 막은 깊은 궁궐이라는 뜻으로 임금이 있는 대궐 안을 이르는 말.

몇 권을 사기로 했다. 갈피를 못 잡는 김생에게 이정표가 되어 줄 『맹자』, 『성리대전』, 『자치통감』과 같은 책들이었다. 새로 산 책들을 안고 서울을 떠난 지 얼마 되지 않아 수양의 전령이 뒤쫓아 왔다. 전갈을 펼쳐 보는 김생의 손이 떨렸다. 속히 귀환하라는 명령이 쓰여 있었다. 김생은 전령에게 잠시 기다리라고 한 뒤 편지 한 통을 써서 그의 손에 쥐어 주었다. 완곡한 거절을 담은 편지였다.

'소신은 이미 은퇴하여 금오산에서 조용하게 지내는 것을 마음 편히 여기고 있었는데, 홀연히 효령 대군의 편지를 받고 겸하여 성상의 유지까지 받게 되었습니다. 그래서 감히 질병만을 이유로 거절할 수가 없어서 즉시 달려와 성대한 모임을 치하하였던 것입니다. 이제는 낙성회도 끝이 났으므로 미련 없이 떠나려 하는데 다시 소명을 받게 되어 황공하기 이를 데 없습니다……. 그러나 예에 따라 받는 은혜는 이미 소신의 분수에 지나치며, 질병이 든 몸인데 어찌 억지로 행동할 수가 있겠습니까? 그래서 감히 하명을 받들지 못하고 부축받으며 길을 떠나 지금 절반쯤 왔습니다. 엎드려 바라건대, 영원히 떠난 엄광●의 굽힐 줄 모르는 절개를 인정하시고, 회련●처럼 한가하게 지내라는 조칙을 받게 해 주시며, 자비로운 은혜

- 엄광(嚴光) | 중국 후한 때의 사람으로 고결의 표본으로 추앙받고 있다. 친구인 광무제의 부름을 한사코 거부하고 낚시를 즐기며 지냈다고 한다.
- 회련(懷璉) | 고려의 승려. 초청받아 건너간 송나라에서 황제의 총애를 받았다. 황제에게 노년을 산중에서 보내게 해 달라 청하여 어렵사리 허락받았다고 한다.

를 베푸시어 산야에 버려져 있게 해 주십시오.'

이제는 돌아가는 일만 남았을 뿐이었다. 금오산실에서 여생을 마치는 일만이 남았을 뿐이었다. 시원한 술과 따뜻한 차로 지친 마음을 다독이는 일만이 남았을 뿐이었다. 그러다 괴로우면 이경준이나 김진문을 찾아 술로 밤을 지새우는 일만이 남았을 뿐이었다. 그러나 김생은 돌아가지 않았다. 김생은 다시 서울로 발걸음을 돌렸다. 김생이 찾아간 곳은 바로 이파의 집이었다.

이파는 김생을 보고도 전혀 놀라지 않았다. 김생의 방문을 예상이라도 한 듯 행동 하나하나가 너무도 자연스러웠다. 김생의 온몸이 경고해 댔다.

'조심하게나. 이파는 만만한 인간이 아니야.'

김생 또한 그 점을 모르지 않았다. 어릴 적부터 동문수학하지 않았던가. 김생은 짐짓 너스레를 떨었다.

"경주 남쪽에 집을 하나 지었네. 거기서 늙도록 살다가 죽을 생각이라네. 자네의 뛰어난 시재를 발휘해 기념하는 시를 하나 지어 주게나."

이파가 노골적으로 이죽거렸다.

"오세신동인 자네에게 내가 시를 지어 주다니. 세상이 참으로 많이 바뀌었네."

김생은 허허 웃음으로 대답을 대신했다. 이파가 시를 마무리 짓고는 김생에게 넘겨주며 물었다.

"어떤가? 오세신동의 마음에 쏙 드는가?"

일부러 사용하는 것이 분명한 오세신동이라는 말이 계속해서 귀에 거슬렸다. 이파의 시를 보니 한숨이 저절로 나왔다. 그대로 찢어 버리고 싶은 졸렬한 시였다. 이파의 실력이 그 정도인지 김생을 우습게 보고 일부러 그런 것인지 분간이 안 갔다. 김생은 마음에도 없는 대답을 했다. 어차피 시를 받으려고 이파를 찾은 것은 아니었으므로.

"마음에 드네. 자네 솜씨는 여전하군."

"칭찬인가?"

"그냥 그렇다는 말일세."

"알겠네. 그건 그렇고 주상의 명을 거절했다면서?"

"거절이 아닐세. 나야 어차피 돌아가야 할 사람이니까."

"허허, 아무튼 대단하네."

"대단하기는 무슨……."

"서울을 떠나지 말고 기다려 보게. 내가 주상에게 말씀드리겠네. 주상께서 곧 새 전갈을 보내실 것이네."

이파가 곧장 본론으로 들어가 준 덕에 시에 대한 이야기를 더 이상 안 해도 되는 것이 그나마 다행이었다. 괜히 목울대가 뜨거워진 김생은 술잔을 비우고 슬며시 화제를 돌렸다.

"자네는 잘 지내고 있는 게지?"

"잘 지내지 못할 것이 뭐가 있겠는가? 눈코 뜰 새 없이 바쁜 터라 풍류를 못 즐기는 게 안타까울 뿐이네."

김생은 뭐라 답할 말이 없어 방 안을 두리번거렸다. 그림 한 점이 눈에 들어왔다. 대나무와 고목을 함께 그린 그림이었다.

"저 그림은 무엇인가?"

"「유황고목도」라는 것이네. 원의 화가 가구사의 그림을 모사한 것이지. 고아한 맛이 있어서 내 즐겨 감상한다네."

김생은 가슴이 덜컥 내려앉는 듯했다. 대나무는 가늘면서도 꿋꿋했고, 고목은 앙상하되 죽지 않았다. 모진 세월을 몸으로 견뎌 낸 성숙한 존재들만이 보여 주는 아름다움을 훌륭히 그려 낸 그림이었다.

"그림을 보았으니 시나 한 수 지어 주게. 「유황고목도」에 자네의 시가 더해지면 그야말로 금상첨화일 테니."

이번에도 김생은 주저하지 않고 붓을 들어 시를 써 내려갔다.

> 진 왕실 쇠하여 법도 무너지자
> 풍류 높은 선비들 청담을 숭상한 것을
> 또 못 보았나
> 전국 시대 군웅들 다투어 형정*이 무너지자
> 칠원의 오만한 관리 장자가 골계*를 말한 것을

● 형정(刑政) | 정치와 형벌을 아울러 이르는 말.

어떤 이는 소탈하여 죽림에서 노닐고
어떤 이는 고목 같은 생활로 마음을 죽은 재에 비겼지
옛사람은 아득해서 다시 일어날 수 없거늘
공연히 천 년 뒤 역사책에 일화를 남겼구나

이파는 만족스러운 듯 연신 고개를 끄덕였고, 김생은 허허 따라 웃어 주다가 밤이 깊어서야 이파의 집에서 빠져나왔다. 더 머무를 수 없어 나오기는 했으나 갈 곳도 없었다. 김생은 가까운 절간을 찾아 하룻밤 머물기로 했다. 입에서 자조 섞인 말이 흘러나왔다.
"절간과의 인연이 참으로 길기도 하구나."

*

"그날 밤에……."
이야기를 이어 가던 김생이 머뭇거렸다. 짧지 않은 침묵이 이어졌지만 아무도 끼어들지 않았다. 할 말이 있다던 상아마저도 몸을 앞으로 기울인 채 김생의 말을 기다렸다. 김생은 술을 마시고 목청을 가다듬더니 다시 이야기를 이어 갔다.
"그날 밤에 금오산실을 생각했습니다. 대밭을 생각했습니다. 누

● 골계(滑稽) | 익살을 부리는 가운데 어떤 교훈을 주는 일.

추한 산실보다, 뜻 없이 부는 바람보다 못한 나를 생각했습니다. 그게 나라고 생각했습니다. 그러고는 제사를 올렸습니다. 술 한 잔과 세종 임금의 글씨를 놓고 제사를 올렸습니다."

"'물 맑고 산 깊고 달도 중천에 올랐도다. 오르내리시는 임금님 영혼이 내림하셨네.' 내 들은 기억이 있습니다. 누가 그리 내 애간장을 녹인 축문을 지었나 했더니 바로 공이었군요."

홍이 축문의 일부를 읊으며 말했다. 김생은 고개를 떨어뜨리고 눈물을 흘렸다. 김생이 소맷부리로 눈물을 훔치며 말을 이었다.

"제가 그날 밤 제사를 올린 이유를 짐작하시겠습니까?"

대답할 틈도 안 주고 김생이 울먹이며 말했다.

"그것은 바로 제가 임금님께 올리는 마지막 제사였습니다. 다시는 임금님을 생각하지 않으리라는 모진 결심 끝에 나온 행동이었단 말입니다. 사람들은 저를 보며 절의니 어쩌니 이야기하지만 다 헛소리입니다. 저는 그런 사람이 못 됩니다. 임금님께서 여기에 오신 이유를 저는 잘 압니다. 저같이 돼먹지 않은 인간을 데려가려 오셨겠지요. 저는 벌받을 준비가 다 되었습니다. 그러니 어서……."

"벌이라니, 도대체 무슨 소리를 하는 것입니까?"

"저는 죽어 마땅합니다."

"내 묻고 싶은 게 하나 있습니다. 삼촌에게서 연락이 왔습니까?"

"연락은 오기는요. 수양이 저 따위에게 연연할 이유가 있겠습니까? 저에게 편지를 보낸 사실도 까맣게 잊었겠지요. 그것은 그저 저에게 모욕을 주려는 이파의 수작이었습니다. 그 뒤로도 몇 번 더 이파를 찾아갔지만 그자는 계속해서 조금만 더 기다리라고 했습니다. 그 밀이 저를 놀려 먹는 거짓말이라는 것을 한참이 지나서야 깨달았습니다. 저란 놈은 그렇게 미욱합니다.”

"그랬으면 됐습니다. 설령 삼촌이 연락을 했더라도 공이 응하지 않았을 것이고요.”

"그렇지가…….”

"내 말 들어 보십시오. 그리고 그 제사만 해도 결코 마지막 제사라 단언할 수는 없습니다. 앞으로도 살아갈 날이 많고도 많지 않습니까. 그러니 자책하지 마십시오. 게다가 어쩐지 내가 공 때문에 이승에 온 것 같지는 않습니다.”

그러나 김생은 이미 우물 속에 갇혔다. 이파에게서 받은 수모가 검붉은 부끄러움이 되어 김생의 정신을 점령했다. 죽는 순간에도 꿋꿋했던 성삼문과 박팽년, 이개 등이 떠올랐다. 그 순간, 염라국에서 봤던 검은 그림자들이 나타나더니 일제히 김생을 바라보았다.

'자신을 해하는 일은 이제 그만두게나.'

그제야 김생은 깨달았다. 자신의 주변을 맴돌던 검은 그림자들은 바로 그날 죽은 노산군의 충신들이었다. 웃음소리 또한 들려왔다. 수양이 호탕하게 웃으며 물었다.

'그래, 내가 내려 준 송이버섯과 포도는 맛있게 먹었느냐?'

수양의 웃음소리는 더욱 커져 마침내 방 안을 가득 채웠다. 들리는 것은 온통 수양의 웃음소리뿐이었다. 김생은 눈을 감았다 떴다. 웃음소리가 사라졌다. 주위의 사람과 사물도 사라졌다. 보이는 것은 제단과 칼뿐이었다. 김생은 자리에서 벌떡 일어나 제단으로 갔다. 칼을 집어 들고 자신의 배를 찌르려는 순간, 상아가 달려들었다. 잔뜩 흥분한 김생은 미처 칼을 멈추지 못했다. 김생 대신 칼에 찔린 상아가 부러진 나뭇가지처럼 맥없이 바닥에 쓰러졌다. 상아는 무슨 말인가를 하려 했지만 소리가 너무도 작아 아무도 듣지 못했다. 상아는 끝내 자신이 하려던 말을 전하지 못했다. 상아의 숨은 그대로 끊어지고 말았다. 축 늘어진 상아를 부둥켜안은 파주댁의 통곡만이 방 안을 채웠다.

19 | 또 다른 문

 죽음은 끝이 아니라 새로운 시작입니다. 나는 상아를 통해 그 사실을 확실히 알게 되었습니다. 상아의 숨이 끊어진 순간, 나는 내가 해야 할 일을 깨달았습니다. 나는 상아를 등에 업고 알천을 향해 달려갔습니다. 알천은 꽤 멀었습니다. 뒤쫓아 오는 김생이 숨넘어갈 듯 헉헉대는 것도 들었고, 파주댁이 넘어져 짧은 비명을 지르는 것도 들었습니다. 나는 멈추지 않았습니다. 뒤도 돌아보지 않았습니다. 상아가 미처 못다 한 말을 듣는 것보다 중요한 일은 없습니다. 산 사람은 서운하게 여길지도 모르겠지만 우리 두 죽은 이들에게는 그게 전부입니다.
 알천은 잔뜩 흥분해 있었습니다. 바다도 아닌데 파도가 쳤고 사방이 고요한데 광풍이 불었습니다. 고개를 들었습니다. 짐작대로 하늘에는 두 개의 달이 떠 있습니다. 붉은 달은 여전히 만월이었지만 평범한 만월은 어느새 그믐달이 되었습니다. 나는 상아를 안고 얕은에 발을 담갔습니다. 내가 그토록 두려워하던 검은 강물이 나를 향해 기어올랐습니다. 상아를 안고 저 깊은 곳까지 갈 수 있겠느냐고 집요하게 물었습니다. 나는 대답도 않고 발을 내디뎠습니다. 검은 강물이 화를 내며 내 몸을 덮쳤습니다. 금방이라도 난쟁이가 가느다란 밧줄을 들고 나타날 것 같았습니다. 너무 무서워 눈물이 났습니다. 그래도 나는 걸음을 멈추지 않았습니다. 이번에는 검은 재가 쏟아졌습니다. 검은 재에서는 죽음의 냄새가 났습니다. 그래도 나는 걸음을 멈추지 않았습니다. 바람이 내 몸을 사정없이 흔들고, 폭우가 내 몸을 덮치고, 파도와 검은 재가 번갈아 나를 공격했습니다. 그래도 나는 걸음을 멈추지 않았습니다. 걸음을 멈추는 순간 나는 지는 것입니다. 이미 죽었지만 또다시 죽고 마는 것입니다.

그렇게 눈물 범벅이 되어 앞으로 나아가고 있는데 갑자기 이상한 기분이 들었습니다. 걸음을 멈췄습니다. 발이 따뜻해졌습니다. 손이 따뜻해졌습니다. 온몸에 새로이 뜨거운 피가 흐르는 듯했습니다. 작은 한숨 소리가 들렸습니다. 내 등이 부르르 떨렸습니다. 한숨 소리는 작은 웃음으로 변했습니다. 볼 수는 없어도 나는 누구의 소리인지 잘 알았습니다. 그건 바로 상아의 한숨과 웃음이었습니다.

　상아가 몸을 움직이기 시작하더니 등에서 내려왔습니다. 파도와 광풍이 멈추었습니다. 폭우와 검은 재도 사라졌습니다. 알천은 두 개의 달 밑에서 고요히 흐를 뿐이었습니다. 파주댁이 달려와 상아의 손을 잡았습니다. 나는 뒤늦게 도착한 김생의 손을 잡은 후 상아의 손을 잡았습니다.

　우리 앞에 그 집이 나타났습니다. 담장에 일곱 개의 붉은 별이 무한히 그려져 있는 집 말입니다. 상아가 문을 열고 안으로 들어갔습니다. 살육의 현장을 지나 내가 죽어 있는 곳으로 갔습니다. 내 시신은 수습되지도 않은 채 버려져 있습니다. 그저 거적을 덮어 놓았을 뿐입니다. 먹잇감을 찾아 모여든 벌레들이 만찬에 늦을까 봐 분주히 움직였습니다. 분노와 무기력이 한꺼번에 몰려왔습니다. 이 지경이 되도록 나를 방기한 자에 대한 분노였고, 뒤늦은 분노로는 아무것도 바꿀 수 없는 냉정한 현실에 대한 무기력이었습니다. 상아가 다가와 내 손을 잡았습니다.

　'제발 제 말 좀 들어 보세요. 저기 또 다른 문이 있어요.'

　이것이 바로 상아가 미처 못다 한 말이었습니다. 나는 죽음 뒤에 아무것도 없다고 생각했습니다. 절망과 좌절 말고 내게 남은 것은 아무것도 없다고 생각했습니다. 한데 아니었습니다. 내 죽음 뒤에는 하나의 문이 더 있었습니다. 상아는 처음부터 알고 있었던 것입니다. 그런데도 그 사실을 전하지 못했으니 오죽이나 답답했을까요? 이 집이 내게 말하고자 했던 것은 살육극의 비참함이나 내 무기력한 죽음에 대한 무상함이 아니었습니다. 분노와 비참함과 공포와 무기력함을 넘어서서 새로운 문을 여는 것, 그것이 내게 주어진 과제였습니다.

문은 작았습니다. 내 거대한 몸을 이리저리 비틀어야 간신히 통과할 수 있을 듯했습니다. 나는 쉽사리 문을 밀지 못했습니다. 이 문을 열면 또 어떤 세상이 나를 기다리고 있을까요? 즐겁고 유쾌한 세상은 아닐 것입니다. 그럴 거라면 이 집이 나를 그토록 괴롭히지는 않았을 테니까요. 그렇다고 문을 열지 않을 수도 없습니다. 내가 갈 곳은 사실 이 문 안쪽밖에 없는 셈이니까요. 김생이 으흠 하고 헛기침을 했습니다. 더 이상 시간을 끌지 말고 어서 문을 열라는 뜻입니다. 이런 순간에도 자신만의 방식을 고집하는 김생에게서 왠지 모를 위안을 받았습니다.

문은 너무도 쉽게 열렸습니다. 안으로 들어가니 강물이 흘렀고 그 강물 너머로 온통 쇠로 된 성벽이 보였습니다. 거센 불길이 성벽 주위를 감쌌고, 하늘에는 붉은 구름과 안개가 떠다녔습니다. 강 너머에서 불어오는 바람이 차가워 저절로 몸이 움츠러졌습니다. 강 너머는 바로 염라국이었습니다. 염라국까지는 다리로 연결되어 있었고 다리 앞에는 무사들이 무릎을 꿇고 있었습니다. 나의 무사들입니다. 붉은 구름을 뚫고 매 한 마리가 날아와 내 손가락 위에 앉았습니다. 나의 매입니다. 무사들과 매를 보는 순간 나는 내가 누구이며 무엇 때문에 이승에 돌아갔는지를 한 점 의혹 없이 확실하게 깨달았습니다.

이승에 돌아가기 얼마 전, 나는 염라왕으로 추대받았습니다. 선대 염라왕의 기운이 쇠했기 때문입니다. 염라왕의 직분을 수행하는 것은 쉬운 일이 아닙니다. 염라왕은 백성들을 덕으로 인도하고 예법으로 총괄하여 지선*의 경지로 이끌어야 합니다. 그러기 위해서는 백성들의 고통과 번뇌와 슬픔을 하나도 빼놓지 않고 기억에 담아 반추해야 합니다. 그래야만 그 고통과 번뇌와 슬픔이 정화되어 백성들의 마음이 평안해지는 것입니다. 염라왕의 몸이 커지고 기운이 쇠하는 것은 그러한 까닭입니다. 고통과 번뇌와 슬픔을 반추하다 보면 결국은 응어리가 남게 됩니다. 그 응어리들이 몸 안을 가득 채우면 염라왕의 몸집은 점점 커지지만 반대로 능력은 점차 줄어듭니다. 그러다 능력이 완전히 사라질 지경이 되면 다른 염라왕을 찾아 자신의 지위를 물려주는 것입니다.

나는 염라왕의 자리를 받아들이고 싶지 않았습니다. 고통과 번뇌와 슬픔이라면 지긋지긋했습니다. 그것들은 죽은 뒤에도 내 마음속에 그대로 남아 있습니다. 열일곱 살인 내가 견디기에는 너무도 덩치가 큰 것들입니다.

넘실거리는 구릿 물과 녹아내리는 쇳물로 된 염라국의 길을 걸

● 지선(至善) | 더할 나위 없이 착한 경지.

으면서 내 목을 졸랐던 삼촌의 거대한 손을 떠올렸습니다. 내 목을 조른 것은 가느다란 밧줄이었지만 실상 그 밧줄은 삼촌의 손이나 마찬가지였습니다. 나는 삼촌에게 제발 목숨만 살려 달라고 말했지만 그것은 삼촌이 결코 들어줄 수 없는 소원이었습니다. 겉으로는 고개를 끄덕였지만 삼촌은 속으로 이렇게 생각했을 것입니다. '너 같으면 나를 살려 주겠느냐?' 나는 삼촌을 혈연으로 생각했지만 삼촌은 나를 자신의 권력을 막아서는 걸림돌로 여겼을 것입니다. 권력자란 그래야만 하는 법입니다. 핏줄에 연연하다가는 아무 것도 이룰 수 없습니다.

  삼촌은 권력자의 본분에 충실했을 뿐이지만 그래도 나는 냉혹한 삼촌을 죽이고 싶었습니다. 삼촌의 목숨을 빼앗아 염라국의 불길 속에서 영원히 타오르게 하고 싶었습니다. 그러나 염라국은 사람을 고통에 빠뜨리는 곳이 아닙니다. 염라국 또한 다른 세상으로 가기 위한 기착지일 뿐입니다. 물론 염라국 뒤에 무엇이 있는지는 아무도 모릅니다. 염라왕이라고 모든 것을 다 알지는 못합니다.

  삼촌도 언젠가는 이승을 떠나 염라국에 올 것입니다. 염라국의 왕이 된다면 나는 삼촌의 고통과 번뇌와 슬픔을 기억에 담아 반추한 뒤 정화시켜야 합니다. 나는 그렇게 하고 싶지 않았습니다. 그러기엔 삼촌에 대한 증오심이 너무도 강했습니다. 아, 또다시 사무사입니다. 나는 끝내 그 경지에 이르지를 못했습니다. 나는 이승에서도 왕이 될 자격이 없었지만 저승에서도 왕 노릇을 하기에는 너무도 집착이 많았습니다.

거부하고 싶었지만 염라국의 왕은 수락하고 말고 할 자리가 아니었습니다. 그저 운명처럼 정해지는 것입니다. 그 운명을 어떻게 바꿀 수 있을까요? 순진한 나는 운명을 바꿀 수 있다고 믿었습니다. 그래서 염라국의 주위를 둘러싼 깊디깊은 강에 내 몸을 던졌던 것입니다. 물론 나는 죽지 않았습니다. 이미 죽은 자가 또 죽을 수는 없는 법입니다. 나는 온갖 고통을 한꺼번에 겪고 기억을 잃었습니다. 기억을 잃었지만 결국 일시적인 유예에 지나지 않았습니다. 결국 문을 열고 또 열어 내가 떠난 자리에 다시 서게 되었으니까요.

이제 나는 염라왕의 자리를 받아들일 것입니다. 이승에서의 며칠은 나에게 새로운 깨달음을 주었습니다. 나만이 고통과 번뇌와 슬픔 속을 헤매는 사람이 아니었습니다. 김생도, 상아도, 파주댁도 각자의 고통과 번뇌와 슬픔 속에서 살고 있습니다. 모르긴 몰라도 삼촌도 그럴 터입니다. 삼촌 또한 불상 앞에서 절하고 눈물 흘리기도 하니까요. 나는 결코 혼자가 아니었습니다. 나는 죽었지만 사람들의 기억 속에서 여전히 살아 있습니다. 김생도, 상아도, 파주댁도, 삼촌도 어떤 식으로든 나를 잊지 못하고 있습니다. 그들은 자신만의 방법으로 나를 기억하고 또 자신만의 방법으로 스스로의 고통, 번뇌, 슬픔을 이겨 내려 애쓰고 있습니다.

이승에서 죽었을 때 나는 덩치만 큰 소년이었습니다. 염라국에서 미래의 왕으로 낙점받으면서 나의 고통과 번뇌와 슬픔은 그대로 살이 되었고, 내 덩치는 더욱 커져 버렸습니다. 하지만 나는 살만 얻은 게 아니었습니다. 내가 누구이며, 무엇을 해야 하는지 비로소 직시하게 되었습니다. 어리석은 탓에 또다시 이승의 삶을 겪었지만 말입니다. 강물에 뛰어드는 나를 무사들이 보고만 있었던 것도 결국은 내가 다시 돌아오리라는 사실을 알았기 때문입니다.

내 나이는 아직 열일곱 그대로입니다. 하지만 내가 죽었을 때와는 조금 다른 열일곱입니다. 덩치가 더 커지고 생각이 조금 자란 열일곱입니다. 언젠가 삼촌을 다시 만나면 무슨 말을 하게 될까요? 나도 모르겠습니다. 삼촌을 그저 죽은 자 중의 하나로 대했으면 하는 것이 나의 유일한 소망입니다.

　이제 다리를 건널 시간이 되었습니다. 나는 파주댁에게 절을 했

습니다. 이생의 죽음에 대한 사과였고, 상아를 데려가는 것에 대해 양해를 구하는 행위였습니다. 김생에게는 할아버지의 친필이 담긴 종이를 돌려주었습니다. 그것은 내 것이되 내 것이 아닙니다. 나는 그것을 보기만 해도 충분하지만 김생은 가져야만 합니다. 그러니 김생에게 주어야 마땅합니다. 다시 상아의 손을 잡았습니다. 파주댁은 통곡했고, 김생은 깊은 한숨을 내쉬었습니다. 나는 상아의 손이 떨리는 것을 느꼈습니다. 살짝이기는 했지만 손을 빼고 싶어 하는 마음도 함께 느꼈습니다. 하지만 손을 빼더라도 아무것도 바뀌지 않습니다. 상아 또한 이미 죽은 자이니까요. 내가 할 수 있는 일은 그저 떨리는 손을 꼭 잡아 주는 것뿐입니다.

다리 위를 걷는데 이런 생각이 들었습니다. 어쩌면 내가 이승에 갔던 것은 상아를 만나기 위해서였는지도 모르겠다는 생각 말입니다. 우연이 아닌 운명이었을지도 모른다는 생각 말입니다. 이생의 죽음도 상아와의 만남도 결국에는 하나, 즉 인연이었습니다. 내 생각을 눈치챈 걸까요, 상아가 갑자기 내 손을 세게 쥐었습니다. 그러고는 내 귀에 대고 이렇게 속삭였습니다.

'당신은 내 아빠를 죽인 사람이에요.'

그렇습니다. 나는 상아의 아비를 죽인 사람입니다. 그럼에도 상아는 나를 받아들였습니다. 상아의 결단이 없었다면 나는 영원히 이승을 떠도는 요귀로 머물렀을지도 모릅니다. 상아는 대단한 사람입니다. 나는 상아의 손을 쓰다듬으며 내 마음을 전했습니다.

파주댁이 노래를 불렀습니다.

'비 그친 긴 둑에는 풀빛이 가득하고요, 남포항에서 임 보내는 구슬픈 노래는 내 마음을 흔든답니다. 대동강은 언제가 되어야 마를 수 있을까요, 해마다 이별 눈물이 더해지기만 하니.'

상아도 그 노래를 조용히 따라 불렀습니다. 그 노래는 상아가 파주댁에게서 배웠던 것입니다. 지아비를 잃은 슬픔을 치유했던 그 노래가 이제는 상아의 것이 되었습니다. 상아와 파주댁은 분명 다시 만날 터입니다. 김생 또한 언젠가는 내가 다스리는 곳으로 오겠지요. 만난 자는 헤어지나 헤어진 자는 다시 만납니다. 그러니까 애이불비인 것입니다. 그러니까 나는 더 이상 울지 않을 것입니다. 나는 말없이 파주댁과 상아의 노래를 들으며 붉은 만월 하나만이 떠 있는 저승의 하늘을 오랫동안 바라보았습니다.

20
김생,
하늘의 별을 보다

김생은 열흘 동안 자리에서 일어나지 못했다. 그 열흘 동안 비가 끊임없이 내렸다. 몸은 고통스러웠으나 정신은 멀쩡했다. 움직일 수 없는 육체에 갇혀 버린 정신을 위로해 준 것은 비가 세상을 정화하는 소리였다.

> 서울에서 돌아와 병으로 침상에 누웠으니
> 한 해의 인사는 바쁘거나 한가한 대로 맡겼다
> 뜻밖에 창밖에는 파초에 내리는 비
> 내 평생의 응어리를 다 씻어 준다

열흘이 지나자 거짓말처럼 비가 그쳤고, 고통도 함께 사라졌다. 움직일 수 있게 된 김생은 상아의 집으로 가 보았다. 없었다. 상아가 없는 것은 당연했지만 파주댁도 없었고, 상아의 집도 없었다. 모녀가 몇 년의 세월을 보냈던 삶의 터전은 그저 수풀이 우거진 땅이 되어 있었다. 김생은 놀라지도 않았다. 놀라기는커녕 당연히 그럴 줄 알았다는 듯 고개를 끄덕였다.

　산실로 돌아온 김생은 주위가 어둑어둑해지도록 『초사』를 읽고 또 읽었다. 김생은 때로는 굴원˙이 되었고 때로는 그의 조상인 김주원이 되었다. 그의 상상 속에서 김주원은 먹라수에 뛰어들어 죽었고, 굴원은 알천 앞에 서서 발을 동동 굴렀다. 역사에 의하면 굴원은 비분강개˙를 견디지 못해 스스로 목숨을 끊었고, 김주원은 기꺼이 자신의 왕위를 양보하고는 명주에 틀어박혀 평생을 보냈다. 둘은 달랐지만 같았다. 김생은 살아 있는 굴원이었고, 강물에 뛰어든 김주원이었다. 살아도 산 자가 아니었고, 죽어도 죽은 자가 아니었다. 김생의 머릿속에서 산 자와 죽은 자의 경계가 덧없이 허물어졌다. 노산군은 죽어도 죽은 것이 아니고, 김생은 살아도 산 것이 아니다. 노산군은 '죽어 있는 사람'이고, 김생은 '살아 있는 귀신'이다. 김생은 허허 웃음을 터뜨렸다. 지금껏 오세(伍歲) 김시습으로

- 굴원(屈原) | 중국 전국 시대의 정치가이자 시인. 모함을 입어 자신의 뜻을 펴지 못하다가 끝내는 먹라수에 몸을 던져 죽었다.
- 비분강개(悲憤慷慨) | 불의가 슬프고 분하여 분노가 북받침.

살았다면 앞으로는 생귀(生鬼) 김시습으로 죽으리라.

생귀, 그렇다. 지난봄 파주댁이 일갈했듯 자신은 살아 있는 귀신이었다. 겉으로는 멀쩡해도 속은 시커멓게 썩어 있고, 숨을 쉬기는 해도 그 입 안에서는 시취*가 진동했다. 생귀라, 김생은 그 단어가 마음에 쏙 들었다.

김생은 밖으로 나와 대밭을 거닐었다. 대밭에 이는 바람이 뜨거워진 가슴을 식혔다. 김생은 노래를 불렀다.

"비 그친 긴 둑에는 풀빛이 가득하고요, 남포항에서 임 보내는 구슬픈 노래는 내 마음을 흔든답니다. 대동강은 언제가 되어야 마를 수 있을까요, 해마다 이별 눈물이 더해지기만 하니."

마음에 들지 않는 목소리였다. 상아의 아이 같은 목소리와 홍의 복잡하지만 따뜻한 목소리가 그리웠다. 김생은 고개를 들어 하늘을 보았다. 절로 하, 하고 탄식이 나왔다. 일곱 개의 붉은 별이 김생을 반기고 있었다. 바로 북두칠성이었다. 김생은 조용히 눈을 감고는 공손히 고개를 숙였다. 살아 있는 귀신이 죽어 있는 사람에게 드리는 인사였다.

　　세월은 거침없이 바뀌어 가니
　　달리는 바퀴같이 멈추지 않네

● 시취(屍臭) | 시체에서 나는 냄새.

지금 사람 옛사람을 애석해하나
고금은 흐르는 물과 같아라
뒷사람이 지금 시대를 탄식함도
역시 지금 사람 옛날을 한탄함과 같은 것
오늘날 사람이나 옛날 사람이나
어느 때에 그칠지 알지 못해라
그러므로 군자들은
삶을 가벼이 여기고 죽음을 중히 여겼네
읊고 나서 문득 하늘 우러러보니
북두칠성이 비스듬히 걸려 있네

이야기의 끝

『금오신화』는 금오산에서만 지을 수 있는 것이 아니다

    선행은 아직도 오지 않았다. 김생은 밖으로 나가 비를 맞았다. 몸은 금세 식었으나 가슴속 열기는 그대로였다. 괜히 눈물이 날 것 같아 눈을 비비는데 풍경이 일변했다. 김생은 어느새 금오산실 앞에 서 있었다. 모든 것이 그대로였다. 창문 밑 파초도 홀로 선 배나무도 그대로였고, 대밭에서 불어오는 시원한 바람도 여전했다. 익숙한 공간에 익숙한 생물이 나타났다. 백화사였다. 김생의 배 속에 똬리를 튼 줄 알았던 백화사가 고개를 빳빳이 들고 김생을 쳐다보았다. 또다시 찾아오는 복부의 통증. 먼저 시선을 돌린 쪽은 김생이었다. 선행의 목소리가 김생을 구제했다.

    "그새를 못 참고 밖에 나와 비를 맞고 계세요? 하여튼 술 없이는 조금도 못 견디신다니깐.”

선행은 활짝 웃으며 술병을 흔들었다. 김생은 술병을 뺏다시피 낚아채서 안으로 들어갔다. 고개를 살짝 돌려 뒤를 돌아보기는 했다. 백화사는 보이지 않았다. 김생이 배를 주무르며 술잔을 비우는데 선행이 호들갑을 떨었다.

"아이고, 내 정신 좀 보게."

"또 뭐냐?"

"며칠 전 이파 대감을 만났습니다."

"네놈이?"

"쌀을 구해 오는데 누가 저를 부르더군요."

"뭐라더냐?"

"평양으로 가신답니다. 그러면서 아직도 맞고 지내느냐고 물으셨습니다."

"그게 전부냐?"

"그건 아니고요, 스님께 안부를 전해 달라 하시더군요. 편지도 주셨는데…….”

선행이 몸을 뒤져 보고는 난감한 표정을 지었다. 김생은 손을 내저으며 대답했다.

"됐다, 됐어."

수양은 이미 죽은 지 오래였고, 지금은 수양의 손자인 자을산군이 세상의 주인 노릇을 하고 있었다. 모반자 수양이 죽었으니 김생 또한 더 이상 경주의 깊은 산중에 머무를 이유가 없었다. 김생은 금오산에서 나와 서울에서 가까운 수락산에 자리를 잡았다. 그러나 세상은 바뀌었으되 김생의 처지는 바뀌지 않았다. 그저 사는 장소만 바뀌었을 뿐이었다. 사람들은 어려운 세상을 견뎌 낸 김생을 환대했다. 김생의 이야기에 박장대소하고 시문에 감탄했으나 그 이상은 아니었다. 그 이상이라, 과연 무엇을 더 바란단 말인가? 그건 김생도 알지 못했다. 무언가가 바뀌기를 기대하고 금오산을 떠났으나 이제는 무엇을 기대했는지도 가물가물할 지경이었다. 답답한 마음에 이파도 찾아갔다. 그림 이야기만 잔뜩 주고받다가 술에 만취해 돌아왔다.

"받아 적어라."

"네?"

갑작스러운 김생의 명령에 선행이 어쩔 줄을 몰라 했다. 김생이 턱으로 종이를 가리키자 그제야 선행은 붓을 들었다.

"세상은 뜬구름같이 자꾸 뒤바뀌어 슬픔과 한을 견디기 어려우니, 정말로 인간사는 성했다가는 쇠하고 뜨거워졌다가는 차가워지는 법인가 보오. 금란지계*의 친구가 이미 관직에 들었거늘, 그 황금빛 버선을 마구간처럼 더러운 곳으로 들여놓게 될 줄을 누가 알았겠소? 문 앞을 지나면서 주저하는 이유가 궁금하오? 그것

● 금란지계(金蘭之契) | 친구 사이의 매우 두터운 정을 이르는 말.

은…….”
 한참 동안 기다려도 김생의 입에서 아무런 말이 나오지 않자 선행이 물었다.
 "그것은, 까지 썼습니다. 그다음은요?"
 "됐다. 찢어 버려라."
 선행은 고민하지 않았다. 그저 네 하며 대답하고는 주저 없이 종이를 찢어 버렸다. 김생은 새 종이를 꺼내라 말하고는 다시 입을 열어 시를 읊었다.

 산 사람은 청산에 눕는 것이 제격이라
 비바람 쓸쓸하여 홀로 문을 닫고 있네
 세상 욕심이 아직도 있어서
 꽃을 보며 온종일 난간에 기대어 있네

 선행이 붓을 놓자 김생이 물었다.
 "어떠냐?"
 "어떻긴요, 뭘. 문도 열려 있고 꽃도 없는데 도대체…….”
 "나가라."
 김생이 회초리를 집어 들려 하자 선행이 밖으로 뛰쳐나갔다. 그러더니 이내 호들갑을 떨었다.
 "마당에 뱀이 있어요! 온몸이 새하얀 뱀이 나타났단 말입니다!"

김생은 밖을 보지도 않은 채 고개를 끄덕거렸다. 쉽사리 사라질 백화사가 아니다. 놈은 김생이 살아 있는 내내 뒤를 따라다니며 속을 긁어 놓을 것이다. 지긋지긋했다. 놈을 이승에서 떠나보내기 위해서는 한 가지 방법밖에 없었다. 김생은 품속에서 그토록 아끼던 물건을 꺼냈다.

'아동의 학문은 마치 백학이 푸른 하늘가에서 춤을 추는 격이로구나.'

오래간만에 보는 세종 임금의 친필이었다. 김생은 그 시구에 맞춰 자신이 읊었던 시구를 떠올렸다.

'성군의 덕은 황룡이 푸른 바다에서 꿈틀거리는 것과 같습니다.'

세종 임금이 세상을 떠난 지도 오래된 지금은 다 부질없는 일이 되었다. 김생은 그 종이를 오랫동안 바라보다가 호롱불 가까이 가져갔다. 이십 년 넘게 간직했던 물건이 한순간에 재가 되어 사라졌다. 검은 재, 떠오르는 광경이 있다. 성삼문과 박팽년 등의 죽음을 두 번째로 목도했던 그 텅 빈 공간에도 검은 재가 있었다. 금오산실에 심어 놓았던 차나무가 이파리 하나 남지 않은 채 검은 나무로 변했던 일도 떠올랐다. 방금 생겨난 재와 기억 속의 재, 그리고 소멸해 버린 찻잎을 함께 모아 찻잔에 담는데 선행이 들어왔다.

"비 오는 날 무슨 불장난이십니까?"

"말버릇 하고는, 고얀 놈."

김생은 선행의 머리에 꿀밤을 한 대 먹이고는 물을 끓였다. 펄펄 끓은 물이 식기를 기다렸다가 찻잔에 부었다. 차는 다디달았다. 오래된 종이와 모진 기억의 결과치고는 제법 깊은 맛이 났다. 김생을 바라보던 선행이 슬며시 웃음을 지었다. 아무것도 모르는 놈이 꼭 모든 걸 다 아는 사람처럼 행동했다. 우스웠다. 김생은 이파에게 보내려 했던 편지도, 새로 쓴 시도 재로 만들었다. 그렇게 만든 새로운 차를 선행과 함께 나눠 마셨다. 선행이 한 모금 마시더니 트림을 하며 "차 맛이 참 좋습니다." 하고 농쳤다. 김생은 허허 웃으며 밖을 내다보았다. 신기한 날이었다. 비가 줄줄 내리는데 하늘엔 붉은 달이 떠 있었다. 김생은 술 한 잔을 들이켜고는 붉은 달을 보고 또 보았다. 여전히 만월이었다. 붉은 달은 이지러지는 법이 없었다. 김생은 눈을 감고 시를 읊었다.

하루 또 하루
하루가 어느 때 다하랴
하늘은 수레바퀴처럼 돌고
땅은 개미 둑이 솟은 듯
굽어보고 쳐다봐도 끝이 없으며
차고 기욺은 시작도 마침도 없네
그 사이에 세상사는

몇 번이나 쇠하고 흥했던가

 선행이 무릎을 치며 감탄했다.
 "참 좋다."
 선행의 머리에 꿀밤 한 대를 더 먹이려는 순간, 김생은 뜨거운 불길을 보았다. 김생과 선행, 그리고 그들이 머무는 집이 불길에 휩싸인 채 활활 타고 있었다. 기둥과 대들보는 반쯤 기울어 머리에 떨어지기 일보 직전이었다. 김생은 무릎을 쳤다. 이승과 저승은 본디 하나다. 고개를 들지 않으니 무너지는 기둥과 대들보를 못 보았을 뿐이다. 김생은 상아의 집이 흔적도 없이 사라진 까닭을 비로소 알게 되었다. 김생은 큰 소리로 외쳤다.
 "불타는 집이 바로 연화*인 것을!"
 "뭐라 하신 겁니까?"
 불길은 사라지고 의아해하는 선행의 얼굴만 남았다. 김생은 그 의미를 설명하지 않았다. 대신 꿀밤을 마저 먹인 후에 이렇게 말했다.
 "내 너에게 『금오신화』와 같은 이야기를 쓰는 법을 알려 줄 테니 잘 들어라. 그런 글을 쓰려면 이 집을 불태우고 저승에 가야 하는데, 저승이 어디인고 하니……."

- 연화(蓮花) | 불교에서 그리는 이상적 세계의 모습.

작가의 말

『금오신화』를
제대로 잘못 읽는 법에 대해

『금오신화』, 그리고 '김시습'은 정확히는 몰라도 한 번쯤 들어본 이름일 것입니다. 『금오신화』는 「만복사저포기」, 「이생규장전」, 「취유부벽정기」, 「용궁부연록」, 「남염부주지」 다섯 편으로 구성된 전기(傳奇) 소설집입니다. 기괴하고 신기한 일을 다루는 소설을 전기 소설이라고 하니 요즘 말로 하면 판타지 소설집인 셈입니다. 김시습은 이 판타지 소설집의 저자이고요. 워낙 유명한 작품인 만큼 훌륭한 해석이 많이 존재합니다. 『금오신화』를 잘 읽는 법은 이미 많이 소개되었다는 뜻입니다. 그래서 제가 시도한 것이 '제대로 잘못 읽는 법'입니다. 오독(誤讀)의 시작은 「만복사저포기」입니다. 「만복사저포기」는 양생이 배나무 아래를 거닐며 시를 읊는 장면으로 시작합니다.

한 그루 배나무, 쓸쓸한 사람을 벗해 주누나.

평범한 시구 하나가 가슴을 텅 비게 만들었습니다. 공허를 귀신같이 알아채는 양생은 그 순간을 놓치지 않았습니다. 그는 내 가슴 속으로 걸어 들어와 자신의 고독과 좌절을 꼼꼼하게 뿌려 놓았습니다. 어렵사리 양생을 설득해 돌려보내기는 했지만 그의 고독과 좌절은 쉽사리 사라지지 않았습니다. 「만복사저포기」의 첫 장면이 이리도 외롭고 쓸쓸했는지 전에는 미처 알지 못했습니다. 책을 내려놓고 생각에 잠겼습니다. 그러는 동안 이상한 일이 일어났습니다.

양생은 어느 순간 김생, 그러니까 김시습이 되었습니다. 작품 속 인물과 작가를 동일시하는 것은 대체로 위험한 발상입니다. 그러나 시간이 흐를수록 시를 읊는 양생은 김시습일 수밖에 없다는 확신에 가까운 믿음에 이르게 되었습니다. 왜 그리 생각했느냐 묻는다면 딱히 할 말이 없습니다. 다만 그 자의적인 믿음의 결과는 이 책 『살아 있는 귀신』에 그대로 옮겨져 표현되었습니다.

금오산실은 초라하고 적막했습니다. 집 안에 있는 것이라고는 수십 권의 책과 옷가지 몇 벌이 전부였습니다. 그래도 풍경 하나만은 일품이었습니다. 산실 바로 앞에 배나무 한 그루가 서 있고 시냇물 너머로는 대밭이 보였습니다. 배꽃이 피고 죽순이 올라오는 봄이 되면 금오산실은 온통 향기로 가득해지겠지요. 그때만은 초라함과 적막도 운치에 뒤덮여 본래의 주름진 얼굴을 잠시 숨길 수 있겠지요. 나는 배나무를 보며 옅은 한숨을 내쉬었습니다. 고작 한 그루의 배나무라니. 너무 외로워 보였습니다. 밖으로 나가 배나무를 쓰다듬었더니 저 아래 뿌리로부터 노랫가락이 하나 올라왔습니다.

'한 그루 배나무, 쓸쓸한 사람을 벗해주누나.'

김생의 목소리였습니다. 깜짝 놀라 손을 떼었습니다. 나도 모르게 김생의 비밀 한 가지를 알고 만 것입니다.(69~70면)

작심하고 시작한 오독의 결과물인 『살아 있는 귀신』에는 당연하겠지만 『금오신화』에서 가져온 것들이 꽤 많습니다. 홍이 저포 놀이하는 양생에 대해 이야기하는 부분은 「만복사저포기」에서, 이경준이 용궁을 방문한 이야기는 「용궁부연록」에서, 홍이 선덕여왕의 무덤 앞에서 꺼내 놓은 이야기는 「취유부벽정기」에서, 김생이 홍의 불길을 통해 염라국을 방문한 이야기는 「남염부주지」에서, 작품 전체에서 중요한 역할을 하는 담장과 집의 모티브는 「이생규장전」에서 가져온 것입니다.

이외에도 이야기 속의 세부적인 많은 장치들을 『금오신화』에서 가져왔습니다. 그 장치들을 찾아내는 것은 독자들의 몫으로 남기겠습니다. 하지만 가져왔다고는 해도 그대로 모방한 것은 아닙니다. 양생의 배나무가 김시습의 배나무가 되었듯, 이야기들은 조금씩 형태와 내용을 달리한 채, 곳곳에서 은밀히 혹은 과감히 제 존재를 드러내고 있으니까요. 그 달라진 이야기들은 살아 있는 생물 혹은 사물처럼 김시습 주위에 존재하며 그를 숙고 혹은 행동하게 만들어 『살아 있는 귀신』의 완성을 향해 나아가게 했습니다. 그 결과 오독의 산물인 『살아 있는 귀신』은 『금오신화』에서 이야기를 가져오기는 했으나 결국은 다른 이야기가 되었습니다. 중국의 고전 『전등신화』에서 이야기를 가져온 『금오신화』가 결국은 다른 이야기가 되었듯 말입니다. 무엇이 달라졌는지 알 수 있는 가장 좋은 방법은 역시 『금오신화』를 읽는 것이겠지요.

　오독은 오독을 낳습니다. 생육신(生六臣)의 한 사람으로 추앙받는 김시습은 제가 보기에는 고독과 고통에서 헤어나지 못한 사람입니다. 어른인 척하지만, 통달한 사람인 척하지만 그는 어른이 되지 못한 소년입니다. 소년은 그 슬픔과 결함을 이겨 내기 위해 쓰고 또 씁니다. 그렇게 해서 탄생한 책이 『금오신화』일 것이라 믿습니다. 그러므로 김시습이 『금오신화』를 쓰게 된 이유를 다루고 있는 『살아 있는 귀신』은 늙은 소년 김시습의 성장기라 할 수 있겠습니다.

오독에 대한 변명은 이 정도로 하고 질문을 하나 던져 보고 싶습니다. 소년은 과연 어른이 되었을까요? 「만복사저포기」의 마지막 부분을 인용하는 것으로 답을 대신하겠습니다.

그가 어디서 어떻게 세상을 마쳤는지는 아무도 알지 못한다.

2012년 9월
설흔